SCHWARZWÄLDER FINSTERNIS

Ralf Kühling, Jahrgang 1958, wuchs im Ruhrgebiet auf. Er ist Goldschmiedemeister und seit 1990 in Calw im Nordschwarzwald selbstständig. Seinen vier Kindern erzählte er jahrelang Gutenachtgeschichten, bevor er zum Schreiben kam.

RALF KÜHLING

SCHWARZWÄLDER FINSTERNIS

Kriminalroman

emons:

Bibliografische Information der Deutschen Nationalbibliothek
Die Deutsche Nationalbibliothek verzeichnet diese Publikation
in der Deutschen Nationalbibliografie; detaillierte bibliografische
Daten sind im Internet über http://dnb.d-nb.de abrufbar.

© Emons Verlag GmbH
Alle Rechte vorbehalten
Umschlagmotiv: pip/photocase.de
Umschlaggestaltung: Nina Schäfer, nach einem Konzept
von Leonardo Magrelli und Nina Schäfer
Umsetzung: Tobias Doetsch
Gestaltung Innenteil: DÜDE Satz und Grafik, Odenthal
Lektorat: Dr. Marion Heister
Druck und Bindung: CPI – Clausen & Bosse, Leck
Printed in Germany 2021
ISBN 978-3-7408-1349-9
Originalausgabe

Unser Newsletter informiert Sie
regelmäßig über Neues von emons:
Kostenlos bestellen unter
www.emons-verlag.de

*Die wahren Feinde sind
die Gier und die Ungerechtigkeit!*
Theresa Demsey

EINS

Der Tag, an dem mich Nadija besuchen kam, war so etwas wie ein Schicksalstag. Im Nachhinein denke ich, dass mein Leben anders verlaufen wäre, wenn sie nicht ausgerechnet an dem Tag gekommen wäre.

Vielleicht hätte es aber auch keine Rolle gespielt, schließlich müssen wir uns immer wieder aufs Neue entscheiden, welchen Weg wir gehen wollen. Und ist es nicht so, dass wir sind, wer wir sind, und keiner aus seiner Haut herauskann?

Der Tag hatte ganz gut angefangen. Ich hatte mich, nach inzwischen fast vier Wochen, an die penetrant spießige Atmosphäre in meinem Kurheim gewöhnt und endlich so viel innere Kraft gewonnen, dass ich mich dazu in der Lage sah, mich auf einen Gesprächskreis mit anderen Patienten einzulassen. Ich war also zum ersten Mal zu einer Gruppentherapie gegangen, die mein Therapieplan für mich vorsah.

Nachdem mich alle Teilnehmer, die mich nur von flüchtigen Begegnungen im Speisesaal oder im Park kannten, wohlwollend begrüßt und in ihre Gruppe aufgenommen hatten, sprachen nacheinander einige offen über ihre Probleme. Mobbing am Arbeitsplatz – ja, wer kennt das nicht? Alle waren sehr verständnisvoll. Der Psychologe hörte zu und empfahl Übungen. Auch ihn hatte ich bisher nur auf den Gängen gesehen. Er war jung, mit einem unsteten Blick, den er fast bemüht konzentriert auf denjenigen richtete, zu dem er sprach.

Das dramatische Ende einer Liebe, mit Gewalt und Nachstellungen. Verständnisvolles Nicken und In-den-Arm-Nehmen. Der Psychologe sprach über gute und schlechte Bindungen und empfahl, das mentale Training zur Stärkung des eigenen Selbstbewusstseins fortzusetzen.

Burn-out, man sah sich durch die Fülle der Aufgaben und

Anforderungen vor einem unüberwindlichen Berg. Mehr Berg als Kraft. Ja. Ja. Ja. Das kennen wir. Breite Zustimmung. Jeder Zweite fühlt sich seinem Leben nicht mehr gewachsen. Der Psychologe lächelte mit müden Augen. Rieb immer wieder sein linkes Ohrläppchen, bevor er Tipps wie aus dem Lehrbuch gab. Es schien, sie halfen ihm selbst nicht mehr.

»Und du, Carl, wie ist es dir ergangen?«, fragte er, nach einem neuen Thema suchend.

Ich neige nicht zur schonungslosen Offenheit, aber dann dachte ich: Was soll's? Vielleicht tut es denen ja auch gut, zu hören, dass das Leben manchmal wirklich hart ist. Und wozu bin ich sonst hier?

Ich erzählte also in einfachen Sätzen, dass ich Kriminalkommissar sei, drei Jahre undercover auch in Russland gegen verschiedene Mafia-Organisationen ermittelt und am Schluss sechs Menschen erschossen hatte, weil sie meine Kinder in einem Brunnenschacht ertränken wollten. Dass meine Ehe und meine Familie dadurch zerstört wurden, was mich mehr verletzt hatte als die Verwundungen bei der Schießerei. Die zum größten Teil labilen Zuhörer hatten die Münder offen und waren sprachlos.

Also erzählte ich weiter, wie ich mich auf eine vermeintlich ruhige Dienststelle nach Friederichsburg hatte versetzen lassen, wo mich schon am ersten Arbeitstag eine Leiche und ein neuer Fall erwartet hatten und ich es mit üblen Profis zu tun bekam, die mir heftig zusetzten. Wobei der Haupttäter, Paul Hogmann, entkommen konnte, nur um mir, kaum dass ich genesen war, wieder zu begegnen, als ich einen UNO-Kongress über die Bekämpfung des internationalen Menschenhandels besuchte. Ich verhinderte ein von ihm geplantes Verbrechen, wurde von ihm gefangen genommen und gefoltert und tötete im Verlauf der Ereignisse nochmals zwei Menschen. Paul Hogmann und der noch gefährlichere Erich Dimaschewski, den ich aus meiner Zeit in Russland kannte und der gemeinsam mit Hogmann im

Auftrag des mir wohlbekannten russischen Mafia-Konsortiums arbeitete, waren entkommen. Und ich? Ich hatte eine posttraumatische Belastungsstörung, die es mir kaum ermöglichte, ein normales Leben zu führen.

Schweigen. Kein mitfühlendes Verstehen. Ungläubiges Kopfschütteln im Kreis der Leidenden.

Der Psychologe ergriff schließlich das Wort: »Es kommt immer wieder vor, dass Menschen, die sich ihrer Aufgabe nicht gewachsen fühlen, sich in ihrer Phantasie überhöhen, sich quasi zum Superhelden hochstilisieren ...«

Hatte er denn meine Akte nicht gelesen?

»... um sich der Realität nicht stellen zu müssen. Daran musst du noch arbeiten, Carl. Ich werde der Klinikleitung vorschlagen, dies in einer Kombination von Medikation und intensivierter Einzeltherapie zu forcieren.«

Ich hatte mir das ganz ruhig angehört, aber dann muss ich wohl ausgerastet sein ...

Ich wurde mit so was wie einem Kater wach, mir war schummerig und übel, und ich hatte Orientierungsprobleme, außerdem konnte ich mich nicht bewegen.

Zuerst sah ich Nadija, meine Kollegin und direkte Vorgesetzte im Kommissariat 11 von Friederichsburg. Wir mochten uns und standen uns nahe. Nadija wirkte besorgt. Dann sah ich den großen Pfleger hinter ihr. Und dann merkte ich, dass ich mich nicht bewegen konnte, weil ich mit einer Art Zwangsjacke an mein Bett fixiert war.

»Wir mussten ihn ruhigstellen«, sagte der Pfleger.

Nadija nickte ihm verstehend zu. »Ich denke, Sie können ihn jetzt wieder losmachen.«

»Das muss der Arzt entscheiden.«

»Keine Sorge, ich kenne ihn, das geht schon klar.« Nadijas ruhige Art war so bestimmend, dass der Pfleger sich ein »Sind Sie sicher?« verkniff.

Wenig später gingen wir nebeneinander durch den spätsommerlichen Garten der Kurklinik, bis Nadija das Schweigen brach. »Wie geht es dir?«

»Ich dachte, gut … besser, bis ich heute –«

»Ich habe davon gehört. Ich habe ihnen gesagt, dass du nicht geschwindelt hast.«

»Das ist gut. Dann glauben sie mir jetzt?«

»Der Chefarzt kennt deine Akte, klar glaubt er dir. Der Therapeut war wohl etwas überfordert. Trotzdem glauben sie, dass du völlig überzogen reagiert hast und noch ein langer Weg vor dir liegt.«

»Das weiß ich selbst. Körperlich bin ich wieder voll da, aber die Welt ist nicht mehr wie früher. Es gibt kein Bunt mehr, keine Farben. Verstehst du das?«

Nadija schüttelte den Kopf.

»Ich sehe Farben, aber ich nehme sie nicht mehr wahr. Ich sehe sie mit den Augen, aber nicht mehr mit meiner Seele, mit meinem Herzen. Alles ist mehr oder weniger grau – oder schwarz. Und bei Schwarz raste ich aus.«

»Wie bei dem Psychologen?«

»Einem verlogenen Heuchler, der mir nicht geglaubt hat und sicher nicht helfen kann.«

»Glaubst du? Vielleicht bist du nur noch nicht so weit. Lass dir Zeit, Carl, das wird wieder. Mach was Schönes, geh in die Natur. Die Natur ist bunt, das wird deiner Seele guttun.«

Ich nickte, die Hoffnung war so klein wie ein einzelnes Saatkorn in der dunklen Erde eines weiten Feldes. »Ja, die Natur ist toll. Ich gehe viel spazieren, mache Waldläufe. Aber weißt du, was mir wirklich fehlt?«

Sie wusste, was jetzt kommen würde, ich sah es ihr an. Wir kannten uns inzwischen gut genug.

»Eine Aufgabe. Gib mir einen Job, ein paar kniffelige alte Akten von Gerl und Oppermann. Es ist doch klar, dass unsere Ex-Kollegen jede Menge Fälle manipuliert und vergeigt haben.«

Nadija wusste auch, dass die beiden, Gerl war sogar mal ihr Vorgesetzter gewesen, nicht immer korrekt ermittelten, bis sie es bei dem Toten im Wald übertrieben hatten und wir sie gemeinsam überführen konnten. Sie ließ mich mit der Antwort warten, und ich sah, dass sie wirklich darüber nachdachte, weil sie sich kurz mit der Zunge über die Oberlippe leckte, aber dann ...

»Tut mir leid, Carl. Nach dem Vorfall heute Morgen, ich weiß doch, wie das bei dir ausgeht – du beißt dich in den kleinsten Zweifel wie ein Terrier, und am Ende gibt es eine Schlägerei oder eine Schießerei wie in einem Italowestern.« Sie lachte dabei, obwohl es ihr ernst war. Und ich musste mitlachen, obwohl mir nicht zum Lachen zumute war.

Wir gingen eine Weile schweigend nebeneinanderher, auf einen sonnigen Flecken zu, wo wir stehen blieben und noch unverbindlich über die Arbeit im K11, die Kollegen, Robert Schuler und Mehmet Sivrikozoglu, und unseren Chef Winfried Großhans sprachen. Als Nadija gerade von ihrem Sohn David erzählen wollte, klingelte ihr Handy. Sie ging ein paar Schritte zur Seite, um zu telefonieren.

Ich dachte an David, den zarten Zwölfjährigen mit dem großen Kopf. Seine Andersartigkeit hatte Nadija großen Kummer bereitet. Dabei war es die Gesellschaft, die Menschen, die anders waren, als behindert ansah, ohne ihre speziellen Fähigkeiten zu würdigen. David ist ein absoluter Autonarr, er weiß, so schwer ihm das Denken auch sonst fällt, alles über Autos, und alles, was er mit Autos in Verbindung bringt, kann er sich leicht merken und verstehen. Außerdem ist er der liebenswerteste, ehrlichste Mensch, den ich kenne.

»... ja. Ich komme so schnell wie möglich«, hörte ich Nadija sagen. Ihre Stimme klang angespannt. »Sperren Sie inzwischen den Fundort ab und rufen Sie die Spurensicherung. Ah, schon geschehen. Das ist gut, gute Arbeit. Ich brauche«, sie sah auf ihre Uhr, »eine halbe Stunde. Bis gleich.«

»Was ist los?«, fragte ich.

Nadija winkte ab und wählte eine Nummer.

»Mehmet, was machst du gerade? Nein, lass das. Fahr bitte gleich zu dem Fundort und überprüfe dabei, ob es irgendwelche Überwachungskameras auf den möglichen Zufahrtswegen gibt. Ja ich weiß, dass das total im Wald ist.«

Nadija war hoch konzentriert. Es musste etwas wirklich Außergewöhnliches passiert sein. Mein Herz hämmerte in meiner Brust.

»… aber in den Ortsdurchfahrten, irgendwelche Banken oder Gewerbebetriebe.«

Das war nicht mein Fall, ich war … krank. Aber mein Körper reagierte, als steckte ich mittendrin, dem Täter dicht auf den Fersen.

Wie oft hatte schon ein Anruf oder eine Anweisung von oben einen neuen Fall für mich bedeutet. Manchmal ging man unbeteiligt darauf zu, was vielleicht das Beste war. Ein andermal begann es langsam, und ich wurde, durch die nach und nach zutage tretenden Fakten, wie in einem Strudel, tiefer und tiefer hineingezogen. Dabei entwickelt sich bei mir häufig eine innere Kraft, ein Flow, ein siebter Sinn, was einige Kollegen Besessenheit nennen.

Und manchmal genügt ein Blick auf das Opfer oder ein einzelner Fakt, der mich triggert, sodass ich sofort auf hundertachtzig bin. Jetzt waren es Nadijas Stimme, das Entsetzen, der Zorn darin, wie Gewürze in einer gewöhnlichen Suppe, die den Geschmack veränderten. Es war etwas Außerordentliches geschehen. Obwohl ich wusste, dass es mich nichts anging, stand ich unter Hochspannung.

»Und dann befragst du mit Robert die umstehenden Gaffer. Wer an so einen Ort kommt, ist vielleicht öfter da und hat was gesehen.«

Ich konnte nicht mehr still stehen.

»Also, ich bin in einer halben Stunde da, sieh zu, was du tun kannst.« Nadija schnaubte wie ein Stier und blaffte mich an: »Du machst mich ganz nervös mit deinem Gerenne!«

Ich baute mich breitbeinig vor ihr auf und wollte von ihr wissen, was denn passiert sei.

»Carl, tut mir leid, ich hab jetzt keine Zeit. Ich muss sofort los.«

»Was ist denn passiert, verdammte Scheiße? Du kannst mich doch nicht einfach so stehen lassen!«

Sie war schon ein Stück den Weg hinunter, drehte aber noch mal um und kam zwei Schritte auf mich zu. »Entschuldigung, das schafft mich echt.« Nadija konnte so taff sein, aber jetzt wirkte sie für einen ganz kleinen Augenblick so verletzlich wie ein Kind, das, aus Angst vor der Welt, in den Arm genommen werden will. Dieser Augenblick war magisch; obwohl sie zwei Meter vor mir stand, waren wir verbunden, als lägen wir uns in den Armen.

Sie schüttelte den Moment ab wie eine Spinnwebe und würgte unter innerem Zwang das Maximum an Information hervor, das sie mir geben konnte: »Drei tote Frauen … in einem Transporter … im Wald.« Dann war sie verschwunden.

Keine fünf Minuten später stand ich schon im Behandlungszimmer des Chefarztes.

»Sie können hier nicht einfach so in eine Therapiestunde hereinplatzen. Raus!«

Die Patientin war in ihrem Sessel zusammengesunken und zitterte am ganzen Körper. Ich reichte ihr meine Hand, lächelte sie freundlich an und führte sie zur Tür hinaus. »Nur einen kleinen Moment.« Dann schloss ich die Tür hinter ihr.

»Was erlauben Sie –«

»Hören Sie, ich muss hier raus, sofort. Ich bin Polizist, in meinem Zuständigkeitsbereich sind drei Leichen gefunden worden!« Das erklärte doch wohl alles.

»Seit Ihrem Auftritt heute Morgen wissen wir ja alle, dass

Sie der Feind aller Verbrecher sind. Aber ich weiß, dass Sie nicht nur eine Gefahr für sich selbst sind, sondern auch …«

Warum wirkt die Selbstsicherheit von Ärzten nur so schnell selbstgefällig und arrogant?

»Es tut mir leid, Sie werden noch geraume Zeit benötig–«

»Sie können mich nicht gegen meinen Willen hierbehalten, ich bin hier nicht in einer geschlossenen Anstalt.«

»Herr Moderski, Sie können doch nicht glauben, dass Sie schon wieder alleine klarkommen. Heute Morgen erst haben Sie völlig die Kontrolle über sich verloren. Wir brauchten drei Pfleger, um Sie ruhigzustellen. Drei erfahrene, starke Männer.«

Warum konnte ich mich nicht daran erinnern? Nicht zu wissen, was ich getan hatte, machte mich unsicher.

»Infolge der Injektion, die wir Ihnen geben mussten, dürfte Ihnen der Vorgang nicht mehr ganz präsent sein.«

Ach so, dann war ja alles klar, bloß chemisch ausgelöste Amnesie. Ich hatte wieder Oberwasser.

»Nur drei«, sagte ich ironisch. »Wie geht es den Männern? Sind sie im Krankenhaus?«

»Nein, es geht ihnen gut!«

»Sehen Sie, ich hatte mich doch unter Kontrolle. Wenn ich die Kontrolle verloren hätte, lägen jetzt ein paar von ihnen im Krankenhaus.«

Der Arzt sah mich lange nachdenklich an. Dann sagte er ganz langsam, jedes einzelne Wort betonend: »Herr Moderski, obwohl Ihre Kollegin, Frau Hammerschmitt, genau das Gleiche gesagt hat, denke ich, dass Sie sehr, sehr krank sind …«

Ich drehte mich um und stapfte zur Tür. »Ich gehe, Sie können mich nicht gegen meinen Willen hierbehalten! Sie arroganter Fachidiot! Sie können sich gar nicht vorstellen, dass es Leute gibt, zu denen Ihre Durchschnittsparameter nicht passen!« Ich knallte die Tür hinter mir zu.

Kurz darauf wurde die Tür wieder aufgerissen, und der Arzt rief mir über den Flur nach: »Moderski!« Als ich mich zu ihm umgedreht hatte, sagte er leiser: »Ich kann Sie nicht zwingen, hierzubleiben, aber ich bin nicht für das verantwortlich, was Sie da draußen anrichten! Hören Sie. Ich schreibe Sie nicht dienstfähig. Sie *sind* nicht dienstfähig!« Seine Stimme drückte eine boshafte Zufriedenheit aus. »Nicht dienstfähig! Nie! Nie wieder!«

Das Geschwätz von diesem Idioten perlte von meinem breiten Rücken ab wie Tautropfen von einem Lotosblatt. Ich ahnte nicht, wie viel Verdruss mir diese Worte noch bereiten sollten.

Im Taxi nach Friederichsburg bat ich den Taxifahrer, den Polizeifunk einzuschalten, und hielt ihm meinen Polizeiausweis hin. Auf der Frequenz vom K11 herrschte reger Funkverkehr. Schon nach kurzer Zeit konnte ich dem Fahrer sagen, wo er mich absetzen sollte. Ich war keine Viertelstunde nach Nadija am Fundort der Leichen. Einem Waldparkplatz in den ausgedehnten Wäldern oberhalb von Friederichsburg, der für Touristen und Wanderer angelegt worden war, aber nur wenig benutzt wurde. Ein Dutzend Schaulustiger stand an der Absperrung und versuchte Neuigkeiten zu ergattern. Ich ließ sie hinter mir und trat an den werkstattblauen Mercedes Sprinter heran.

Die Türen standen offen. Im Inneren sah Nadija der Gerichtsmedizinerin zu. Die beugte sich über drei menschliche Bündel, die zu einem Haufen zusammengeschoben in der rechten vorderen Ecke der Ladefläche lagen. Bei einer nur mit einem Slip bekleideten Person sah ich, dass es sich um eine sehr junge Frau handelte. Eine andere trug schäbige Sportbekleidung, die dritte war von sehr viel Stoff eingehüllt. Vielleicht ein orientalisches Gewand? Um den Wagen und besonders am Eingang zur Ladefläche schwirrten sehr viele Fliegen. Nadijas Gesicht zeigte keine Spur von Ekel, sie war ganz professionell konzentriert und sprach leise mit der Ärztin.

Eine Träne hatte eine Spur in ihr Gesicht gezeichnet und war getrocknet.

Ich sah Robert Schuler und trat zu ihm. »Was habt ihr bis jetzt?«

Robert sah mich erstaunt an. »Was machst du denn hier?«, wollte er wissen.

»Nadija war bei mir, als die Nachricht kam.« Ich ließ ihm keine Zeit, auf die Idee zu kommen, dass das keine Antwort auf seine Frage war. »Kannst du mich ins Bild setzen?«

»Der Wagen steht schon seit circa zwei Wochen da. Verschiedene Passanten haben ihn gesehen. Heute Morgen hat dann einer die Polizei informiert, weil es so verdächtig gestunken hat. War ja relativ warm in den letzten Tagen. Drei tote Frauen, zwei so um die dreißig, eine fast noch ein Kind … Diese Schweine!«

Robert war ein alter Hase, der kurz vor der Pensionierung stand. Zu sehen, wie er mit seiner Fassung kämpfte, sagte mir mehr über den Zustand der Toten, als er mit Worten hätte ausdrücken können.

»Sie wurden gefoltert und zusammengeschlagen, bestimmt auch vergewaltigt … Aber das kannst du ja alles später im Bericht lesen.«

Das musste ich nicht; was ich gehört hatte, reichte mir. Ich legte Robert eine Hand auf die Schulter und dachte: Kopf hoch, Alter. Dann ging ich wieder zu dem Wagen.

Nadija sah mich und kam raus. »Was machst du hier?«

Ich war etwas verlegen, weil mir klar war, dass ich nicht hier sein sollte. Aber ich konnte nicht anders. »Ich dachte, ich schau, ob ich helfen kann.«

Nadija sah mich lange an. Ihr Ausdruck wechselte zwischen Dankbarkeit und der ihr eigenen starken, klaren Härte.

Ich liebte sie dafür, dass sie mich an ihren Gefühlen auf diese Weise teilhaben ließ. Ich hasste sie für ihre Entscheidung.

»Misch dich nicht in meinen Fall ein! Verschwinde!« Mit diesen Worten ließ sie mich stehen.

Es war, als hätte mir jemand eine große, sehr schwere eiserne Tür vor der Nase zugeschlagen. Ich fiel ins Nichts.

Nicht dienstfähig! Verschwinde!

Während ich mich immer weiter von dem Ort entfernte, betrat die Spurensicherung den Tatort und begann mit ihrer Arbeit. Einer Arbeit, die von mir so weit weg war wie der nächste Stern. Ich sah Nadija, weit entfernt, ihre Arbeit tun.

Weißt du eigentlich, wie wenig man ist, wenn man nichts mehr ist? Kein Freund? Kein Polizist? Keiner, für den die Farben leuchten?

Ich war die ersten paar Kilometer zu Fuß gegangen. Ohne zu merken, dass die Sonne warm durch die Blätter schien und goldene Flecken auf das erste welke Laub am Boden warf.

Dann hatte ich einen Wagen angehalten, der mich mit nach Friederichsburg nahm. Ich war durch die Stadt gegangen, vorbei an den Geschäften und den Leuten, die ihre Einkäufe und Besorgungen machten. Beim Bäcker holte ich mir ein Laugenbrötchen mit Salami und einen Kaffee to go. Ich warf den leeren Becher in den Eimer an der Bushaltestelle und nahm den Bus zur Kranichstraße. Um kurz nach achtzehn Uhr schlich ich in mein Zimmer, zog die Vorhänge zu und ließ mich aufs Bett fallen. Am liebsten wäre ich einfach eingeschlafen und erst irgendwann wieder wach geworden, in besseren Zeiten.

Doch ich war zu aufgewühlt, und in mir rumorte der Kaffee. Scheißkaffee! Scheißtag!

Irgendwann kam Lydia herein, setzte sich wortlos auf mein Bett und sah mich an. Lydia Sokolowsky ist meine Vermieterin. Sie hatte, als ihr Mann starb, von der gemeinsamen Künstler- und Konzertagentur nur eine heruntergekommene Fabrikantenvilla behalten können. Wenn man sie heute fragte, was sie beruflich mache, antwortete sie meist: »Ich vermiete Zimmer an Damen, die gerne Herrenbesuch haben.« Aber Lydia tat mehr als das, sie gab den Menschen, die in ihrem Haus lebten und arbeiteten, und damit dem ganzen Etablissement Seele.

»Du bist wieder da. Wie geht es dir?« Sie wartete meine Antwort nicht ab. »Scheiße?«

»Ja.«

»Was war los?«

»So eine Reha-Klinik ist nichts für mich. Ich muss mit mir alleine klarkommen.«

»Das wirst du, Schätzchen. Komm erst mal rüber zu uns, ein paar der Mädchen kommen zum Abendessen.«

Lydia kochte jeden Abend für alle ihre Damen. Ihre große Wohnküche stand jederzeit offen, jede konnte kommen, keine musste.

Ich machte mich frisch, zwang mich zu einem Lächeln und folgte Lydia nach ein paar Minuten.

Neben zwei anderen, die ich kannte, waren Melissa und Pauline da, beiden hatte ich schon mal aus der Patsche geholfen. Die zarte, kleine Melissa himmelte mich von unten an. »Hey, Carl, schön, dass du wieder da bist. Du weißt ja, wenn ich was für dich tun kann ... Sag einfach Bescheid.«

Melissa war achtundzwanzig, machte aber immer noch auf Schulmädchen. Lydia ermahnte sie lachend und schickte sie wieder auf ihren Platz. Melissa kicherte, und Lydia schüttelte den Kopf. Nachdem die anderen Frauen mich auch begrüßt hatten, aßen wir Kalbsrouladen mit Salzkartoffeln und Rotkraut.

Mein Smartphone vibrierte, eine Nachricht von Nadija: »Hi.«

»Hi.«

»Schon mal gesehen?«

Dann wurden Fotos geladen.

Eine junge Frau, die ich noch nicht kannte, kam rein, nickte allen zu, sah mich mit großen, ängstlichen Augen an und setzte sich wortlos zum Essen.

Lydia stellte sie vor: »Das ist Nesrin, sie ist erst seit ein paar Tagen da, stand einfach plötzlich vor der Tür. Nesrin hat Stinas Zimmer, das ist ja jetzt frei. Nesrin, das ist Carl.« Lydia sprach jetzt langsamer und deutlich. »Carl ist bei der Polizei, er wohnt bei uns, er hat die beiden Zimmer unten.«

Über Nesrins Gesicht huschte der Schatten eines unsicheren Lächelns, als sie mir zunickte.

»Was ist eigentlich mit Stina?«, fragte ich.

»Stina ist im Moment in Spanien. Sie machen Testfahrten«, sagte Lydia.

Und die Mädchen erzählten mir noch mal die Geschichte von Stinas Rennen.

Stina Nereni hatte davon geträumt, Rennfahrerin zu werden, und ihre Autoleidenschaft und Rennambitionen damit finanziert, dass sie sich prostituierte, bis ich ihr die Chance verschafft hatte, bei Schneller Racing einen Platz im Jaguar F-Type für die GT3-Serie zu bekommen, wenn sie schneller war als der erfahrene Rennfahrer Ricardo Mansarini, der die Nummer eins im Team war. Ihre Chance hatte Stina wahrlich genutzt und mir außerdem das Leben gerettet. Ich vermisste sie.

Die Bilder, die Nadija mir geschickt hatte, waren in der Zwischenzeit fertig geladen worden. Ich sah sie mir unter der Tischkante an.

Lydia fragte: »Was hast du da?«

Sie trat hinter mich. Ich drehte das Handy in ihre Richtung und wischte über das Display, um ihr nacheinander die Bilder der drei toten Frauen zu zeigen, die offensichtlich inzwischen in der Gerichtsmedizin waren.

»Oh, Scheiße.« Lydia stockte der Atem. »Wer ist das?«

»Ein neuer Fall. Heute Morgen gefunden.«

»Dein Fall?«

»Nadijas. Ich bin nicht dienstfähig.«

»Aber du bist deshalb da!«

»Ja.«

Lydia wusste, dass mich der Tod der drei Frauen nicht kaltließ und dass ich alles daransetzen würde, die Täter zu finden.

»Du kannst die Bilder ja gleich mal den Mädchen zeigen, vielleicht haben sie die schon mal gesehen. Aber nach dem Essen«, fügte sie an.

Die Frauen waren inzwischen natürlich alle neugierig, und so reichten sie direkt nach dem Essen mein Handy herum.

Sie reagierten schockiert auf die nüchterne Brutalität der Polizeibilder, manche schienen persönlich betroffen. Die Bilder weckten Erinnerungen, die sie lieber vergaßen.

Leider konnte mir keine mehr dazu sagen, was sie zu bedauern schienen. Auch Nesrin schüttelte den Kopf, aber ich hatte die Angst in ihren Augen gesehen.

Mit ihr würde ich noch mal reden müssen.

Nadija hatte mir die Bilder nicht ohne Grund geschickt. Ich wusste nur nicht, ob sie sich damit für ihre barsche Zurückweisung entschuldigen wollte oder ob sie wirklich meine Hilfe brauchte. Ihr standen alle polizeilichen Möglichkeiten offen. Was konnte ich für sie tun?

Gut, nicht ich, aber vielleicht Eddy. Ich wählte die Nummer von Eduard »Eddy« Bachmeier, meinem Kollegen bei VIM, der Verbindungsstelle für Internationalen Menschenhandel des BKA.

VIM war keine Ermittlungseinheit, sondern eher so was wie eine PR-Agentur. Ihre Mitglieder waren zum größten Teil zivile Spezialisten. Eddy war ITler, aber es gab auch Journalisten, Kommunikationswissenschaftler und andere. Ich war den kriminalistischen Laien als Praxisberater zugeordnet worden. VIM sollte Inhalte zusammenfassen und an die unterschiedlichen Dienststellen publizieren, sie anpreisen und regelrecht vermarkten. Auf diese Weise würden Ermittlungsergebnisse von Polizei und Nachrichtendiensten, aber auch Erkenntnisse nicht polizeilicher Stellen und nicht staatlicher Organisationen aus dem Bereich Menschenhandel miteinander verknüpft und zur Verbreitung gebracht werden.

In meiner Funktion als Mitarbeiter von VIM hatte ich den Kongress über Menschenhandel besucht, bei dem der Redner erschossen worden war.

Eddy meldete sich mit einem kurzen »Ja?«, das deutlich machte, dass er mit seiner Aufmerksamkeit woanders war.

Deshalb fackelte ich nicht lange. »Hi, Eddy. Ich brauch jetzt deine Hilfe!«

»Carl.« Er war jetzt ganz bei mir. »Wenn du anrufst, wird's meist spannend –«

»Eddy, ich schick dir drei Bilder. Guck mal, ob du irgendwas über die finden kannst.«

»... einerseits, weil du einen echt aus dem Alltagstrott reißt, andererseits, weil ich jedes Mal meinen Job riskier, wenn der Chef das mitkriegt.«

»Muss er ja nicht.«

Eddy hatte allem Anschein nach die Bilder inzwischen auf seinem Bildschirm. »Wow, was ist das?«

»Drei tote Frauen in einem Transporter, bei uns im Wald. Wurden heute Morgen gefunden, sind aber schon mindestens vierzehn Tage tot.«

»Bist du der zuständige Ermittler? Warum sucht ihr nicht auf den offiziellen Wegen? Du weißt, wir sind für so was nicht zuständig. Wir machen eher Gru–«

»Grundlagenforschung, ich weiß. Nadija Hammerschmitt leitet die Ermittlungen. Sie ist sicher dran. Aber du hast andere Möglichkeiten, bei dir läuft doch alles zusammen, und du bist schneller.«

Eddy ließ sich breitschlagen. Er war immer gerne für eine praxisorientierte Ablenkung von seinem üblichen Job, dem trockenen Filtern und Aufbereiten von Daten, zu haben.

»Wenn sie offiziell eingereist oder irgendwo schon mal aktenkundig geworden sind, finde ich sie. Ich sag dir morgen Bescheid.«

Es war inzwischen halb zehn abends. Im Haus herrschte der übliche Betrieb eines Wochentages. Ich hörte Männer kommen und gehen und noch andere Dinge. Die Damen hatten jetzt Hauptgeschäftszeit, ich war müde.

Ich wurde von einem leisen Klopfen wach. Meine Uhr auf dem Nachttisch zeigte ein Uhr zweiunddreißig.

»Ja?«

»Bist du wach?« Melissa steckte ihren Kopf herein.

»Jetzt ja.«

Hinter ihr kam Pauline.

»Ich wollte dich nicht wecken«, flüsterte Melissa.

»Hast du aber. Du brauchst jetzt nicht mehr zu flüstern.«

»Oh, ja.«

Hinter Pauline schlich Nesrin ins Zimmer.

»Sie will dir was sagen«, begann Melissa. »Aber sie hat Angst vor der Polizei.«

»Deshalb seid ihr mitgekommen.«

»Das ist wichtig, ehrlich«, sagte Pauline.

Ich saß in meinem Bett, die drei Frauen standen davor. Ich sah Nesrin an. »Und? Was willst du mir sagen?«

Sie blickte zu Boden. Melissa gab ihr einen Schubs.

»Ich gesehen. Mädchen mit Mann.«

Melissa und Pauline stellten das richtig. Sie hatte gesehen, wie das Mädchen, die jüngste Tote, mit einem Mann fortgegangen war.

»Nesrin ist illegal über die Grenze. Da war die eine dabei. Sie ist mit einem der Fluchthelfer weggegangen.«

Nesrin nickte. »Du fragen Mann.«

»Und wo soll ich den Mann finden?«

Nesrin gab mir einen Zettel: Bunkier Café, Szczepański-Platz 3a, eine Handynummer. »Das Krakau.«

»Du bist über Polen eingereist.«

Sie nickte. »Mädchen Pole.«

»Woher kommst du denn?«

»Ich Afghanistan.«

»Ein weiter Weg.«

Sie sah mich mit ausdruckslosem Gesicht an. Ein schwerer Weg.

Ich ließ mir den Mann noch beschreiben, was aber aufgrund der mangelhaften Deutschkenntnisse von Nesrin nicht besonders ergiebig war. Ich dankte allen dreien, dass sie zu mir gekommen waren.

»Dann muss ich wohl nach Polen, wenn ich den Mann finden will.«

Pauline und Melissa bestätigten das erwartungsvoll, während Nesrin nur dabeistand, und wandten sich dann zum Gehen. Es war spät, und sie hatten einen langen Tag hinter sich. Ich sah die Müdigkeit in ihren Gesichtern und ihren Körpern. Die Müdigkeit vieler harter Tage.

Melissa zögerte etwas und kam dann noch mal zurück.

Sie stand still vor mir und sah mich mit einer Frage im Blick an, die sie nicht zu stellen wagte.

Ich schwang meine Beine aus dem Bett und setzte mich ihr zugewandt auf die Bettkante. »Ja? Was ist los? Was willst du mir sagen?«

»Nesrin ist nicht normal«, konstatierte Melissa, »sie ist krank. Im Kopf.«

Ich sah sie an und fragte mich, was für Melissa, die mit bis zu zehn Männern am Tag schlief, wohl normal wäre. Anscheinend erriet sie, was ich dachte, sie biss sich auf die Lippen, und ihre Augen wurden wässrig.

Als sie weitersprach, war ihre sonst so niedliche Stimme brüchig. »Sie lässt Dinge mit sich machen, die ...« Sie brach ab. Sie litt – mit Nesrin.

Ich ließ ihr Zeit.

»Kannst du ihr nicht helfen?« Sie lächelte, wohl weil sie wusste, wie hilflos ihre Bitte klang.

»Vielleicht, mal sehen, aber du musst mir erzählen, was wirklich mit ihr ist.«

»Sie liebt den Schmerz.« Nein, das war nicht richtig, sie schüttelte den Kopf. »Sie …« Jetzt kamen ihr wirklich die Tränen. »Sie fürchtet ihn … Aber sie braucht ihn. Du musst ihr helfen.«

Das war's. So einfach – so schrecklich.

»Was meinst du mit ›sie braucht ihn‹? Wie ein Trinker den Suff?«

»Schlimmer. Wie ein Junkie die Nadel. Sie lässt sich von Kunden erniedrigen und quälen. Sie fügt sich selber Schmerz zu.«

Ich versprach ihr, mir Gedanken um Nesrin zu machen.

Erst mal wollte ich mit Lydia über sie sprechen, und dann würde ich mich um einen Dolmetscher bemühen müssen.

An Schlaf war erst mal nicht mehr zu denken. Ich zog mein Sportzeug an und ging auf die Straße. Es war eine milde Spätsommernacht, der Himmel war fast klar, und der Mond schien hell. Ich lief los, von Straßenlaterne zu Straßenlaterne durch die Nacht, alleine – mit meinen Gedanken.

Was war mit Nesrin los? Ein Trauma, klar. Von ihrer Flucht oder dem, wovor sie geflohen war?

Hatte das auch was mit dem Mädchen aus Krakau zu tun?

Warum hatte Nadija mir die Fotos geschickt?

Hatte sie gesehen, wie sehr sie mich getroffen hatte? Ich würde mit ihr reden müssen. Ich sah auf meine Uhr, zwei Uhr dreißig, noch vier Stunden bis zum Frühstück. Noch mal zu Nesrin. War es nicht merkwürdig, dass ich über diese Zeugin geradezu stolperte? Nadija würde auf der Basis der Erkenntnisse von Spurensicherung und Forensik sicher nach Zeugen suchen lassen, die irgendwas über die drei Frauen wussten, vermutlich auch in den Bordellen der Gegend. Wenn die Kollegen überhaupt Antworten bekommen würden, würde das Tage oder Wochen dauern. Nesrin war seltsam, sie war offensichtlich eingeschüchtert und voller Angst, vor der Polizei – hatte sie schlechte Erfahrungen gemacht? – und sicher auch vor Männern im Allgemeinen. Warum suchte sie Unterschlupf ausgerechnet in einem Puff, warum lieferte sie sich Situationen aus, vor denen sie möglicherweise sogar geflohen war? Ich musste mehr über Nesrin erfahren, und ich musste Nadija informieren.

Ich lief. Mein Körper funktionierte einwandfrei. Nachdem ich aus dem Krankenhaus entlassen worden war, hatte ich viel dafür getan, wieder in Form zu kommen. Gesunder Körper – gesunder Geist. Wirkte leider nicht so unmittelbar, wie ich mir das vorgestellt hatte, aber es half. Beim Laufen wird der Kopf frei, der Rhythmus des Atmens nimmt einen mehr und mehr ein. Die Muskeln geben ein Feedback, das an das vertrauenerweckende Brummen einer zuverlässigen Maschine erinnert.

Dinge zogen an mir vorbei, Asphalt, Gullydeckel, Hauseingänge, Schaufenster, Kippen im Rinnstein … Gesehen, erkannt, vergessen. Mein kleiner Finger wurde mir schmerzlich bewusst. An den zwei Fingergliedern, die mir vor ein paar Monaten abgeschnitten worden waren, zog der Wind – Phantomschmerz. Ein anderer Schmerz machte sich bemerkbar, meine Frau Julia, meine Kinder, die Scheidung, auch abgeschnitten – Einsamkeit. Ich blieb stehen und schlug ein paar Haken und Gerade in die Luft. Schattenboxen – gegen die Schatten der Vergangenheit. Noch zweieinhalb Stunden. Ich sollte schlafen gehen. Ich würde nach Polen müssen. Ich brauchte ein Auto. Die Vergangenheit holt einen an den unmöglichsten Orten ein, sogar nachts auf der Straße.

Nachdem ich aus Russland zurückgekommen war, also eigentlich nachdem Julia mit den Kindern wieder zu ihren Eltern nach Stuttgart gezogen war, hatte ich meinen Führerschein für drei Monate abgeben müssen, nachts auf der Autobahn, irgendwo zwischen Dortmund und Stuttgart. Der Wagen war auch Schrott, und ich hatte mir seitdem keinen mehr gekauft. Aber jetzt brauchte ich einen eigenen. War Quatsch, da zu sparen, das Ding musste ein Werkzeug sein, schnell und unauffällig. Davon hatte ich schon früher geträumt, ein Wolf im Schafspelz.

Ich lief wieder. Im Gewerbegebiet befanden sich mehrere Autohändler. Im Osten wurde es langsam hell. Die Gebrauchtwagen lagen im Dämmerlicht, wie tote Kadaver, von der Mittelschicht zurückgelassene Einheitskarossen, mal mit Stern und mal mit zwei oder drei Buchstaben.

Frustriert wählte ich Stinas Nummer.

»Carl?«

»Guten Morgen, Stina.«

»Weißt du, wie spät es ist?«

»Entschuldigung, habe ich dich geweckt?«

»Nee, natürlich nicht. Ich sitze jeden Morgen um halb vier am Telefon und warte auf deinen Anruf.«

»Stina, ich brauch ein Auto.«

»Dann kauf dir eins, gibt ja genug.« Nach einer kurzen Pause sagte sie: »Sorry, Mann, wart mal kurz, ich bin noch total verpennt.« Sie legte das Handy weg, es klapperte und rumorte, dann lief Wasser. »Bin wieder da. Wie geht's dir, Carl? Warum bist du um die Zeit wach?«

Ich erzählte ihr, was los war.

Sie war betroffen und erkundigte sich nach den Opfern. »Die haben nicht so viel Glück gehabt wie ich.«

»Nein, ich denke, von Anfang an nicht.«

»Das ist schrecklich, dass sie dich nicht mehr arbeiten lassen. Du bleibst aber trotzdem dran, oder? Du kriegst die!«

»Du kennst mich doch.«

Es war einen Moment ruhig in der Leitung, ich hörte Stina förmlich denken.

»Okay, dann brauchst du ein Auto. Was hast du dir denn vorgestellt?«

Ich erklärte ihr, dass ich eine unauffällige Familienkutsche wollte, aber einen Wolf im Schafspelz, mit ausreichend Power.

Stina hörte gut zu, wiederholte noch mal meine Wünsche, überlegte kurz und fragte: »Hast du fünfzigtausend?«

»Muss man so viel dafür ausgeben?«

»Wenn du was Besonderes willst, mindestens.«

»Ja, geht.«

Meine Kriegskasse war mit Millionen der russischen Mafia gefüllt. Ich würde das Geld, das ich meinem »Paten« Igor und seinen Geschäftskollegen abgenommen hatte, niemals für Privates, irgendeinen Tinnef und Luxus einsetzen, aber jetzt brauchte ich ein Arbeitsgerät auf vier Rädern, das war was anderes.

»Gut. Besorg das Geld, am besten in bar. Da meldet sich 'n Kumpel bei dir. Der nennt sich Buddy. So, ich brauch noch 'ne Tüte Schlaf, und wenn's hell ist, klär ich das für dich. Lass mal wieder was von dir hören. Am besten, wenn nicht alle Leute schlafen.«

Gut, ich würde bald ein Auto bekommen, ich war gespannt, was Buddy für mich haben würde.

Um zwanzig nach sechs stand ich mit einer Tüte Brötchen vor Nadijas Wohnung. Ich sah, wie in ihrer Küche das Licht anging. Ich wartete noch zehn Minuten, dann klingelte ich.

Ich hielt die Brötchentüte hoch. »Frühstück?«

Nadija war frisch geduscht und hatte ein Badetuch umgeschlungen. Ihre feuchten Haare fielen auf ihre nackten Schultern. Sie war nicht überrascht, mich zu sehen, aber ich konnte auch keine Freude erkennen. Sie trat zur Seite und wies mich wortlos in die Küche. Der Frühstückstisch war schon gedeckt. Ich schüttete die Brötchen in den Brotkorb, stellte einen Teller für mich dazu und machte mir einen Kaffee. Dann kam David rein, Nadijas zwölfjähriger Sohn. Er begrüßte mich voller Freude, in seiner überschwänglichen Art nahm er mich gleich in den Arm. Eigentlich war David zurückhaltend und schüchtern, aber wenn er jemanden kannte und mochte, war er völlig offen.

»Guten Morgen, David. Na, wie geht's dir?«

»Ich geh gleich in die Schule.« Da klang so was wie Begeisterung mit, ganz anders als damals, als ich ihn kennengelernt hatte, als Schule für ihn ein Problem gewesen war, weil er nicht mitkam und von den anderen Schülern als Loser gemobbt wurde.

»Klappt es mit dem Lesen jetzt besser?«

David hatte Probleme gehabt, auch mit dem Rechnen, aber ich hatte ihm das Alphabet mit Automarken beigebracht, Audi für A, BMW für B und so weiter. Und auch beim Rechnen hatten ihm die Autos geholfen, David dachte nicht in Zahlen, sondern in Einheiten: Motorrad, Auto, Bus, Zug und so weiter.

»Ja, Lesen ist super.« Er kaute an seinem Brot. »Ich bin jetzt Klassensprecher.«

Ich war überrascht. »Dann mögen die anderen dich offenbar sehr.«

Er hielt im Kauen inne und sah mich an. »Ja.« Keine Erklärung, eine einfache Tatsache.

Nadija hatte sich dazugesetzt und Schulbrote gemacht, sie in Davids Rucksack gepackt und ihm diesen angereicht, als er zur Schule losmusste.

Im Gehen sagte er noch: »Kommst du jetzt wieder öfter?«

»Ja. Verspochen.«

Kaum war David gegangen, wirkte Nadija viel müder und angespannter.

»Das ist eine schlimme Sache, Carl.«

»Mit David?«

»Nein. Der ist toll, ein lieber Kerl. Ich wollte, ich hätte mehr Zeit für ihn. Er geht jetzt auf die Ganztagsschule, weil ich es sonst nicht schaffe. Und auch so … Ohne Bea würde es auch nicht gehen.«

Bea war Nadijas Nachbarin, die sich immer um David kümmerte, wenn Nadija länger arbeiten musste.

Nadija lächelte müde. »Weißt du, dass er jetzt der Beste der Klasse ist? Seit du ihm das mit den Autos beigebracht hast, läuft's bei ihm. Der Psychologe sagt, David hat ein visualisierendes Gedächtnis. Vermutlich hat er von Kindheit an mit den Autos trainiert, um seine kognitiven Schwächen zu kompensieren. Er liest nicht mehr einzelne Buchstaben, ein Auto hat jetzt eine Bedeutung, die wie ein Ausstattungsmerkmal ist.«

»Also bedeutet ein VW Käfer zum Beispiel Baum.«

»Ja, aber viel differenzierter. Ein grüner Käfer 1200 Baujahr 1968 mit Faltdach und Originalradio bedeutet Buche, hat er kein Faltdach, ist es Eiche und mit einem Rostfleck am Kotflügel Kastanie. Es ist unglaublich, Carl, er sieht sich einen Parkplatz an und erzählt mir die absurde Geschichte, die da aufgereiht steht. Das Tollste ist aber, er sieht sich eine Buchseite an wie einen Parkplatz und weiß, was da steht. Er liest Bücher in drei Tagen, für die ich Wochen brauche.« Nadijas Augen strahlten wieder.

Ich nahm ihre Hand. »Das ist toll«, sagte ich, »unglaublich, einfach phantastisch. David hat sich aber auch so total verändert, er ist erwachsener und selbstsicherer geworden.«

»Ja.« Nadija sah mich an. Ihr Blick änderte sich, stolze Mutter, wehmütige Geliebte, bedauernde Freundin, Kriminalhauptkommissarin. »Dafür bin ich dir total dankbar. Verstehst du das, Carl? Für immer!«

»Hast du mir deshalb die Fotos geschickt?«

»Ich kann dich nicht in mein Team lassen.«

»Du weißt, dass ich das im Griff habe.«

Sie schüttelte den Kopf. »Der Bericht des Psychiaters war noch am selben Tag beim Chef. Er sagt, du bist unberechenbar, eine Gefahr für dich und die Umwelt, auf keinen Fall dienstfähig. Du kannst jederzeit wieder zusammenbrechen – oder ausrasten. Ich kann mich da nicht drüber hinwegsetzen, und selbst wenn ich es täte, würde Großhans das nicht zulassen.«

»Du weißt, dass ich mehr aushalte als die meisten Kollegen!«

Wir schwiegen.

Ich hing in der Luft, kurz vor dem freien Fall. Ich klammerte mich an …

»Ich hab 'ne Spur.«

»Carl, ich hab noch nicht mal den Bericht von der Spurensicherung.«

»Erzähl mir, was du hast.«

»Ich kann dir nicht –«

»Dann reden wir über meine Spur.«

Nadija schüttelte den Kopf.

»Warum hast du mir dann die Bilder geschickt?«

»Ich war es dir schuldig?« Sie rang mit ihrer Fassung. Dann sprach sie weiter: »Es ist so unglaublich. So schrecklich. Die drei Frauen. Ich musste das mit jemandem teilen.« Sie nahm meine Hände, in ihren Augen standen Tränen. »Ich bin nicht nur einfach immer cool«, schniefte sie, »dabei nicht.« Dann sah sie fort, weit fort. »Das Auto war präpariert.«

»Wie meinst du das? Inwiefern präpariert?«

»Es ist noch in der Technik, aber es war gleich klar, da gibt es eine Abgasleitung in den Laderaum. Verstehst du? Das ist ein alter Kühlwagen, isoliert, auch gegen Geräusche, mit einer – vom Führerhaus aus zu steuernden – Abgaseinleitung in den Laderaum.«

Ich sah das Bild der drei Toten vor mir. Spulte im Geist zurück. Wehrlos, hilflos, zusammengeschlagen, ihr Todeskampf ohne Hoffnung. Und noch weiter zurück, andere, die vor ihnen gefangen worden waren, eine lange Reihe Unglücklicher, für die der Wagen präpariert worden war.

»Sie haben den Transporter öfter benutzt, um Menschen zu vergasen?«

Nadija nickte.

»Dann bist du nicht mehr lange an dem Fall.«

»Wenn heute die offiziellen Berichte kommen, übernehmen sicher andere. Ich weiß nicht, ob ich hoffen soll, in der Soko zu sein.«

»Du musst. Du musst mich auf dem Laufenden halten.«

Nadija schüttelte den Kopf, diesmal heftig. »Das kann ich nicht, Carl. Ich hab schon zu viel gesagt.«

»Nadija.«

»Nein!«

Sie sprang auf und räumte das Frühstück ab, ohne selbst gegessen zu haben. Sie war sehr geschäftig, und das »Nein« klang die ganze Zeit nach, bis es den ganzen Raum ausfüllte und jeden Atemzug vergiftete.

Schließlich drehte sie sich zu mir um. »Was hast du für eine Spur?«

Ich weiß nicht, was mich in dem Moment geritten hatte, vermutlich war ich gekränkt von ihrem »Nein«.

»Ich hab keine Spur«, sagte ich bedauernd. »Ich wollte nur ... Ich wollte, dass du mir alles sagst.«

Sie presste die Lippen zusammen und nickte verstehend. Ich glaube, sie wusste, dass ich etwas verschwieg, und vielleicht wusste sie auch, warum.

Schließlich sagte Nadija: »Ich rede mal mit Großhans. Du kannst nicht in mein Team und schon gar nicht in die Soko, aber du könntest uns trotzdem helfen. Großhans hat da ein Problem, das er eigentlich an mich delegieren wollte, aber dann kam der neue Fall dazu ...«

»Meinst du, du kannst mich wieder ins Spiel bringen?«

»Mal sehen.«

»Dann bin ich dir was schuldig. Lass uns doch einfach mal was essen gehen, ohne Job, wir zwei.«

Sie sah mich skeptisch an. »Carl?«

»Ohne Hintergedanken. Also wenn das mit dem Job klappt,

lade ich dich ins Weiße Rössle, unten in der Stadt, ein. Einverstanden?«

Nadija lächelte, fast entspannt. »Also gut, ich sehe, was ich tun kann, aber jetzt muss ich los.«

Sie nahm mich noch ein Stück mit und fuhr sogar einen kleinen Umweg, um mich in der Nähe meiner Wohnung abzusetzen.

ZWEI

Wieder zu Hause in der Kranichstraße skypte ich als Erstes mit Eddy und brachte ihn auf den neuesten Stand.

»Das Mädchen kam aus Polen. Guck mal, ob du was über Schleuser und Werber um Krakau, speziell auch im Zusammenhang mit dem Bunkier Café, findest. Und gibt es irgendwelche Informationen, in unseren Archiven oder im Darknet, über Leute, die Menschen im großen Stil entsorgen, also so regelmäßig, dass es sich lohnt, dafür extra einen Lieferwagen zu präparieren?«

Ich bat ihn auch noch darum, Lyla, die Mathematikerin von VIM, um entsprechende Berechnungen zu dem Fall zu bitten und Benjamin Behni, genannt Benni, unseren Historiker und Soziologen, danach zu fragen, was er über den Umgang mit gefährlich oder wertlos gewordenen »Sklaven« wusste.

Lydia war ins Zimmer gekommen und hatte den Rest von meinem Gespräch mitbekommen. »Glaubst du denn, dass es hier darum geht, sich häufiger unliebsamer Menschen zu entledigen?«

»Was glaubst du denn? Du hast die Bilder doch auch gesehen.«

Es war nicht Lydias Art, ein Blatt vor den Mund zu nehmen. »Ich denke, die Kleine haben sie kaputtgemacht, weil sie nicht funktionierte, und die Älteren haben viel zu lange funktioniert.«

»Prostituierte?«

»Auf jeden Fall. Vielleicht auch so was wie persönliche Sklavinnen – oder für Snuff-Filme.«

»Also Zwangsprostituierte, Sklaven. Dazu gezwungen werden ist ja eine Sache, aber warum machen deine Mieterinnen das eigentlich? Von Stina weiß ich es, sie wollte Rennen fahren, sich einen Traum erfüllen. Dafür war sie bereit, den Preis zu zahlen. Und Melissa wird Kosmetikerin.«

»Melissa kommt aus einfachen Verhältnissen, die Eltern Säufer und Hartzer, sie will irgendwie da raus. Ich denke, bald hat sie es geschafft. Weißt du, dass sie dreißigtausend Euro gespart hat, für ihr eigenes Kosmetikstudio?«

»Sie hätte aber auch zu Aldi an die Kasse gehen können.«

»Das dauert zu lang, außerdem geht es nicht nur ums Geld. Da gibt es tausend Gründe, Abenteuerlust, zum Beispiel, oder Sex macht Spaß, warum nicht einfach das Angenehme … Du weißt schon. Und dann ist es doch scheiße. Oder es geht um Anerkennung: ›Du bist so schön, Baby.‹ Liebe? Viele von den Frauen haben noch nie Liebe erfahren. Mach die Beine breit, und er liebt dich. Es fühlt sich für einen Moment so an wie begehrt werden – und dann wirst du benutzt, viel zu oft benutzt, erniedrigt und ausgenommen. Ich versuche den Mädchen Respekt zu erweisen, sie ihre Arbeit machen zu lassen, wie jeden anderen Job, der auch manchmal scheiße ist und manchmal gut. Aber es ist auch klar, bei Aldi an der Kasse brauchst du auf jeden Fall Jahre, bis du so viel Geld zusammenhast.«

»Ja, das schnelle Geld. Bei dir funktioniert das, aber meistens halten andere die Hand auf, Zuhälter, Vermieter.«

»Wir hatten früher auch öfter Ärger, aber seit du hier wohnst, ist das vorbei.«

Ich nickte, das war ein kluger Schachzug von Lydia gewesen, mir die zwei leer stehenden Zimmer in ihrer Villa anzubieten.

Ich hatte schon mehr als einmal für Ruhe im Haus gesorgt, und inzwischen hatte es sich herumgesprochen, dass hier nichts zu holen war.

Auch Lydia hatte ihren Gedanken nachgehangen. »Ich habe ja mit Mädchen aus dem Showgeschäft angefangen«, sinnierte sie. »Tänzerinnen, Sängerinnen, wegen unserer Konzertagentur. Im Showgeschäft kommen tausend geplatzte Träume auf eine, die es schafft. Die anderen müssen irgendwie klarkommen.«

»Wo ist es noch freiwillig«, überlegte ich, »und wo fängt der Zwang an? Bei der einen ist es der Zwang, erfolgreich sein zu müssen, dickes Auto, Klamotten, bei der anderen ist es vielleicht der knurrende Magen.«

»Bei mir ist keine, die sonst verhungern würde, sie können selbst entscheiden, was sie wollen und was sie mitmachen, und wenn eine aufhören will, helfe ich ihr, so gut ich kann. Ich mag meine Mädchen, jede von ihnen hat was Besseres verdient. Wenn ich mir vorstelle, dass jemand einen Menschen quält, ausbeutet und einfach wegwirft, wird mir übel.«

»Ja, mir auch. Deshalb kann ich nicht nur rumsitzen und zuschauen. Kannst du mir deinen Wagen leihen? Ich muss nach Stuttgart, jemandem ein paar Fragen stellen.«

Ich legte mich noch ein bisschen aufs Ohr, um den verpassten Nachtschlaf nachzuholen, dann nahm ich Lydias alten Ford Granada und fuhr ins Stuttgarter Hafengebiet. Mit den Rockern aus dem dortigen Clubheim hatte ich bei meinem letzten Fall zu tun gehabt. Ich hatte mir erst Respekt verschaffen müssen, aber dann konnte ich mit ihnen reden. Sie verdienten ihr Geld unter anderem mit Zuhälterei, und ihr Chef wusste sicher, was mit »ausgedienten« Frauen passieren konnte.

Auf dem Weg nach Stuttgart stellte ich mir die Frage, warum ich mich nicht einfach bei den Kollegen vom Sittendezernat erkundigte. Einerseits natürlich, weil ich nicht im Dienst war, nicht offiziell ermittelte und nicht wollte, dass Nadija und Großhans mitbekamen, dass ich trotzdem noch dran war, andererseits hatte ich in noch keiner Polizeistatistik was über das ungeklärte Verschwinden von Prostituierten gelesen. Sicher, die Mordquote war in dem Milieu doppelt so hoch wie bei Taxifahrern, die ansonsten am gefährlichsten lebten, aber meistens handelte es sich bei den Tätern um Freier oder psychisch gestörte Einzeltäter. Vielleicht konnte VIM mir exaktere Daten liefern, auch bei den Kollegen wollte ich mich noch sehen lassen. Aber erst mal die Rocker.

Es war früher Nachmittag, als ich vor dem Clubheim ankam. Auf dem Parkplatz davor standen nur wenige Motorräder, kein Auto, noch wenig Betrieb. Ich parkte den Granada direkt vor dem Eingang und ging, ohne lange zu fackeln, hinein, direkt an die Bar.

Ich hielt dem Barmann meinen Polizeiausweis vor die Nase und sagte: »Ich will den Chef sprechen, sag ihm, Moderski ist da.«

Hinter mir hörte ich Stühle rücken.

»Der Chef ist nicht da.«

»Dann ruf ihn an und mach mir einen Kaffee.«

Jetzt war es höchste Zeit, sich umzudrehen.

Drei der fünf Typen im Raum standen direkt hinter mir.

»Was gibt's?«, fragte ich.

»Du hast dich wohl verlaufen?«

Ich schüttelte den Kopf. »Nein, ich warte auf euren Chef, und es wär gut, wenn er sich etwas beeilt.«

»Meinst du?«

Die Jungs kamen bedrohlich näher. Einer streifte sich einen Schlagring über.

Ohne sie aus den Augen zu lassen, sagte ich über die Schulter zum Barmann: »Es ist besser, wenn du jetzt anrufst! Sag einen schönen Gruß von Cop Shatterhand.«

Der Spitzname zeigte Wirkung, die drei zögerten einen Moment.

»Du weißt, dass ich dir den Arm und ein paar Finger brechen werde, wenn du mich damit angreifst«, sagte ich zu dem mit dem Schlagring.

Das und mein Ruf reichten, die drei trollten sich murrend.

Ich drehte mich zum Barmann um, der hatte einen Totschläger in der Hand. »Willst du damit telefonieren? Das geht garantiert schief!« Mein Ton ließ keinen Zweifel daran, dass er den Knüppel würde schlucken müssen, wenn er auch nur daran dachte, ihn gegen mich einzusetzen.

Er griff zum Telefon.

Ich sagte: »Er soll sich beeilen, ich habe nicht den ganzen Tag Zeit. Und vergiss den Kaffee nicht!«

Ich hatte meinen Kaffee noch nicht ganz getrunken, als der Chef kam, gefolgt von vier Adjutanten. Er musterte mich kurz.

»Du bist es wirklich. Wer sonst. Komm mit.« Er ging vor, in eine Art Büro. Einer der Adjutanten stellte sich von innen vor die Tür. Die anderen blieben draußen stehen. »Setz dich.« Der Chef wies auf ein braunes, von Nietenhosen ziemlich abgewetztes Sofa.

»Gerne, nach dir.«

Er blieb stehen. »Was willst du?«

»Wir haben drei tote Frauen gefunden.«

Ich zeigte ihm die Fotos.

Er zuckte mit den Schultern. »Und?«

»Sie lagen in einem blauen Sprinter, mit dessen Abgas ermordet.«

»Keine Ahnung, kenne ich nicht. Nie was von gehört. War's das?«

Ich ging so nah an ihn heran, wie man das bei einem Rockerchef tun kann. Der Mann an der Tür rührte sich.

»Nein. Das war's noch nicht! Ihr kauft Frauen, beutet sie aus und verkauft sie wieder. Ich will wissen, an wen!«

»Wir singen nicht.«

»Sind euch diese Menschen denn völlig egal? Habt ihr kein Mitleid?«

Die Frage war eher rhetorisch gemeint, ich wusste ja, wie die Rocker mit Frauen umgingen. Er lachte, als wenn ich wirklich total auf dem Holzweg wäre, und machte eine Pause. Vielleicht suchte er in seiner Erinnerung nach so etwas wie Mitgefühl.

Nach seinem Gesichtsausdruck zu urteilen, hatte er es nicht gefunden.

»Nur damit du es verstehst, Bulle. Es gibt immer Starke und Schwache. Die einen haben die Kohle, die anderen nicht. Die Mädchen sind schwach. Sie sind dazu da, auf die eine oder andere Art gefickt zu werden. Du bist stark, das respektieren wir, ein Stück weit.« Sein anschließendes Schweigen ließ genug Raum, um mir die Grenzen dieses Respekts vorzustellen.

Um ihm zu zeigen, dass mir das keine Angst machte, ging ich noch etwas näher an ihn heran, drang in seine Rudelführeraura ein und erklärte ihm aus kaum einer Handbreit Entfernung: »Ihr erpresst, vergewaltigt und beutet aus. Aber die, die das gemacht haben, sind eine ganz andere Kategorie. Ihr interessiert mich heute nicht – ich will diese Schweine! Also ist es besser, du sagst mir, was du weißt, über eure Geschäftspartner und deren Geschäftspartner bis zu meinem Sprinter.«

»Sonst was, Bulle? Rufst du deine Kollegen?« Das schien ihn zu amüsieren.

Ich tat genauso amüsiert. »Da gibt es zwei Möglichkeiten. Erstens, ihr legt mich um. Zweitens, ich räume hier auf. Das wird dann mit Recht und Gesetz nur noch wenig zu tun haben. Ich entscheide mich für die zweite Möglichkeit. Wofür du dich entscheidest, ist mir scheißegal!«

Er machte einen Schritt zurück. »Du kommst hier nicht lebend raus.«

Ich lächelte ihn an. »Bist du dir sicher?«

Er wog die Möglichkeiten ab.

Ich sagte: »Ich will nur reden«, und machte ein unschuldiges Gesicht.

Er begann zu schmunzeln. »Du traust dich was.« Zu dem Mann an der Tür sagte er: »Holst du uns mal 'n Bier?«

Zwei Bier später wusste ich, wie es lief. Die meisten Frauen wurden zwischen den Clubs, in einem eingespielten Zirkel, hin-

und hergereicht. Die Clubs brauchten ständig Frischfleisch. Dabei ergab sich schnell eine Einstufung nach dem Potenzial der Damen; ließ es nach, wurden die Clubs minderwertiger. Das hieß schlechtere Arbeitsbedingungen, Publikum und Bezahlung, womit ihr Wert weiter rapide sank. So weit war mir das auch vorher schon klar gewesen – und hoffentlich jedem, der in einen illegalen Puff ging, auch.

»Irgendwann sind sie ausgequetscht wie eine Zitrone. Dann sind sie meist schon wieder im Ausland.« Das Billigste war, sie einfach irgendwohin zu verfrachten, ihnen ein bisschen Geld zu geben und sie sich selbst zu überlassen.

Für Problemfälle gab es »Abnehmer«, die bezahlt wurden. »Wir sind da nicht beteiligt«, hatte der Rockerchef gesagt, »aber vor zehn Jahren hätte ich dir trotzdem Namen nennen können. Heute läuft alles nur noch total anonym übers Internet.«

Ich wollte sowieso zu VIM, mal sehen, was Eddy dazu zu sagen hatte. Ich parkte den Granada in der Tiefgarage neben einigen Yuppie-Cabrios und nahm für die vierzehn Stockwerke bis in die zwölfte Etage das Treppenhaus. Der Expressaufzug lockte mich nicht. Seit ich an seine Manipulation der Gravitation gewöhnt war, bei der er die Erdanziehung zunächst scheinbar vervielfachte, um sie kurz vor der Ankunft in der zwölften Etage fast aufzuheben, machte mir seine Enge wieder zu schaffen. Das Treppenhaus dieses noblen Firmensitzes war ähnlich öde wie jedes andere Treppenhaus dieser Welt. Bis auf zwei kleine Witzzeichnungen, die irgendjemand mit Edding auf den Putz gemalt hatte, gab es nicht mal Graffitis. Bei dem einen Bildchen war das Portal eines aus Wolken gemachten Hauses zu sehen, mit zwei getrennten Eingängen. Über dem einen stand: »Für Pantoffelhelden«. Eine lange Reihe Männer mit Heiligenscheinen in weißen Nachthemden wartete davor. Über dem anderen hieß es: »Für Männer, die was zu sagen haben«. Ein kleines Männchen, ebenfalls mit Heiligenschein, befand sich davor. Im Eingang stand ganz offensichtlich Petrus, mit einem Fragezeichen in der Sprechblase. Die Bildunterschrift lautete: »Meine Frau hat gesagt, ich soll mich hier anstellen.« Die Zeichnung war gut gemacht, und ich bildete mir ein, in dem Männchen den Chef von VIM, Dr. Wandenberg, erkennen zu können. Der war hier wohl nicht so beliebt, sonst würde niemand Witze über ihn machen.

Ich hatte Glück, Eddy, Lyla und Benni waren da, außerdem noch drei andere, die ich nicht kannte.

»Neue?«

»Ja, wir wachsen.«

»Und der Chef, ist der nicht da?«

»Wandenberg ist auf einer Konferenz in Straßburg«, sagte Lyla. »Seitdem du außer Gefecht bist, schaut er nicht mehr so oft nach dem Rechten.«

Das fand ich gut. Wir nahmen uns jeder einen Kaffee und setzten uns in den kleinen Konferenzraum.

Eddy hatte über die drei toten Frauen nichts finden können, obwohl er mit seiner Gesichtserkennungssoftware Hunderte Überwachungsvideos überprüft hatte.

»Offiziell gibt es sie nicht«, sagte er.

So was hatte ich erwartet. Aber offenbar gab es in Krakau eine rege Werberszene, Au-pairs, Models, Arbeitskräfte für den Westen.

»Warum sollten die nicht ihre Verbindungen nutzen, um auch an den Flüchtlingsströmen zu verdienen? Ist auf jeden Fall plausibel, dass deine Nesrin aus Afghanistan über die Türkei, Bulgarien und Ungarn nach Polen gekommen ist und von dort zusammen mit polnischen Mädchen weitergereist ist.« Über den Lieferwagen hatte er auch noch nichts.

Als ich von meinen neuesten Erkenntnissen erzählte, gestand Eddy: »Ich war schon mal in einem Bordell.« Lyla rollte mit den Augen. »Also seit ich bei VIM bin, gehe ich da nicht mehr hin. Du willst zwar gerne glauben, dass die Frauen echt Bock die farbe des vergessens

emons: Tel. 0221-56977-0 · info@emons-verlag.de

☐ Bitte senden Sie mir das aktuelle Verlagsprogramm zu

☐ Ich möchte den Newsletter von emons: per E-Mail erhalten

☐ Ich habe Interesse an Krimis aus folgender Region:

f Besuchen Sie uns auch auf www.facebook.com/EmonsVerlag

Name

Straße

PLZ/Ort

E-Mail

emons: verlag
Cäcilienstraße 48

50667 Köln

Ich bin damit einverstanden, dass meine hier angeführten Daten zu dem folgenden Zweck »Versand von Kundenprospekt« erhoben, verarbeitet und genutzt sowie unter Umständen an unseren Dienstleister zum Versand des angeforderten Kundenprospektes weitergegeben bzw. übermittelt und dort ebenfalls zu dem folgenden Zweck »Versand von Kundenprospekt« verarbeitet und genutzt werden. Hier werden die Daten unmittelbar nach dem Versand gelöscht. Im Fall des Widerrufs werden mit dem Zugang meiner Widerrufserklärung meine Daten gelöscht.

05/2021

auf dich haben. Zumindest ihren Job so gerne machen wie eine Friseurin oder ein Automechaniker. Aber es bleibt Fake. Wie beim Wrestling, die verkloppen sich doch auch nicht echt.«

»Ich kann nur sagen«, unterbrach ihn Lyla, »mathematisch gesehen ist die Faktenlage unbefriedigend. Rechnet man die kursierenden Zahlen hoch, geht jeder zweite deutsche Mann einmal pro Woche zu einer Prostituierten, rechnet man sie runter, ist es ein Randthema von Außenseitern. Einerseits ist es ein Milliardengeschäft mit hunderttausend Sexarbeiterinnen und -arbeitern, andererseits scheint es, als würde ein kleiner Teil sexuell freizügiger Frauen ihr Hobby zum Beruf machen. Ohne da viel rechnen zu müssen, ist bei einer so indifferenten Faktenlage klar, dass sich der größte Teil dieses Metiers im Schatten abspielt. Mit all seinen Nachteilen und Auswüchsen.«

»Wenn wir da weiterkommen wollen«, stellte ich fest, »brauchen wir eine Undercover-Aktion im Darknet. Kannst du danach mal suchen, Eddy?«

»Du meinst, ich soll einen Problemlöser suchen?«

Ich bestätigte nickend.

»Das mache ich nicht von hier. Am Ende muss sich jemand mit denen treffen, das ist mir zu heikel. Wir fragen besser bei den richtigen Stellen vom BKA an. Das ist doch unser Verein.«

Eddy hatte recht, aber ich war ja offiziell gar nicht an dem Fall.

»Könnt ihr das machen? Ich kann den offiziellen Weg gerade nicht gehen, und das dauert auch viel zu lange.«

Eddy ahnte, was ich meinte. »Ich kenne da einen Hacker, der arbeitet fürs BKA. Vielleicht können wir auf dem kleinen Dienstweg was machen.«

»Okay, Eddy, sieh zu, ob du das hinkriegst. Aber kein Risiko. Ich will nicht, dass dein Kumpel für die Problemlöser zum Problem wird.«

»Mach ich!« Eddy brannte darauf, endlich was zu bewegen.

»Cool«, sagte Lyla und stellte ihre leere Kaffeetasse weg. »Wenn ich noch was für dich tun kann, sag Bescheid.«

Nachdem Lyla gegangen war, legte mir Benjamin Behni eine Mappe hin, die so dick war wie mein Kugelschreiber. Ein richtig bequemer, griffiger, dicker Kugelschreiber.

»Benni, was soll ich damit?«

»Ein Auszug aus meiner Doktorarbeit«, meinte Benni ernsthaft. »Aber nur Sachen über das Ende des Sklavendienstes.«

»Kannst du mir das nicht einfach kurz zusammenfassen?«, fragte ich, ohne meine Ungeduld zu verbergen.

Ich hätte wissen müssen, dass das ein Fehler war. Benni begann über sein Lieblingsthema zu referieren. Er hatte Jura und Kriminologie studiert und arbeitete seit Jahren an seiner Promotion, deren Titel so lang war, dass ich ihn mir nicht gemerkt hatte, aber es ging um Sklaverei und Menschenhandel im Vergleich zwischen Kulturen und Epochen. Ich hörte mir seine weitschweifige Einleitung zwei Minuten an, bis ich ihn unterbrach: »Benni, mach's kurz.«

»Also gut, zusammenfassend kann man sagen, dass Sklaven eine Investition waren und sind, die man nicht einfach wegwirft. Es gab also keine systematische Ermordung von Sklaven, außer wenn man mit einbezog, dass sich ein Großteil einfach zu Tode gearbeitet hatte. Harte Arbeitsbedingungen, zum Beispiel im Bergbau und bei der Feldarbeit unter sengender Sonne, und schlechte Verpflegung trugen dazu bei. Freilassungen nach jahrzehntelanger guter Arbeit waren üblich und eine gute Motivation, gut und treu zu dienen. Aber Sklaven waren keine Personen, sondern eine Sache ohne Rechte, der Wert ihres Lebens entsprach ihrer Arbeitskraft, unter Umständen ein seidener Faden.«

»Und was heißt das auf heute übersetzt?«, fragte ich unseren Spezialisten für die historischen Zusammenhänge.

»Früher gab es keine systematischen Tötungen von alten Sklaven, außer, wie schon erwähnt, durch harte Arbeit. Es gab eher Freilassungen oder das Gnadenbrot. Die Welt war klein, man wohnte eng beieinander. Die Sklaven wussten, was mit ihnen geschehen würde. Heute ist das anders, niemand zahlt ein Gnadenbrot, einen nutzlosen Sklaven muss man loswerden, fertig.«

»Und was heißt das? Systematische Tötungen oder nicht?«

»Ich habe keine Beweise.«

»Ja oder nein?«

»Lyla hat ja schon gesagt, das meiste findet im Dunkeln statt.«

»Benni?«

»Wenn du so fragst – ja!«

Ich ließ den Granada Richtung Friederichsburg rollen. Das Radio nervte, ich schaltete es ab. Bennis »Ja« hatte etwas in mir ausgelöst. Mich hatte nicht einfach die Bestätigung meiner Befürchtungen getroffen, sondern Bennis Ton.

Benjamin Behni forschte seit Jahren zum Thema Sklaverei. Sein »Ja« bedeutete, er war sich des tausendfachen, systematischen Mordens bewusst. Es war sein Forschungsthema, mehr nicht. Wenn ich Beweise hätte, sollte ich ihm die Details zukommen lassen. Ich spürte seine Forschergier, reine, empathiefreie Gier.

Ich fuhr auf einen Parkplatz. Weiter vorne stand ein roter Sattelschlepper. Eine Familie machte Pause, die Kinder sprangen herum. Ich stellte den Motor ab. Ruhe, nur das Rauschen der Autos auf der Autobahn und Rufe von den Kindern.

Ich hielt mich am Lenkrad fest. Starrte auf meine Hände. Sie hatten getötet. Ich hatte getötet, vernichtet, beendet – alle Hoffnung, alles Sehnen …

Von Bennis »Ja« war ein kleines Bröckchen Glut abgefallen. Es fiel langsam zu Boden auf Reisig, trockene Blätter und Nadeln. Die Berührung damit kühlte es ab, es glühte dunkler, verlöschte fast, rieselte tiefer zwischen die Ästchen und Nadeln.

Man müsste darauftreten, um es zu löschen, aber man erreichte es nicht. Jetzt züngelte eine kleine blaue Flamme hervor. Ich umklammerte das Lenkrad, presste meine Hände schmerzhaft zur Faust, bebte. Die spielenden Kinder verschwammen vor meinen Augen.

Die Welt um mich brannte.

Wer konnte so ein Feuer löschen?

Der rote Laster war fort. Die Familie war fort. Andere waren gekommen. Das Feuer brannte in mir. Ich ließ den Motor an und fuhr los.

DREI

»Was ist denn mit dir passiert?«

Lydia hatte mich nach Hause kommen hören und war mir in mein Zimmer gefolgt.

»Du bist ja käseweiß. Als wäre dir der Teufel persönlich begegnet.«

Ich sah gefühlt eine Minute durch sie hindurch.

»Nein, nur sein Werk. Ihn muss ich noch erwischen.« Ich setzte mich auf mein Bett.

Lydia fragte besorgt: »Brauchst du was?«

Ich sagte: »Nee«, ließ mich nach hinten fallen und starrte an die Decke. Nach einiger Zeit war Lydia gegangen. Ich träumte den Traum, den ich schon zur Genüge kannte. In dem Erich Dimaschewskis Leute meine Kinder in den Brunnenschacht geworfen hatten. Ich versuchte sie zu erreichen, fühlte ihre nassen, kalten Finger, hörte ihre Schreie. Aber ich hatte Platzangst, ich konnte sie nicht retten.

Mein Handy brummte. Es hatte mich aus dem Schlaf und aus diesem Traum gerissen. Einerseits war ich ganz froh darum, andererseits total verpennt.

»Ja.«

»Können Sie in einer Viertelstunde im Präsidium sein?«

»Hä, was ist?« Mein Begriffsvermögen hing noch etwas hinterher.

»Sie wollen doch wieder als Polizist arbeiten, oder hat sich Frau Hammerschmitt da vertan?«

»Ah, Herr Großhans, Chef, nein, alles klar, Frau Hammerschmitt sieht das völlig richtig.«

»Also dann in einer Viertelstunde in meinem Büro, oder kriegen Sie das nicht hin?«

»Doch, doch, bin schon unterwegs. Alles klar.«

Es war kurz vor achtzehn Uhr, eigentlich schon Dienstschluss. Gestern hielt Großhans mich noch für dienstunfähig – was war passiert, was hatte ihn umgestimmt?

Ich machte mich frisch, lieh mir wieder Lydias Granada, »Du kannst ihn auch kaufen, du fährst ihn sowieso öfter als ich«, und düste los.

Die Vorzimmerdame winkte mich gleich zum Chef durch und begleitete mich durch ihr Büro mit dem Satz: »Du siehst aber auch nicht mehr so frisch aus wie früher.«

Ja, wo sollte das auch herkommen, wenn man nicht zum Schlafen kam.

Großhans begrüßte mich, für seine Verhältnisse, etwas zu euphorisch.

»Ah, Moderski, kommen Sie herein.« Er war um seinen Schreibtisch herumgekommen, legte mir eine Hand auf die Schulter und drehte mich zu der Besucherin herum, die auf dem Stuhl neben seinem Schreibtisch gesessen hatte. »Carl Christopher Moderski, unser Mann für besondere Fälle, ungewöhnliche Methoden – außerordentliche Erfolgsquote.« Er wies auf die Besucherin und gab mir einen leichten Schubs auf sie zu. »Commissaire Susette Brioche, von der Police nationale aus Colmar im Département Haut-Rhin«, stellte er sie vor.

Ich streckte meine Hand aus, und Madame Brioche reichte mir ihre, sehr zart, fast zerbrechlich. Sie war gekleidet in eine eigenwillige Mischung aus Biedermeier und Art nouveau. Geknöpfte bordeauxrote Stiefeletten, wadenlanger schwarzer Rock, unten mit einem Spitzenvolant, Rüschenbluse, bordeauxfarbene Reiterjacke aus Leder, an deren Ärmeln die Spitzen der Bluse vorschauten, ihre Haare waren zu einem Knoten gebunden, aus dem sich keck ein paar Strähnen in alle Richtungen gelöst hatten. Sie war so was von zart, dass sie fast durchscheinend wirkte, mit kaum einem Meter sechzig, ihrer blassen Haut und den kleinen Händchen. Ich unterdrückte den Impuls, sie zurückhaltend zu behandeln wie ein kleines Mädchen – oder besser wie eine barocke Prinzessin. Sicher war sie nicht ohne Grund Kommissarin.

»Ich nehme an, Sie sind der Grund, warum ich kommen sollte. Was kann ich für Sie tun?«

Großhans nahm mich am Arm, zog mich ein Stück zurück und raunte: »Commissaire Brioche hat um Amtshilfe gebeten, in einem besonders verzwickten Fall, und ich, also Frau Hammerschmitt und ich dachten, dass Sie vielleicht … Also das ist nichts Großes, es gibt nicht mal eine offizielle Ermittlung … Und für Sie … Es wäre doch schön, wenn Sie wieder … ermitteln könnten …«

»Hören Sie Chef, ich gebe der Dame genau fünf Minuten, um mir zu erklären, worum es geht. Wenn ich da mitmache, dann nur, damit ich wieder als diensttauglich anerkannt werde und bei den drei toten Frauen aus dem Sprinter dabei bin. Das ist der Deal, ich lös das Ding, dann bin ich bei der Soko.«

»Moderski, ich …«

Ich sah ihn scharf an. Das K11 hatte gerade alle Hände voll zu tun; der Einzige, der außer mir noch zur Verfügung stand, war Großhans selbst. »Sie können ihr ja auch persönlich weiterhelfen.«

»Also gut, Moderski. Ich sehe ein, dass man es nicht von der Hand weisen kann, dass Sie dienstfähig sind, wenn Sie den Fall von Madame Brioche lösen könnten. Obwohl es nicht dasselbe ist, in diesem Fall Unterstützung zu leisten oder gegen eine organisierte Bande vorzugehen«

»Okay, abgemacht! Melden Sie mich schon mal bei der Soko an.«

Ich drehte mich zu der Dame um, die inzwischen ein trotziges Gesicht aufgesetzt hatte. Offenbar hatte sie unser ganzes Gespräch mitbekommen.

»Also los, erzählen Sie mal.«

Sie legte ein Tablet auf den Tisch, tippte ein paarmal darauf herum und wies dann darauf. »Bitte.«

Darauf zu sehen war eine Google-Maps-Karte mit zwölf durch Fähnchen markierten Punkten. Horb, Balingen, Villingen-Schwenningen, Konstanz, Schramberg, Freiburg, Lörrach, Colmar, Baden-Baden und noch mehr.

»Ja und? Was soll mir das sagen?«

»Wir ermitteln im Fall des Todes von zwei Menschen in Colmar und Umgebung. Aber dies sind alles dubiose, ungeklärte Todesfälle in Baden-Württemberg ...« Sie sprach phantastisch Deutsch mit einem filmreifen französischen Akzent.

»Seit wann liegt Colmar in BW?«

»Diese Todesfälle waren keineswegs alle als Morde eingestuft worden. Unfälle, Herzversagen. Die Todesursachen sind vielfältig und, ohne Verdacht, nicht ohne Weiteres als Fremdeinwirkung zu erkennen.«

»Das heißt, es gibt nicht in allen Fällen Mordermittlungen.«

Sie tippte auf das Tablet, die Fähnchen verschwanden bis auf fünf.

»Das sind die Mordfälle?«

»*Oui.*«

»Also fünf Mordfälle – in Konstanz, Freudenstadt, Horb und Colmar.«

»*Oui*, in Colmar zwei, für die ich zuständig bin.«

»Also gut, dann sollen die Kollegen in Horb, Konstanz und Freudenstadt sich darum kümmern. Warum kommen Sie zu mir?«

Sie tippte auf das Tablet, alle Fähnchen erschienen wieder, dann tippte sie nochmals. Um die Fähnchen erschienen hellblau eingefärbte Kreise.

»*Et voilà.*«

»Und?«

»Keiner der Kreise betrifft Ihr Gebiet. Sonst ist der ganze Schwarzwald betroffen, nur bei Ihnen nichts.«

»Und das heißt was?«

»Dass sich der Mörder hier versteckt und es für ratsam hält, nicht zu nahe an seinem Zuhause tätig zu werden.«

Ich musste lachen. »Was ist denn das für eine blöde Argumentation? Weil hier keiner gestorben ist, gibt es hier Mörder?«

Sie ließ mich in Ruhe weiterlachen und wartete geduldig, bis ich mich wieder beruhigt hatte. Da wurde mir klar, dass sie das schon öfter gehört hatte und trotzdem hier war. Das war ziemlich verrückt, hartnäckig und mutig. Ich hörte auf zu lachen.

»Also abgesehen davon, dass es in den meisten Fällen gar keine Mordermittlungen, also keinen Mordfall, gibt: Was, wenn der Täter jetzt in Frankfurt oder noch weiter nördlich wohnt, in Hannover oder so, und nur gerne im Schwarzwald Urlaub macht oder auf seinem Weg in den Süden hier vorbeikommt, mal auf der A 5 nach Basel oder auf der A 81 nach Singen? Was, wenn nächste Woche ein Toter in Friederichsburg gefunden wird?«

»Dann suchen wir in Hannover.«

»Aber jetzt suchen wir hier, nicht weil es irgendwie sinnvoll ist, sondern weil Ihnen einfach nichts Besseres eingefallen ist?«

»Können Sie beweisen, dass der Mörder nicht hier ist, unter Ihren Augen?«

»Natürlich kann ich nicht beweisen, dass etwas nicht ist. Ich kann nur beweisen, was ist.«

»Genau darum bin ich hier. Helfen Sie mir, den Täter zu finden.«

Ich glaube, wenn sie nicht so hartnäckig gewesen wäre, so standhaft in ihrer absurden, haltlosen Position, ich hätte nur den Kopf geschüttelt und Nein gesagt. Aber so …

»Also gut, nehmen wir an, dass der Täter, der für all diese Morde verantwortlich ist, hier irgendwo wohnt und sich durch seine übertriebene Vorsicht Ihnen offenbart hat. Was haben Sie schon in der Hand?«

Sie rief einen Ordner auf dem Tablet auf. »Damit sollten Sie sich so schnell wie möglich vertraut machen.«

Ich betrachtete das Icon für den Ordner skeptisch. Das sah schon auf dem Desktop irgendwie fett aus. Ich öffnete den Ordner, das Display füllte sich mit Unterordnern.

»Nee, das lerne ich nicht auswendig. Wissen Sie, was wir machen? Sie bringen mich jetzt zu dem nächstgelegenen Tatort, und unterwegs erzählen Sie mir alles Wichtige.«

»Aber es ist schon spät, es ist Abend.«

»Das Verbrechen schläft nicht. Also los – jetzt oder nie!«

Susette Brioche fuhr einen Citroën 2CV Charleston. Das Ding sah aus wie ein Gefährt aus einer anderen Zeit, es schaukelte wie eine Postkutsche und fuhr auch ungefähr genauso schnell, aber es passte ganz hervorragend zu ihr. Voll stilecht.

Wir fuhren Richtung Süden, durch das Enztal über den Dobel ins Murgtal runter und wieder über den Berg, um schließlich von oben nach Baden-Baden zu kommen. Dieses Auto war ganz offensichtlich nicht für die Berge gemacht. Bergauf röhrte der kleine Motor im Vollgas so, dass an eine Unterhaltung nicht zu denken war, bergab verschlug es mir die Sprache. Madame blieb ganz gelassen, und voller Zutrauen zu ihrem Gefährt warf sie es in jede Serpentinenkurve, als führe sie auf Schienen. Wie dem auch sei, ein bisschen unterhalten konnten wir uns doch, und ihr melodiöser Akzent, gepaart mit dem spartanischen Interieur ihres Autos, versetzte mich in so eine Art Urlaubsstimmung. Wie entspannt man zwölf Morde bearbeiten konnte, erfuhr man wohl nur in einem alten französischen Auto. Trotzdem war ich, als wir in dem Baden-Badener Vorort ankamen, einigermaßen im Bilde.

Es gab eine Menge Todesfälle, die anscheinend miteinander in keinem Zusammenhang standen, außer dass es in allen Fällen kein Motiv und natürlich erst recht keinen Verdächtigen gab. Die Toten waren sowohl Männer als auch Frauen, die jüngste fünfzig Jahre, die meisten zwischen sechzig und siebzig, der älteste fünfundsiebzig Jahre alt. Es waren alle Berufsgruppen vertreten, von der Sekretärin bis zum Oberstudienrat. Es gab keine auffälligen oder unauffälligen Gemeinsamkeiten, außer dass sie alle keinen Anhang hatten und sehr zurückgezogen lebten.

»Also alles MoFs?«, stellte ich fest.

»Bitte was?«

»Menschen ohne Freunde.«

»Ah …« Sie überlegte eine Weile. »Das stimmt … Aber es ist traurig. Wir sind da.«

Wir stiegen aus und standen vor einem herrschaftlichen Haus aus den 1930er Jahren. Der einstmals schön angelegte Garten war verwildert, die Büsche waren ausgewachsen und die Bäume inzwischen zu groß für ein Stadthaus, der Rasen war in ihrem Schatten verkümmert. Wir gingen nicht zum Haupteingang, sondern über einen bemoosten Weg aus zersprungenen Steinplatten um das Haus herum zu einer Wohnung, die so tief lag, dass wir ein paar Stufen zum Eingang hinuntersteigen mussten.

Susette Brioche hob einen Stein neben der Treppe an und nahm den Schlüssel, der dort deponiert war. Das Polizeisiegel war mehrfach gebrochen und wieder erneuert worden, bis man es einfach sein gelassen hatte.

»Hier wohnte Hans Kaufmann, er war mit fünfundsiebzig der Älteste. Er wurde vor fünf Wochen gefunden, nachdem er schon mehrere Wochen tot war.«

»Haben die Leute aus dem Haus ihn denn nicht vermisst?«

»Das Haus steht seit Jahren leer. Es gehörte Herrn Kaufmann, aber er bewohnte nur diese zwei Zimmer hier, im Rest des Hauses war er vermutlich seit mehreren Jahren nicht mehr.«

»Weiß man, warum?«

»Es ist sein Elternhaus, aber er war nicht wohlhabend, nicht mehr, er konnte das Haus wohl nicht bewirtschaften. Es war mehrfach zum Verkauf angeboten, aber letztendlich konnte er sich nicht zum Verkauf entschließen.«

Ich sah mich um, es roch nach Verwesung und nach altem, einsamem Mann. Bieder, trostlos, unambitioniert, eine kleine, banale Schmetterlingssammlung, nicht mehr als zwanzig Bücher, eine Miniküche mit zwei Kochplatten. Neben einem mindestens vierzig Jahre alten Plattenspieler lagen drei Schallplatten, Glenn Miller, James Last und Alexandra – hatte er etwa seit fünfzig Jahren immer nur diese drei Platten gehört?

Ich zeige auf die Platten.

Susette Brioche nickte. »Ich weiß. Es ist unglaublich, wie manche Menschen leben. Als man ihn fand, lief das Radio.« Sie wies auf ein altes Röhrenradio in der Ecke neben der Couch.

»Wie ist er gestorben?«

»Gestürzt und mit dem Kopf an die Ecke der Kommode geschlagen. Er war nicht gleich tot, nur hilflos.«

»Fremdeinwirkung?«

Sie schüttelte den Kopf und zuckte mit den Schultern.

»Also was jetzt?«

»Es konnte keine Fremdeinwirkung nachgewiesen werden, aber ich bin mir sicher –«

»… dass das auf das Konto des geheimnisvollen Schwarzwaldkillers geht.«

Sie holte tief Luft für eine Erklärung, aber ich kam ihr zuvor.

»Lassen Sie uns zu dem nächsten Tatort fahren, mal sehen, ob er genauso skurril ist.«

Sie folgte mir zu dem 2CV zurück. Auf der Fahrt nahm ich mir ihr Tablet und sah die Akten zu Hans Kaufmann durch – alles sauber recherchiert, nichts gefunden.

»Sein Haus geht an eine Stiftung. Keine Erben?«

Brioche kämpfte mit der Müdigkeit, während ihr Dutt den Kampf gegen die eigenwilligen Strähnen schon verloren hatte, er wippte noch schlaff an ihrem Hinterkopf und löste sich langsam auf.

»Nein, er hat keine Erben. Aber die Stiftung ist sauber, sie wird von der Sparkasse verwaltet.«

»Also kein finanzielles Motiv.«

»Wir haben keines gefunden.« Sie gähnte, und der Wagen schlingerte leicht.

»Soll ich mal fahren?«

»Nein, nein. Wir sind auch gleich da.«

Kurz darauf verließen wir die Autobahn, fuhren gefühlt durch ein Dutzend Kreisverkehre und kamen nach Houssen bei Colmar. Am Ortsende direkt am Feld hielt Susette Brioche vor einem Reihenhaus.

»Geraldine Wagner. Unser erstes Opfer vor anderthalb Jahren. Das Haus ist inzwischen verkauft und wieder bewohnt.«

»Können wir da rein?«

Sie öffnete auf dem Tablet auf meinem Schoß eine Fotogalerie, ein virtueller Rundgang. Das gepflegte Heim einer gebildeten Person, Bücher, Zeitschriften, ein Stutzflügel im Wohnzimmer, etwas zu groß für das kleine Haus. Ein Bild von Geraldine Wagner, sie lag mit dem Oberkörper auf dem Esstisch, Blut war von ihrem Hinterkopf über den Hals auf die Tischplatte gelaufen.

»Ein einziger fester Schlag von hinten auf den Kopf.« Sie blätterte die Fotos weiter. »Mit dieser Skulptur von Bruno Bruni, der Titel ist ›Amore‹.«

Die Bronzeskulptur zeigte eine schlanke, junge Frau, die von einem Mann, der nur aus Hut und Mantel mit Händen bestand, umarmt wurde. Nach Fingerabdrücken und all dem Kram brauchte ich gar nicht zu fragen. Wenn es etwas gegeben hätte, das auf den Täter hinwies, säße ich jetzt nicht mit Susette Brioche hier in der Pampa.

»Gab es Erben?«

»Eine Schwester, sie lebt in Österreich, Graz.«

Ich sah Brioche fragend an, sie schüttelte den Kopf und startete den Motor.

»Ich zeige Ihnen noch unseren zweiten Toten aus Colmar. Alphonse Roussillon.«

Sie tippte nochmals auf das Tablet und fuhr los.

Roussillon war ein beleibter Mann Mitte sechzig, ein Genießer mit roten Backen und einer Rotweinnase. Er war mit Kirschwasser vergiftet worden, in das jemand Zyankali gemischt hatte. Der Täter kannte Roussillons Vorlieben, und der hatte wohl auch seinen Mörder gekannt.

Genau wie bei den anderen war der Mörder ohne Gewalteinwirkung ins Haus gekommen, hatte keine Spuren hinterlassen oder alle entfernt und war wieder gegangen. Er musste relativ stark sein, wegen der Bronzeplastik, und ziemlich kaltblütig. Ich vermutete, dass er bei Roussillon geblieben war, bis er sicher sein konnte, dass er tot war. Schließlich konnte er die Menge Zyankali, die Roussillon mit dem Schnaps aufnahm, nicht genau genug abschätzen. Deshalb hatte er ihm beim Sterben zugesehen.

»Ist es nicht schlimm, dass so jemand unbehelligt einfach frei zwischen uns herumläuft?«, meinte die französische Kommissarin dazu, während sie durch die Fußgängerzone von Colmar kurvte.

Alphonse Roussillon hatte im zweiten Stock eines alten Fachwerkhauses direkt in Colmar gewohnt. Madame Susette hielt direkt vor dem Haus, in dessen Erdgeschoss ein Weinladen mit Feinkost etabliert war. Sie legte einen Parkausweis hinter die Windschutzscheibe und ging voraus. Roussillons Wohnung war nicht groß, ein Wohnzimmer, ein Schlafzimmer und eine kleine Küche, an die sich direkt das Bad anschloss. Es wirkte alles wie eine Puppenstube, schön arrangiert, aber nicht belebt.

»Wie lange ist er schon tot?«

»Acht Monate.«

»Und die Wohnung steht so lange leer?«

»Wir haben sie noch nicht freigegeben«, war ihre Antwort. Seltsam, hier war doch nichts mehr zu finden. Vermutlich war alles von unterst zu oberst gedreht worden, und dann hatte sich jemand die Mühe gemacht, alles wieder so hinzustellen, wie es sich gehörte, ordentlich, aber ohne die kleinen Fehler, die der lebendige Gebrauch mit sich brachte.

»Wer hat hier aufgeräumt? Gibt es Angehörige?«

»Nein. Das war ich.«

»Warum? Wollten Sie sich in das Opfer hineinversetzen?«

»Glauben Sie mir, das habe ich tausend Mal versucht.«

Ich sah mich um. »Es ist zu steril hier, es hat nichts mehr von seinem Leben.«

»Wenn ich hier bin, höre ich noch seine Stimme.«

»Kannten Sie ihn?«

»Wir wohnen oben.« Sie deutete an die Deckte und meinte wohl die Etage darüber.

»Dann ist dieser Mord quasi vor Ihren Augen passiert.«

Sie nickte. »*Oui.*«

Langsam verstand ich, warum sie so hartnäckig war.

»Und standen Sie dem Opfer nahe?«

»Nein, er lebte genauso zurückgezogen und für sich alleine wie die anderen.«

»Haben Sie nie mit ihm gesprochen, er war doch Ihr Nachbar?«

»Doch, wenn wir uns im Hof gesehen haben, an den Mülltonnen oder auch in der Stadt, er ging oft zum Essen in eine der nahe gelegenen Gaststätten, bei dem Weinladen unten war er Stammgast.«

»Und was hat er so erzählt?«

Sie schüttelte den Kopf. »Nichts. Über das Wetter und das Älterwerden und den Wein.«

»Also wissen Sie nichts über ihn, was uns weiterhelfen könnte.«

»*Non.* Ich habe acht Monate darüber nachgedacht. Wenn

ich doch mehr Zeit für ihn gehabt hätte, zugehört hätte ...
Vielleicht hätte ich dann ...«

»Jetzt machen Sie sich mal nicht verrückt, ich glaube nicht, dass das hier irgendwas mit Ihnen zu tun hat und dass Sie irgendwas daran hätten ändern können. Wer hat ihn denn gefunden?«

»Ich.«

Als wenn ich es geahnt hätte.

»Wie ist das passiert?«

»Die Wohnungstür stand offen, als ich morgens zur Arbeit gehen wollte.«

»Wie lange war er da schon tot?«

»Fünf, sechs Stunden. Vielleicht habe ich den Täter nur knapp verpasst.«

Das war also ihr Trauma, sie ermittelte in einem Mordfall, und der Täter tötete unter ihren Augen weiter, einen Menschen, den sie kannte, der ihr nahe war, zumindest räumlich.

Sie lächelte mich verlegen an, wartete auf mein Urteil. Ich lächelte zurück.

»Keine Sorge«, sagte ich. »Wir kriegen ihn. Sie wohnen oben drüber? Ich bringe Sie noch rauf, und dann suche ich mir ein Zimmer für die Nacht.«

»Nein, nein, um diese Zeit finden Sie bestimmt nichts mehr. Sie können bei uns schlafen, kommen Sie.«

Wir gingen eine enge Treppe hinauf in den dritten Stock. Brioche schloss die Wohnungstür auf, hängte ihre Jacke und ihre Handtasche an die Garderobe, legte ihren Autoschlüssel, ihren Wohnungsschlüssel und einen weiteren dicken Schlüsselbund in eine Keramikschale mit Lilienmotiven. Sie nahm einen Derringer, eine kleine, zweischüssige Taschenpistole, aus der Handtasche und legte sie in die oberste Schublade der Flurkommode, zog ihre SIG Sauer aus dem Schulterhalfter und legte sie dazu. Anschließend verschloss sie die Schublade und hängte ihr Schulterhalfter auch an die Garderobe.

Danach atmete sie einmal tief durch und rief: »Hallo, Schatz, ich bin wieder da.«

Dann winkte sie mir, ihr zu folgen. Wir traten aus dem Flur in den Wohnraum. Von der spießigen Enge der kleinen Wohnung eine Etage tiefer war hier keine Rede. Das Fachwerk war über die Weite des ganzen Gebäudes freigelegt, teilweise bis ins Dachgeschoss hinein. Es ergab sich dadurch eine großzügige, mondäne, aber durchaus gemütliche Atmosphäre, die durch Lichtinseln in einzelne Bereiche gegliedert wurde.

In einer dieser Lichtinseln erhob sich eine Frauengestalt, die aus einem »Herr der Ringe«-Film zu stammen schien, von einem antiken Schreibtisch. Sie war groß und sehr schlank, mit heller Haut und langen, hellblonden Haaren, gekleidet in weiße Spitzenkleidung, die sie zart umwehte und mehr offenbarte, als sie zu verhüllen imstande gewesen wäre. Susette Brioche ging ihr entgegen, umarmte sie und küsste sie auf den Mund.

»Darf ich vorstellen, meine Frau, Simone. Hauptkommissar Moderski aus Friederichsburg. Ich habe dir erzählt, dass ich jemanden um Hilfe bitten wollte.«

Simone schwebte förmlich auf mich zu. »Wie nett, ein Gast. Haben Sie schon zu Abend gegessen?« Ihre Augen strahlten ein lebhaftes Interesse aus.

»Äh, nein.« Mir fiel erst jetzt auf, dass ich Hunger hatte. Kein Wunder, es war schon nach dreiundzwanzig Uhr.

»Ich kann Ihnen nicht viel bieten, aber eine Kleinigkeit lässt sich sicher zaubern. Möchtest du was trinken, Schatz?«

»Haben wir Rotwein?«

»Aber ja. Sie auch, Monsieur?«

Sie entschwand in die Küche, die ebenfalls nur durch offenes Fachwerk vom Wohnraum getrennt war.

»Ich gehe duschen«, rief Susette Brioche und ließ uns alleine.

Simone, also auf Französisch Simon', man hörte das e nicht, reichte mir ein Glas Rotwein. Ihre Brustwarzen schimmerten rosa durch den leichten Stoff.

»Ich weiß, wo Sie hinsehen, mein Herr.«

Ich sah bewusst in das Glas.

Sie schmunzelte kokett, freute sich wohl darüber, dass sie mich verlegen gemacht hatte, und beugte sich auf eine Art zu dem Ofen hinunter, die man aufreizend nennen konnte, um einen Flammkuchen zum Erwärmen hineinzulegen.

»Sind Sie wegen des armen Alphonse hier?«, fragte sie, als sie sich wieder zu mir wandte.

»Ja, wegen ihm und anderen.«

»Sie sind Kriminalist?«

»Ja, natürlich, was denken Sie denn, warum ich mich sonst für Alphonse interessieren sollte?«

»Aber ja, für Susi gibt es fast kein anderes Thema mehr. Sie war schon immer so beharrlich bei ihrer Arbeit, aber seit sie Alphonse gefunden hat …«

»Das ist verständlich, es geht einem nahe, wenn man das Opfer kennt.«

»Sie haben recht. Werden Sie ihr helfen, den Mörder zu finden?«

»Ich mag es nicht, wenn Mörder frei rumlaufen.«

Sie lächelte. Wir tranken Rotwein, die Backofenuhr klingelte, der Flammkuchen war fertig.

»Was wissen Sie über Alphonse?«, fragte ich nach dem ersten Stück Flammkuchen. »Mmh, der ist gut.«

»Der ist von dem Bistro unten«, sie deutete in die Richtung auf der gegenüberliegenden Straßenseite. »Da gibt es den besten. Alphonse war da fast jeden Tag. Da und in dem Weinladen unten.«

»Und sonst, was hat er sonst so gemacht?«

Sie schüttelte den Kopf. »Nichts, die Leute angesehen, die Zeitung gelesen. Er brauchte nicht viel. Früher ist er wohl viel gewandert, davon hat er erzählt, aber er konnte nicht mehr gut laufen und ist hier in der Nähe geblieben.«

»Und Freunde und so?«

»Auf seiner Beerdigung waren zehn Leute, mit dem Pfarrer. Drei davon waren Wirte hier aus der Gegend, Susette und ich, zwei alte Kollegen von der Arbeit und noch zwei, die ich nicht kannte. Aber Susette hat mit allen gesprochen, sie weiß mehr.«

»Also ein einsamer Mensch ohne Freunde und Familie.«

»Traurig, nicht?«

»Ja.«

»Aber er hatte seinen Wein. ›Und wenn ich alt bin‹, sagte er manchmal, dabei war er schon alt, aber er meinte, wenn er nicht mehr durch die Stadt laufen könnte, ›dann ziehe ich auf einen Berg, sitze mit einem guten Roten auf meiner Terrasse und sehe der Sonne zu, wie sie untergeht.‹«

»Ein schönes Bild für den Lebensabend. Aber ich würde gerne mit ein paar Freunden dort sitzen – jemandem, mit dem man lachen kann.«

»Und ich würde mit dir dort sitzen wollen.« Susette war aus dem Bad gekommen. Sie war in einen etwas zu großen, sehr plüschigen Bademantel gehüllt, in dem sie aussah wie ein Küken mit sehr viel Flaum. Ihre nassen Haare flossen jetzt lang über ihre Schultern.

Simone nahm sie in Empfang, küsste sie zärtlich und sagte dabei: »Ich werde mich mein ganzes Leben darauf freuen, an deiner Seite alt zu sein.«

Die beiden sahen mich ein bisschen verlegen, aber auch herausfordernd an. Ich erhob mein Glas Rotwein und prostete ihnen zu.

»Auf das Leben.«

»Und die Liebe«, sagte Susette.

»Und die Freundschaft«, ergänzte Simone.

Ich lag auf der Couch im Wohnzimmer und hatte schon eine Weile geschlafen, keine Ahnung, wie lange. Aber dann war ich wach geworden, und nachdem ich mich durch den Halbschlaf zu der Erkenntnis durchgerungen hatte, dass ich in einer fremden Wohnung war, hörte ich Geräusche, die mich wohl geweckt hatten. Die beiden liebten sich. »... *mon amour ... viens, viens ... oh oui ...*« Sie waren leise, aber in der Stille der Nacht war es wie ein akustischer ...

Also, ich fühlte mich deplatziert. Ich raffte mich auf, griff meine Hose und mein Hemd, nahm im Vorbeigehen die Schale mit den Schlüsseln von der Kommode und verließ leise die Wohnung, um eine Etage tiefer zu gehen, in Alphonse Roussillons Wohnung.

Zuerst strich ich ein wenig durch die Wohnung, in der Küche ein Esstisch mit Wachstischdecke, im Kühlschrank nichts mehr, was verderben konnte, aber noch zwei Flaschen badischer Weißwein. In jedem Haushalt gab es irgendwo eine Schublade mit Kram, meist in der Küche, so auch bei Alphonse Roussillon, aber selbst die sah aufgeräumt und sauber sortiert aus – Büroklammern, Haushaltsgummis, Zettel, Stifte, ein Stapel Ansichtskarten, mit einem Gummi zusammengehalten. Ein »Klaus« hatte ihm öfter geschrieben, Triberger Wasserfälle, Freiburger Münster, Feldberg im Schnee, einige Schwarzwald-Bauernhöfe mit brauner Kuh oder junger Frau mit Bollenhut davor und noch andere Schwarzwaldklischees in Szene gesetzt. Die letzte Karte war vor zehn Jahren abgestempelt worden. Warum hatte Alphonse sie so lange aufbewahrt? An den Texten konnte es nicht gelegen haben, Klaus war ein ungelenker, uninspirierter Schreiber gewesen. Trotzdem erschien mir der Stapel Ansichtskarten eines der persönlicheren Dinge in dieser musealen Aufbereitung eines Lebens zu sein. Und das blieb es auch, als ich mir den Rest der Wohnung angesehen hatte.

Ich setzte mich in einen Sessel, der zum Fenster hin gerichtet war. Sicher schliefen die oben längst wieder, aber ich fühlte mich hier jetzt wohler. Draußen vorm Fenster dämmerte es langsam. Die Stehlampe, die ich als einziges Licht angelassen hatte, warf einen Lichtkreis auf den Boden, in den meine Füße hineinragten, und einen Lichtkreis an die Wand und an die Decke. An der Wand hing dort ein drei Jahre alter Sparkassenkalender.

Ich musste eingenickt sein; als ich wach wurde, war mein Genick ganz steif und tat weh. Susette Brioche stand am Fenster.

»In dem Sessel habe ich ihn gefunden«, sagte sie, als sie sich zu mir wandte. Der Sessel kam mir plötzlich deutlich weniger bequem vor. Ich stand etwas zu hastig auf.

»Ein seltsames Gefühl, nicht?«

»Ja.«

»Ich habe selbst oft dort gesessen, aber in letzter Zeit nicht mehr. Frühstück?«

»Kann ich vorher noch duschen?«

»Aber ja.«

Zum Frühstück gab es frische Croissants vom Bäcker an der Ecke mit Marmelade und einen Becher Milchkaffee. Simone kam splitterfasernackt aus dem Schafzimmer und ging, ohne Susette und mich zu beachten, ins Bad. Als sie wieder herauskam, hatte sie den Plüschbademantel an. Er passte ihr besser. Sie gab Susette einen Kuss, in dem noch die Leidenschaft der Nacht nachzuklingen schien, und setzte sich zu uns.

Als sie die eine Spitze ihres Croissants in den Mund steckte, sah sie mich herausfordernd an, schloss die Lippen um das Croissant und – biss dann beherzt zu.

»Kann ich deinen Wagen haben?«, fragte Susette. »Ich will Herrn Moderski nach Friederichsburg zurückbringen. Mein Auto scheint ihm wohl etwas zu langsam zu sein.«

»Ja natürlich, aber er könnte doch auch den Zug nehmen.«

»Ich will ihm noch die Tatorte in der Nähe von Freiburg und Schramberg zeigen, da fahren wir einfach quer durch den Schwarzwald.«

»Kommen Sie uns denn mal wieder besuchen?«, fragte Simone.

»Klar, solange der Fall nicht gelöst ist, werden Sie mich nicht wieder los.«

»Ich freue mich darauf.« Es war nicht klar, ob auf mich oder darauf, dass der Fall endlich gelöst würde.

Ich musste ein paar Minuten auf Susette warten, die den Wagen aus der Tiefgarage holte. In der Zeit sah ich mir den Weinladen unten im Haus an. Nett, ein bisschen echt alt, ein bisschen auf alt gemacht, eine Theke mit fünf Hockern davor zum Probieren. Hier hatte Alphonse wohl oft gesessen. Es war noch früh, der Laden hatte gerade erst geöffnet. Der Besitzer stellte drei Bistrotische mit den dazugehörigen Stühlen nach draußen vor das Schaufenster.

»Hallo.« Ich unterbrach ihn bei seiner Arbeit. »Sie kannten Alphonse Roussillon, hier aus dem Haus, gut?«

»*Oui*, ja, na klar, er war oft hier. Sind Sie ein Verwandter?«

Ich schüttelte den Kopf. »Polizei.«

»Ich habe schon alles Madame Susette gesagt.«

»Klar. Welchen Wein hat Alphonse gerne getrunken?«

Er sah mich skeptisch an. »Ist das wichtig?«

»Ich würde gerne ein paar Flaschen mitnehmen.«

Er war immer noch skeptisch, wischte sich dann aber seine Hände an seiner Schürze ab und ging hinter den Tresen, um dort den Wein zu suchen. Er stellte zwei Flaschen vor mich hin.

»Diesen Roten und diesen Weißen.« Er stellte noch eine Flasche aus dem hinteren Regal dazu. »Und dieses Kirschwasser hat er geliebt.«

Spätburgunder »Roter Bur« aus dem Glottertal, Grauburgunder vom Kaiserstuhl und Schwarzwälder Kirschwasser aus Oberkirch, ich ließ mir von jedem zwei Flaschen einpacken und trat mit dem Karton unterm Arm vor die Tür, gerade als Susette Brioche mit Simones Auto vorfuhr, einem Mercedes-Benz 280 SL aus den 1960/70er Jahren. Ich ließ mich in den

Beifahrersitz nieder und quetschte den Karton in den Fußraum zwischen meine Beine.

»Schönes Auto, womit verdient Ihre Frau ihr Geld?«

Susette Brioche fuhr los und genoss meine Begeisterung. Nach einer Weile, als wir die engen Straßen der Innenstadt hinter uns gelassen hatten, antwortete sie: »Simone ist Schriftstellerin. Haben Sie schon mal von ihr gehört? ›Der Tote von Colmar‹, ›Die Nacht von Colmar‹, ›Das Schweigen von Colmar‹. ›Die Brücke von Colmar‹ ist sogar verfilmt worden. Eigentlich ist die Brücke ja bei Breisach, aber das ist schriftstellerische Freiheit. Eine Leiche wird mitten auf der Brücke, auf der Grenze gefunden, und eine französische Commissaire und ein deutscher Kommissar ermitteln gemeinsam. Simone war begeistert, als ich gestern mit Ihnen ankam.«

Kurz darauf fuhren wir über die besagte Brücke und passierten die Grenze nach Deutschland. Susette fuhr in den Freiburger Vorort Betzenhausen und hielt vor einem vierstöckigen Wohnhaus.

»Dort, in der dritten Etage links, wohnte Oberstudienrat Franz Heller. Er starb kurz vor seiner Pensionierung an einem Schlaganfall.« Sie tippte auf ihrem Tablet und reichte es mir dann rüber. Ein freundlicher Herr in Tweedweste mit Krawatte, rundem Gesicht, Nickelbrille und Haarkranz schmunzelte in die Kamera.

»Er war beliebt, etwas schrullig, aber ein guter Lehrer.«

Ich blätterte durch die Fotos. Seine Wohnung war konventionell eingerichtet, ziemlich vollgestopft, aber ordentlich aufgeräumt. Er schien ein Sammler gewesen zu sein. Auf den Schränken standen jede Menge Bierkrüge, die Vitrinen waren voller Figuren, die ich nicht erkennen konnte, an einer Wand hingen drei Kuckucksuhren und in jedem Raum mindestens eine weitere.

»Da sind einige Kuckucksuhren und noch anderes Zeug. Was hat er sonst noch so gesammelt?«

»Alles Mögliche, Kronkorken, Fußballbilder, Ansichtskarten, Briefmarken. Alles sauber sortiert. Wahrscheinlich die Beschäftigung eines einsamen Menschen gegen die Langeweile. Er hatte wohl auch eine Münzsammlung, aber die ist verschwunden.«

»Und er ist an einem Schlaganfall gestorben?«

»Er hatte Bluthochdruck, hatte aber seine Tabletten schon länger nicht mehr genommen.«

»So was wie ein geplanter natürlicher Tod, also eigentlich ein Suizid?«, fragte ich.

»Ich kann keinen Grund dafür erkennen«, zweifelte Susette. »Nur weil seine Pensionierung bevorstand?«

»Wenn man sonst nichts hat im Leben?«

»Das glaube ich nicht, genauso gut kann jemand sein Medikament manipuliert haben.«

»Beweise? Ist irgendjemand beobachtet worden, der bei ihm in der Wohnung war? Sind die Reste des Medikaments untersucht worden?«

Susette Brioche startete den SL. *»Non.«*

Anderthalb Stunden später standen wir vor einem Fünfziger-Jahre-Haus in Schramberg. »Verkehrsunfall mit Fahrerflucht. Der Täter konnte nicht ermittelt werden. Wollen Sie reingehen?«

»Warum nicht? Wenn wir schon hier sind.«

»Isolde Häberle war Lagerarbeiterin, mit einem kleinen Gehalt und dann einer kleinen Rente. Das Haus und etwas Land hatte sie von ihren Eltern geerbt. Sie hat eine Tochter, die aber seit ihrem fünften Lebensjahr beim Vater gewohnt hat und nur noch ein- oder zweimal im Jahr mit ihrer Mutter telefoniert hatte, gesehen hat sie sie seit mehreren Jahren nicht. Isolde Häberle hat dreißig Jahre in eine Lebensversicherung eingezahlt, die sie sich, kurz bevor sie in Rente ging, in bar ausbezahlen ließ, genauso wie den Erlös für den Verkauf ihres

Hauses und der Grundstücke, drei Monate vor ihrem Tod. Das Geld konnten die Kollegen nicht auffinden.«

»Also war der Unfall mit Fahrerflucht Mord.«

»Die hiesige Polizei hat in diese Richtung ermittelt, konnte aber keine Verbindung zwischen dem Verschwinden des Geldes und dem Unfall herstellen, und sonst deutet nichts darauf hin.«

»Wer hat das Haus gekauft?«

»Ein Nachbar.«

»Wurde er überprüft? Vielleicht hat er gar nicht gezahlt. Und was ist mit der Tochter, dem Ex-Mann und allen anderen?«

»Es gibt keine anderen, wieder keine Freunde, sehr zurückgezogen. Und alle in Frage kommenden Kontaktpersonen wurden überprüft, auch von mir selbst noch mal.«

Wir waren in der Zwischenzeit durch das Haus gegangen – sehr uninteressant. Beim Hinausgehen fiel mir ein heller Fleck neben dem Schlüsselbrett auf.

»Was hing da?« Ich wies auf die Stelle.

Susette tippte auf ihrem Tablet. »Nichts.«

Ich sah mir die Stelle genau an, ein Nagel oberhalb als Aufhängung, darunter ein hellerer Bereich, etwa doppelte DIN-A4-Größe.

»Ein Kalender? Wann war der Unfall?«

»Im Juni vor einem Jahr.«

»Wer hängt einen Kalender im Juni ab? Offenbar hat hier jahrelang ein Kalender gehangen. Wenn er zur Jahreswende abgehängt wurde, warum wurde er nicht ersetzt?«

»Sie meinen, er wurde entfernt?«

»Wenn es so wäre, sollten wir herausfinden, was für ein Kalender es war. Kommen Sie, wir fragen mal in der Nachbarschaft.«

Es ist erschreckend, wie wenig die Menschen voneinander wissen. Wir mussten uns erst durch den halben Ort fragen, bis wir endlich eine neugierige Person fanden, die schon mal bei Isolde Häberle im Haus gewesen war, die Austrägerin des Kirchengemeindeblättchens.

Sie war nur zufällig im Haus gewesen, weil Isolde Häberle mal krank gewesen war und sie ein paar Einkäufe für sie gemacht hatte. Da hatte sie die Einkaufstasche in die Küche gestellt und den Schlüssel wieder ans Schlüsselbrett gehängt. Sie konnte sich nur noch erinnern, dass der Kalender so einer von der Sparkasse gewesen war. »Mit so einem schä Haus.«

Susette Brioche war leicht genervt, als wir weiterfuhren.

»*Mon dieu*, zwei Stunden. Jetzt wissen wir, dass es ein Sparkassenkalender war. Ich wollte eigentlich noch heute wieder nach Hause kommen.«

»Sie wollten doch, dass ich Ihnen helfe.«

»Wie soll mir das helfen?«

»Alles ist wichtig, vor allem die Dinge, an die bis jetzt keiner gedacht hat.«

»Sie hat den Kalender abgehängt und dann aber leider keinen neuen bekommen, oder der neue hat ihr nicht gefallen. So einfach ist das.«

»Oder es ist nicht einfach, und jemand hat ihn abgehängt, weil darauf etwas zu sehen war, was auf seine Spur führen könnte.«

Susette Brioche sah mich lange ungläubig an, bis sie etwas heftig die Fahrtrichtung korrigieren musste. »*Franchement!* Das glauben Sie tatsächlich?«

Wir waren auf der B 294 Richtung Freudenstadt unterwegs, sie leicht angesäuert und ich in Gedanken versunken. Wo war das Geld von Frau Häberle geblieben, wo die Münzsammlung von Franz Heller, was fehlte bei den anderen Toten noch, außer einem Kalender? Ich starrte aus dem Fenster. Die Spannung, die uns zum Schweigen brachte, war in der Enge des kleinen Autos fast körperlich spürbar.

Wir sausten an einem verlassenen Gasthof vorbei. Susette griff, um das Gespräch wieder in Gang zu bringen, die trübe

Stimmung auf. »Hier oben war anscheinend auch schon mal mehr los.«

»Kennen Sie die Gegend von früher?«

»Nein.«

»Ich war als Kind öfter im Schwarzwald, der guten Luft wegen. Mondäne Hotels, gutes Essen, samstagabends Tanz, Wirtschaftswunder-Touristen und busweise Amerikaner.«

Nach einiger Zeit meinte Susette: »Was wird jetzt aus den ganzen leer stehenden Hotels?«

»Die einen schaffen es mit fünftausend Quadratmetern Wellnessbereich, andere dümpeln so vor sich hin oder werden zu Apartments für Gast- und Wanderarbeiter umfunktioniert, der Rest wird dichtgemacht, wenn der Investitionsstau zu groß geworden ist oder die Pächter in Rente gehen.«

Wieder kam so ein verlassener Gasthof in Sicht. Das Schild »Bikers welcome« hing schief, auf dem Parkplatz an der Seite verrotteten ein Wohnwagen und alte Gartenmöbel. Zwei Autos, wohl von Wanderern, die von hier den Naturpark erkundeten, standen vor dem Haus. Auf der anderen Seite vom Haus, wo die Garagen und auf deren Dach die Sonnenterrasse waren, stand ein großes Bauschild. Wir waren schon ein paar hundert Meter weiter, da hatte ich das Gefühl, etwas Wichtiges übersehen zu haben.

»Fahren Sie mal zurück.«

»Was? Zu dem alten Gasthof? Da kommt bestimmt noch einer.«

»Nee, fahren Sie mal zurück, ich will mir den ansehen.«

Susette lamentierte noch, von wegen, sie sei kein Taxi und müsse den ganzen Weg nach Colmar wieder zurück, wendete dann aber doch bei der nächsten Gelegenheit.

Auf dem Parkplatz vor dem Gasthof wehte ein heftiger Wind. Das Haus lag auf der Höhe eines Berges, mit Blick in das Tal und über die niedrigeren Berge. Hinter dem Haus ging der Hang noch weiter hinauf, dort war jetzt aber kein

Wald mehr, sondern eine Sturmbrache. Das sterbende Haus mit den schief hängenden Schindeln und dem eingesackten Dach am Anbau, vor den Stümpfen der geknickten Bäume, bot einen traurigen Anblick. Ich ging einmal ums Haus herum und spähte durch das eine oder andere Fenster, während Susette Brioche demonstrativ neben dem Auto stehen blieb und gelangweilt die Fernsicht begutachtete. In dem alten Gasthof war nicht mehr viel, er war ausgeräumt worden. An einer Stelle lagen Matratzen, ein notdürftiges Lager von Leuten, die illegal eingedrungen waren. Überall nagte der Verfall. Die Platten der Sonnenterrasse waren eingesunken, gesprungen und mit Unkraut überwuchert. Auf der Bautafel warb die Breitberg Baugesellschaft mbH & Co. KG für den Ferienpark Schwarzwaldhöhen.

Das verschossene Bild zeigte den Gasthof in einer Mischung aus glorifizierter Vergangenheit und utopischer Zukunft, die allem Anschein nach nie eintreten würde. Rechts unten am Schild war ein Stück weggebrochen, aber man konnte noch das Sparkassenlogo und »Kreissparkas« lesen. Ich machte ein Foto und schickte es mit einer Nachricht an Brioche, die zwanzig Meter weiter stand: »Welche Kreissparkasse?«

Ich ging zum Wagen zurück. »Wir können weiterfahren.«

Susette Brioche sah mich erst erleichtert an, nach dem Motto: Na endlich! Dann schaute sie verärgert, nachdem sie auf ihr Handy geblickt hatte. Eigentlich wollten wir noch zu dem Tatort in Freudenstadt, aber Susette blieb auf der Umgehungsstraße und fuhr geradewegs nach Friederichsburg.

Um halb fünf setzte sie mich vor dem Polizeipräsidium in Friederichsburg ab. Endlich sprach sie wieder mit mir.

»Ich habe mich über Sie erkundigt.«

Ich zog die Augenbrauen hoch.

»Die besonderen Methoden, die Ihr Chef so angepriesen hat, bestehen ja wohl hauptsächlich darin, Leute zu verprügeln. Sehr männlich.« In diesem Moment hörte sich »männlich« aus ihrem Mund wie ein Schimpfwort an. »*Alors!* Schönen Dank für Ihre Hilfe!«

»Ich habe Ihnen nicht das Blaue vom Himmel versprochen. Checken Sie das mit dem Kalender und der Kreissparkasse und wo das Geld von Isolde Häberle und die Münzsammlung von Franz Heller geblieben sind und natürlich, wie viel sie wert war. Und halten Sie mich auf dem Laufenden.«

»Glauben Sie denn, wir hätten nicht schon nach dem Geld gesucht? Ich melde mich – wenn es was Neues gibt.«

Und trotz ihres charmanten Akzent klang es, als würde ich sehr lange nichts mehr von ihr hören. Dann war sie weg. Ich stieg in Lydias Granada und fuhr zur Kranichstraße. Eigentlich war es zu spät für einen Mittagsschlaf und zu früh für die Nachtruhe, aber die vergangenen Nächte, einschließlich der letzten, die ich zum großen Teil in Alphonse' Sessel verbracht hatte, waren nicht prickelnd gewesen und die Tage anstrengend. Ich schlich auf mein Zimmer und ließ mich ins Bett fallen.

Als ich erwachte, war es dunkel. Nadija saß auf dem Stuhl neben meinem Bett. Auf ihrem Gesicht lag ein blauer Schimmer von dem Display ihres Laptops. Die Tastatur klapperte leise. Nadija arbeitete konzentriert. Ich war schweißgebadet und fühlte mich, als hätte ich fünf Runden geboxt.

Das Klappern hörte auf. Sie sah mich an. »Wie geht es dir?«

Ich schüttelte nur den Kopf.

»Lydia hat mich gebeten, zu kommen. Sie macht sich Sorgen.«

Ich nickte, offenbar hatte Lydia mich doch kommen hören. »Ja, verstehe.«

Nadija atmete tief ein. »Wie geht es jetzt weiter?«

»Ich war mit Susette Brioche unterwegs, einer französischen Kommissarin –«

»Ich weiß, Großhans hat es mir gesagt. Danach willst du in die Soko.«

»Ja, Brioche wird ein paar Sachen recherchieren, so lange muss ich abwarten.«

»Und der andere Fall, die drei Frauen?«

Ich überlegte, was ich ihr sagen sollte. Aber da blieb nur eines, und ich war zu müde zum Lügen.

»Ich habe deine Bilder hier bei Lydia herumgezeigt. Da ist eine Neue, ein Flüchtling aus Afghanistan, sie hat die Junge schon mal gesehen. Sie sind zusammen mit Schleppern aus Krakau gekommen. Ich werde nach Krakau fahren.«

»Was? War das die Spur, von der du geredet hast? Was wirst du in Krakau machen?«

Ich trank einen Schluck aus der Wasserflasche an meinem Bett, dann ließ ich mich wieder in die Kissen fallen und starrte an die Decke.

»Ja, ich weiß, ich hätte es dir schon gestern sagen sollen.«

Ich erzählte, was ich bis jetzt herausbekommen hatte. Nadija hörte still zu. Sie nahm meine Hand und drückte sie. Ihr Blick war voller Mitgefühl und Zärtlichkeit, er strafte ihre Worte Lügen. »Carl, du bist nicht dienstfähig, du bist krank. Du bist so kurz«, sie zeigte mit ihren Fingern einen Millimeterabstand, »vor einem totalen Zusammenbruch. Oder, wenn ich dich so anschaue, schon darüber hinaus. Du kannst nicht alleine nach Krakau fahren, im Gegenteil, du solltest dich aus dem Fall heraushalten.«

»Ich kann nicht.«

»Ich weiß.«

Dann erzählte sie mir, was sie inzwischen herausgefunden hatte.

Der blaue Sprinter hatte zuerst einer Metzgerei in Oberhausen gehört, nach einem Unfall wurde er an einen Schrotthändler verkauft, der ihn nach Polen veräußerte. Offiziell war der Wagen zerlegt und verwertet worden. Er wurde vermutlich seit acht Jahren mit gestohlenen Kennzeichen genutzt. Wozu? Die KTU hatte Genmaterial von fünf weiteren Personen im

Laderaum entdeckt. Im Führerhaus kein Genmaterial, es war gründlich gereinigt worden, als hätte man den Wagen dafür vorbereitet, dass er abgestellt werden würde. Dafür sprach auch, dass der Wagen keinen Motorschaden hatte, wie ursprünglich vermutet.

»Wisst ihr, wo der Wagen herkam, wo er genutzt wurde?«

»Nein, wir haben die Verkehrsüberwachung im Umkreis gecheckt. Vermutlich kam er aus Stuttgart, aber mehr –«

»Wenn du alles, was du über den Wagen hast, an VIM gibst, kann Eddy mal sehen, was er rauskriegt.«

»Es gibt Hunderte dieser Kastenwagen; wenn der Suchradius größer wird, werden die Suchergebnisse indifferent.«

»Ist ein Versuch.«

Nadija nickte, dann berichtete sie von den drei toten Frauen.

Keine Namen, keine Papiere, keine Herkunft, der Pathologe vermutete, die eine sei arabisch, seit Jahren drogenabhängig, habe sich prostituiert. Sie wurde schwer misshandelt und war bis auf die Knochen abgemagert.

»Er meinte, vielleicht Selbstmord durch Nahrungsverweigerung, es gibt Spuren von gewaltsamer Nahrungszufuhr. Genauere Infos kommen noch.«

Die Zweite, ein europäischer Typ, um die dreißig, am ganzen Körper Narben und Zeichen schwerster sexueller Misshandlungen. »Sie war vermutlich ihr halbes Leben Sexsklavin eines Sadisten.«

Nadija war ruhig und sachlich. Ein Fremder hätte sie für gefühlskalt gehalten. Ich wusste, sie hielt die Form aufrecht, weil ihr Inneres vor Schmerz zerging.

Ich stand aus dem Bett auf und ging ans Fenster.

»Irgendwas, was uns weiterbringt?«

»Sie ist tätowiert, an Stellen, wo es besonders schmerzhaft ist, voller Zeichen des Besitzanspruchs und ekelhafter, perverser Darstellungen.«

»Wir müssen Tätowierer befragen, Ärzte, Prostituierte, in

der Szene ... So was ist zu auffällig, vielleicht weiß jemand was. Vielleicht ist die Farbe ungewöhnlich, man muss die Farbe analysieren.«

»Die tun, was sie können, Carl. Die Soko umfasst jetzt über achtzig Leute. In KT und Forensik haben wir Priorität.«

Nadija stellte sich neben mich und sah aus dem Fenster in die Nacht. Nein, sie sah nicht aus dem Fenster, sie sah ihr verschwommenes Spiegelbild in der Scheibe.

»Wenn ich mich mit den Tätowierungen jeden Tag im Spiegel hätte sehen müssen ...« Das Sprechen fiel ihr jetzt schwer. »... es ist schrecklich – so leben zu müssen.«

»Woran ist sie gestorben?«

Nadija sah mich mit großen, feuchten Augen an. »Zerbrochen, sagt der Pathologe, den Rest haben die Abgase erledigt.«

Ich nahm sie in den Arm und hielt sie. Es war still, nur von weit her Geräusche, Gläser klirrten aneinander, Stimmen im Flur, ein Auto fuhr vom Parkplatz. Nach einer Weile sagte sie: »Wenn wir ihnen nur Namen geben könnten!«

Ja, dachte ich, und ihre Mörder finden. »Du solltest mal mit Nesrin sprechen, sie hat das Mädchen schon mal gesehen. Vielleicht kennt sie ihren Namen.«

»Wenn sie ihn dir nicht gesagt hat ...«

»Sie ist sehr scheu, hat Angst vor Männern und vor der Polizei. Vielleicht kommst du da weiter.«

Nadijas Körperhaltung veränderte sich. Ich ließ sie los.

Sie wischte sich mit beiden Händen durchs Gesicht und lächelte mich bitter an. »Wir kriegen die.«

»Auf jeden Fall.«

»Meinst du, Nesrin ist noch wach?«

»Sicher, ist ja noch nicht spät. Um die Zeit können immer noch Kunden kommen.«

»Weißt du, was ich seltsam finde? Wenn sie Angst vor Männern hat, wieso schafft sie dann an?«

»Ja, das ist absurd. Melissa hat so was angedeutet, dass sie schmerzsüchtig ist. Vielleicht bekommst du mehr aus ihr raus. Ich denke, es ist gut, wenn mal jemand mit ihr redet.«

Nadija machte sich ein wenig frisch, schaute in den Spiegel und richtete ihr Haar. Sie war wieder stark. Eine Kämpferin.

Hinfallen, aufstehen, weitermachen. Was sie von der jungen Frau aus Krakau wusste, würde sie später erzählen, jetzt musste sie handeln.

Sie ließ sich Nesrins Zimmer von mir zeigen und ging lieber alleine rein.

Ich ging zu Lydia in die Küche. Zwei Frauen saßen am Tisch und tranken Kaffee. Sie sahen müde aus.

»Hast du auch einen für mich?«

Lydia stellte einen Pott Milchkaffee vor mich hin. »Und?«, fragte sie. Ich sah zu den Mädchen rüber. Lydia sagte zu ihnen gewandt: »Könnt ihr den Kaffee mit hochnehmen?«

Als wir alleine waren, erzählte ich ihr, was wir bisher hatten. Nicht alles, nur so weit, dass sie sich ein Bild machen konnte. Lydia nahm sich eine Zigarette aus einer Dose im Küchenschrank und zündete sie an. Das machte sie nicht oft.

»Es ist so traurig, was sich Menschen gegenseitig antun«, sagte sie und setzte sich mir gegenüber an den Küchentisch. »Wie schön können Zärtlichkeit und Leidenschaft sein. Lust und Liebe unser größtes Glück.« In ihrem Gesicht spiegelten sich die Erinnerungen eines bewegten Lebens. »Und zugleich die größte Hölle. Wie viel Leid entsteht aus unseren Leidenschaften, den Geschäften damit und ihrer Perversion.« Sie drückte die halb gerauchte Zigarette aus. »Mich kotzt das alles manchmal an, dabei geht's den Mädchen hier noch richtig gut.«

»Vielleicht sollte man Prostitution generell verbieten. Wie den Elfenbeinhandel; wenn keiner mehr Elfenbein kauft, werden keine Elefanten mehr getötet.« Das hörte sich auch für mich matt an.

Lydia drückte die Zigarette aus. »Das ist eher wie das Alkoholverbot in Amerika, davon werden nur die illegalen Schnapsbrenner und die Gangster reich. Elefanten werden ja auch immer noch gewildert. Irgendjemand kauft das Zeug trotzdem.«

Nadija unterbrach das trübe Schweigen, das danach folgte. Sie kam herein, schloss die Tür, setzte sich neben mich und nahm den Rest von meinem Kaffee.

»Mit der stimmt was nicht. Ich komm aber nicht ran. Sie spricht zu schlecht Englisch und fast kein Deutsch.«

»Was meinst du? Was stimmt nicht?«

Nadija schüttelte den Kopf. »Keine Ahnung. Sie ist total ängstlich und scheu ... Auf der anderen Seite bietet sie sich geradezu obszön an.«

»Die Mädchen sagen, sie macht alles mit«, sagte Lydia. »Auch ohne Gummi. So was gehört hier nicht hin, es setzt die anderen unter Druck. War vielleicht 'n Fehler, sie aufzunehmen, aber sie war so ... verloren.«

Nadija schlug vor, es mit einem Dolmetscher noch mal zu versuchen, aber ich hatte eine andere Idee.

»Ich ruf Rayana an.«

Rayana Bakthari war die Schwester des Toten im Wald, mein erster Fall in Friederichsburg. Damals hatte ich sie aus den Fängen der Menschenhändler befreit, die sie aus Afghanistan verschleppt hatten. Bei meinem nächsten Fall, dem toten Redner, stellte sich dann heraus, dass sie eine afghanische Polizeieinheit führte, die gegen Menschenhandel vorging, indem sie junge Frauen ausbildete und als Agentinnen in einschlägige Kreise einschleuste. Sie opferten sich, um die kriminellen Kanäle bis zu den Abnehmern zu verfolgen. So war auch Rayana nach Friederichsburg gekommen und wochenlang gefangen gehalten und misshandelt worden. Rayana sah nicht nur sehr gut aus, ihre Ausstrahlung und ihr Verhalten waren beeindruckend. Mich hatte sie beeindruckt.

Ich sah Nadija an. Sie wirkte distanziert, irgendwas stand plötzlich zwischen uns.

»Wenn du meinst«, sagte sie.

»Rayana ist Afghanin, es ist ihr Metier. Es gibt niemanden, der uns besser weiterhelfen könnte.«

»Ja, das glaube ich auch«, sagte Nadija und stand auf. »Ich muss jetzt wirklich mal nach Hause, es ist schon spät.«

Ich hatte keine Ahnung, wo Rayana Bakthari sich jetzt aufhielt. War sie in Afghanistan, ihrer Heimat? In New York bei Peter Manakov, dem schwerreichen Inhaber von PMC, einem militärischen Sicherheitsdienstleister mit Milliardenumsatz, ihrem Freund? Oder sonst wo auf der Welt, auf der Jagd nach Menschenhändlern? Da ich nicht wusste, in welcher Zeitzone sie sich aufhielt, konnte ich genauso mitten in der Nacht anrufen. Außerdem hatte Nadijas schneller Abgang eine gewisse Trotzreaktion in mir wachgerufen. *Sie* wollte doch nur dienstlich mit mir zu tun haben. Ich wählte Rayanas Nummer, zum ersten Mal seit …

»Carl?« Ihre Stimme, dieses eine Wort, durchbohrte mich.

»Ja.«

»Wo bist du?«

»In Friederichsburg. Und du, habe ich dich geweckt?«

»Nein. Es ist gut. Schön, dass du anrufst.«

Sie war noch wach, also war es bei ihr noch nicht so spät. Sie war bei Manakow. Wieder durchbohrte mich etwas.

»Bist du in New York?« Klang meine Stimme belegt?

»Nein. Ich bin in Straßburg.« Sie machte eine kleine Pause. Doch nicht bei Manakow. Mein Herz hüpfte.

Ihre Stimme, klang sie weicher, als sie weiterredete?

»Ganz in der Nähe.«

»Was machst du in Straßburg?« Verdammt, warum war ich nicht auf die »Nähe« eingegangen?

»Eine Konferenz. Dein Chef ist auch da.«

»Mein Chef?« Das Gespräch lief in die falsche Richtung.

»Vom Verbindungsbüro für internationalen Menschenhandel, dieser Wanderberg.« Wie sie das sagte hörte es sich nach wanderndem Berg an. Das war ein Witz, sie wusste, dass er Wandenberg hieß.

Jetzt waren wir schon beim Beruflichen, also sagte ich: »Rayana, ich habe angerufen, weil ich deine Hilfe brauche.«

»So? Was kann ich denn für dich tun?« Wo war die Nähe geblieben?

»Nein, ich ... Ich hätte dich auch so angerufen, irgendwann. Ich dachte, du bist in New York.« Ich wollte nicht »bei Manakow« sagen.

»Ja, ist schon gut, Carl. Ich hätte ja auch anrufen können. Was ist denn los?«

Ich berichtete kurz von den drei toten Frauen und Nesrins Verbindung dazu.

»Gut, ich komme. Aber heute ist es schon zu spät, und morgen muss ich auf dieser Konferenz sein. Ich schaffe es frühestens morgen Abend.«

»Klar, ich freue mich!«

Ich besprach noch mal mit Lydia, dass wir ein Auge auf Nesrin haben mussten, dann brauchte ich dringend etwas Schlaf. Am liebsten hätte ich eine Schlaftablette genommen, aber ich musste in ein paar Stunden wieder fit sein. Ich lag auf meinem Bett, starrte an die dunkle Decke, dachte an Rayana und freute mich. Dann dachte ich an Nadija und war traurig. Später sah ich meine Frau, wie sie lachte und mir etwas zurief, das ich nicht hören konnte. Da wusste ich, dass ich träumte.

VIER

Etwas schlug hart an mein Fenster. Ich riss die Augen auf, ich brauchte einen Moment, um zu realisieren, dass ich in meinem Zimmer in der Kranichstraße war. Wieder schlug etwas gegen die Scheibe. Ich rappelte mich auf und sah in den Garten. Vor meinem Fenster stand ein Kerl in Arbeitsklamotten. Ich riss das Fenster auf.

»Was ist los?«, blaffte ich ihn leise, aber nicht ganz freundlich an.

»Bist du Carl?«

»Wer will das wissen?«

»Ich bring die Karre.«

»Welche Karre?«

»Na, deinen neuen Wagen, du Penner.«

Einen, den man um halb sechs Uhr morgens aus dem Schlaf gerissen hat, »du Penner« zu nennen, war dreist.

»Ich bin Buddy, Stina schickt mich. Du weißt doch Bescheid, oder?«

»Ja klar. Gib mir zwei Minuten.«

Buddy machte einen Schritt zurück, aber keine Anstalten, den Garten zu verlassen. Als ich ums Haus kam, erzählte er mir, dass er die ganze Nacht an dem Wagen gearbeitet hatte, um ihn fertig zu machen.

»Der war noch halb auseinander, als Stina mich angerufen hat.«

Buddy hatte schwarze krause Haare und sah aus wie Danny DeVito, nicht ganz so kurz, dafür dicker.

»Du kannst mir die Kohle jetzt sofort geben, dann brauch ich gleich nicht mehr mit ins Haus.«

Ich zögerte einen Moment, aber er kam von Stina, also ging ich noch mal zurück in mein Zimmer, griff unter meine Matratze und zog den Umschlag mit den fünfzigtausend hervor. Buddy war mir gefolgt.

»Cooles Versteck.« War das Spott? »Komm mit, der Wagen steht im Kies.«

Damit meinte er vermutlich den Parkplatz vor dem Haus. Ich war gespannt.

Könnte sein, dass ich ein blödes Gesicht gemacht habe, als ich den Wagen erblickte, eine silbergraue Mercedes-E-Klasse-Limousine.

»Also optisch ist er jetzt nicht so mein Ding«, sagte Buddy. »Aber guck ihn dir erst mal richtig an.«

»Der ist mindestens fünfzehn Jahre alt.« Das muss sich für Buddy angehört haben wie »Gib mir mein Geld zurück!«.

»Ey, keine Panik. Der ist jeden Cent Wert, 'n Sonderpreis für 'nen Freund von Stina.« Dann machte er die Motorhaube auf. »Guck mal hier. 5,5 Liter AMG, haben wir noch dran gebastelt, PS satt. Guck mal hier.«

Er klappte den Kofferraum auf. »Zehn Tausend-Watt-Akkus in Reihe, zwei Elektromotoren an der Hinterachse, reicht für zwanzig Kilometer Schleichfahrt oder zehn Minuten zusätzlichen Wums.«

Er strahlte, als müsse ich ihn doch mindestens jetzt für genial halten. Vielleicht war ich noch zu verpennt, meine Begeisterung reichte ihm nicht.

»Da, Spezialreifen aus 'ner amerikanischen Rennserie, damit klebst du am Asphalt wie 'ne Briefmarke, Querbeschleunigung – scheißegal, Bremswirkung – bei 'ner Vollbremsung denkst du, dich nagelt jemand auf der Straße fest.« Dann erzählte er noch von optimierten Assistenzsystemen, ABS, ESP und so weiter, alle an die Performance angepasst. »Auf Maximum, is klar! Keine so 'ne Großserien-Sicherheitsreserve-Scheiße.«

Mir war längst klar, das war ein Auto, wie ich es mir vorgestellt hatte. Von außen sah er aus wie von meinem Opa, bis auf die Reifen vielleicht. Aber die inneren Werte, ich freute mich schon auf den nächsten BMW- oder Audi-Renn-Rausch-Rowdy.

»… und das da«, sagte Buddy gerade, nachdem er einige Details aufgezählt hatte, die mir entgangen waren, »sind keine Nebelscheinwerfer, das ist unser Agentenfeature – Infrarotscheinwerfer, nachts, Licht aus, Dinger an, Nachtsichtgerät, du hast doch 'n Nachtsichtgerät, oder?«

»Klar!«, log ich. Ich würde mir eines besorgen.

»Keiner sieht dich, aber du – siehst alles. Alles! Besser als am Tag!«

Sicher hätte Buddy noch Stunden geschwärmt, aber vorm Frühstück?

»Sag mal, Buddy, bist du nicht müde?«

Seine Gesichtszüge entgleisten, die Begeisterung verschwand, in seinem Gesicht hing plötzlich alles runter, als sei es aus nassen Lappen gemacht. »Doch! Ich hab vierzig Stunden nur gearbeitet.« Er drehte sich ohne ein weiteres Wort um und ging auf einen VW-Bulli zu, der auf der Straße auf ihn gewartet hatte. Auf halbem Weg blickte er noch einmal zurück. »Ach, eins noch«, sagte er matt. »Wenn du mal zum TÜV musst – lass mich das machen.«

Ich streckte ihm den Daumen hin. »Buddy, super! Danke!«

Die nassen Lappen in seinem Gesicht trotzten für einen Moment der Schwerkraft, dann schlappte er weiter zum Bulli.

Die Frau, die auf dem Fahrersitz gewartet hatte, sah hinter den getönten Scheiben wie eine Mischung aus Lara Croft und Captain Jack Sparrow aus. Aber vielleicht war es auch gar keine Frau. Was für Freaks! Buddy stieg ein.

Der Motor sprang an. Der Bulli hörte sich an wie ein Schützenpanzer und rollte im Standgas die Straße hinunter. Stina hatte coole Freunde.

Ich schlich in die Küche, machte mir einen Kaffee und ein paar Brote, nahm alles mit auf mein Zimmer, weil ich nicht alleine in der Küche frühstücken wollte. Um diese Zeit schliefen noch alle Nachtarbeiterinnen, soweit sie hier im Haus geblieben waren, Lydia eingeschlossen.

Den Teller mit den Broten hatte ich auf der Matratze neben mir, meinen Laptop auf den Knien und die Tasse Kaffee auf dem Nachttisch. Ich loggte mich ins Polizeinetz ein und rief meine Nachrichten auf. Von Nadija Neues zu den drei toten Frauen, hatte sie mir aber alles schon erzählt. Von Großhans eine Anfrage zum Urlaubsplan – womit der sich so beschäftigte …

Und noch anderer Verwaltungskram und Infos von anderen Kommissariaten. Ich wollte schon wieder zumachen, da pingte eine neue E-Mail – von Susette Brioche. So früh hatte ich nicht von ihr zu hören erwartet.

Sie war den kürzesten Weg nach Colmar zurückgefahren, hatte sich aber noch an etwas aus der Freudenstädter Wohnung, die wir uns gestern nicht mehr angesehen hatten, erinnert, das für uns interessant sein konnte. Im Anhang ein Bild. Eine zu vollgestopfte Etagenwohnung mit lauter Erinnerungsnippes. Was daran interessant sein sollte, fiel mir auf den ersten Blick nicht gleich auf. Elisabeth Geißner, das dortige Opfer, hatte schwer Asthma gehabt und war im Schlaf erstickt. Ihr Hausarzt hatte den Totenschein ausgestellt. Erst auf Nachfrage von Susette wurde eine Obduktion durchgeführt. Ergebnis: Fasern in der Lunge, mit einem Kissen erstickt.

Daraufhin wurde es ein Mordfall. Ich sei näher am Tatort und solle ihn mir unbedingt ansehen und ihr dann berichten.

Madame Susette gab lieber Anweisungen, als sie zu erhalten. Mir egal, ich fand auch, dass ich die Wohnung unbedingt sehen sollte, und außerdem freute ich mich auf eine kleine Spritztour mit meinem neuen Wagen.

Am Armaturenbrett klebte ein gelber Post-it-Zettel: »Sitz einstellen, anschnallen, bequem hinsetzen und diesen Pfeil-Knopf drücken ☺«.

Okay, ich drückte den Knopf, nachdem ich zuvor getan

hatte, was ich sollte. Im Sitz begannen mehrere Servos zu summen, meine Körpermaße abzutasten und Rückenlehne und
Seitenführung für mich zu optimieren. Geil. Ein Pfeil verwies
auf die Rückseite: Fünf Sekunden halten zum Speichern. Info:
»hat auch Massagefunktion«.

Ich saß so bequem wie noch nie in einem Auto, und selbst in
engen Kurven blieb ich ohne Anstrengung gerade vorm Lenkrad. Ich genoss jeden Meter der Fahrt über die B 463 und die
L 347 nach Freudenstadt. Schon eine Stunde später stand ich
vor der versiegelten Wohnung von Elisabeth Geißner. Ich rief
Susette Brioche an.

»Hey, ich bin in Freudenstadt vor der Wohnung von Elisabeth Geißner. Wie komme ich da rein?«

»Oh, mein Herr, Sie sind doch sonst so clever. Fragen Sie
den Hausmeister.«

Ich ärgerte mich. Über ihre herablassende Art und über
mich, weil ich überhaupt angerufen und mir vorher keine Gedanken darüber gemacht hatte. Vor lauter Ärger hatte ich vergessen zu fragen, wo ich den Hausmeister erreichen konnte.
Ich klingelte an der nächsten Wohnungstür. Eine ältere Dame
im Jogginganzug öffnete.

»Guten Tag, Moderski, Polizei Friederichsburg.« Ich hielt
meinen Ausweis hin. »Ich möchte in die Wohnung von Frau
Geißner. Wissen Sie, wo ich den Hausmeister finden kann?«

Die Dame war eine von der kontaktfreudigen Sorte. Ich
musste erst mal zu ihr reinkommen, ob ich einen Tee oder
einen Likör haben wolle. Wo der Hausmeister sei, wisse sie
auch nicht, wenn er nicht in seiner Wohnung im Parterre vom
Nachbarhaus sei. Sie habe aber auch einen Schlüssel von der
Wohnung von der Elisabeth.

»Wo ist der denn nur?« Kramen am Schlüsselkasten, in der
Küche, im Schlafzimmer … »Ah, da isser ja.«

Sie begleitete mich.

Ich bat sie: »Würden Sie bitte hier an der Tür warten?«

Ja natürlich!

»Was suchen Sie denn?« Sie kam zwei Schritte in den Flur.

»Nichts Bestimmtes, Hinweise auf Bekannte und Personen, mit denen Frau Geißner Kontakt hatte.«

»Die kannte niemanden, das war so eine Stille.« Inzwischen stand die Nachbarin an der Tür zum Wohnzimmer und sah mir beim Suchen zu. »Früher ja nicht, da haben wir uns gut verstanden. Wir sind vor über dreißig Jahren hier am selben Tag eingezogen – Erstbezug. Aber nachdem ihre Tochter gestorben war, hat Elisabeth sich immer mehr zurückgezogen.«

»Und sie hat den ganzen Tag nur hier in der Bude gesessen? Irgendwas muss sie doch gemacht haben?«

»Sie war ja bei der Stadt, und als sie in Pension ging, ist sie immer ins Tierheim, mit den Hunden spazieren gehen. Einen eigenen wollte sie nicht, weil, wenn sie dann mal ins Altersheim musste … Sie hatte ja niemanden mehr. Aber dann wurde ihr Asthma so schlimm, da hat sie die Hunde nicht mehr vertragen. Sie hat immer nur gehustet, die Arme, ich hab's bis drüben gehört. Und daran ist sie dann ja auch gestorben.«

»Sie wurde mit einem Kissen erstickt. Wussten Sie das nicht?«

Die alte Dame wurde ganz blass. »Nein, das ist ja schrecklich.«

Und dann hatte es ihr die Sprache verschlagen, und ich konnte in Ruhe die Wohnung ansehen. Wie schon auf dem Bild gab es eine Menge Kram, zu viele Bilder, zu viele bemalte Teller und Tassen, zu viele Kissen und Puppen auf dem Sofa und im Sessel, Reiseandenken aus allen Ecken Europas, ob Eiffelturm, Venedig-Gondel oder Kolosseum, alles war dabei.

»Ist Frau Geißner viel gereist?«

Die Nachbarin schien froh zu sein, dass ich sie aus ihrer Starre löste. Sie schüttelte den Kopf, zuerst, um mir zu zeigen, dass Frau Geißner nicht reiste, und dann, um deutlich zu machen, wie unglaublich es für sie war, dass ihre Nachbarin ermordet worden war.

»Dass das auch gleich hier nebenan passiert ist. Man ist sich ja heute seines Lebens nicht mehr sicher«, sinnierte sie. »Das hätte ja auch mich treffen können – oder der Mörder kommt bald wieder, und dann –«

»Nee, nee, da machen Sie sich mal keine Sorgen. Wir gehen davon aus, dass Frau Geißner nicht zufällig getötet wurde. Wir kennen den Grund noch nicht, aber es gibt sicher ein klares Motiv. Zumindest war es kein Raubmord.«

»Sie hatte ja auch nichts, was sich zu stehlen lohnte. Nur diesen ganzen Plunder hier.«

Was mich wieder zu der Frage brachte: »Ist sie denn viel gereist? Wegen der Reiseandenken hier.«

»Elisabeth ist mit ihrer Tochter hier eingezogen, nachdem ihr Mann sie verlassen hatte. Die Tochter war krank, ein Herzfehler und so eine Autoimmunsache. Mit ihr ist sie viel in Urlaub gefahren, natürlich in Kur und so, zur Erholung, aber auch, um ihr die Welt zu zeigen. Es war klar, dass das Mädchen nicht so lange leben würde. ›Man muss den Tagen mehr Leben geben, ich kann ihrem Leben nicht mehr Tage geben‹ lautete ihr Motto. Solange ihre Tochter noch da war, hat sie alles für sie getan, danach hat sie sehr bescheiden gelebt.«

»Und das ganze Zeug hier?«

»Vom Flohmarkt«, sagte sie.

»Sehnsucht billig gestillt?«

Die Nachbarin nickte. »So war es wohl. Eigentlich wollte Elisabeth nur noch eins, einen ruhigen Lebensabend, der sanft wie die Dämmerung an einem schönen Tag über sie hinwegzieht.«

»Hat sie das so gesagt?«

»Ja. Schön, nicht? Ich weiß nicht, warum sie nicht in das Altersheim gegangen ist, von dem sie immer gesprochen hatte. War wohl am Ende doch nicht so leicht. Also ich geh nicht ins Heim. Ich bleib hier, bis sie mich raustragen.« So wie sie das sagte, hatte sie die Standhaftigkeit eines Findlings. Dann murmelte sie wie zu sich selbst: »Ich habe dafür auch nicht mein halbes Leben für so was bescheiden gelebt.«

Ich hätte es beinahe nicht mitbekommen, weil ich meinen Kopf gerade in den leicht muffigen Unterteil einer Vitrine gesteckt hatte, um hinter einem Dutzend Sektgläsern eine Postkarte hervorzuholen, die sich an der Rückwand verklemmt hatte.

»Was haben Sie gesagt?«, fragte ich, als ich wieder hervorkam.

»Ach, ich kann mir so ein tolles Heim auch nicht leisten.«

»Was für ein tolles Heim?«

»Das, wo die Elisabeth hinwollte, da hat sie doch die ganze Zeit drauf gespart.«

Die Nachbarin zeigte auf die Vitrine hinter mir, aus deren Unterteil ich gerade noch die Karte gepult hatte. Da war die Schwarzwaldsouvenir-Ecke. Also wenn Gondeln aus Venedig schon kitschig sind, war es das hier ganz bestimmt. Eine Schneekugel, in der sich auf einer Schwarzwälder Kirschtorte ein pausbäckiges Kinderpärchen in Schwarzwaldtracht schüchtern-verschämt den ersten Kuss gab, schoss den Vogel ab.

Der Rest war auch nicht viel besser. Kein Wunder, dass die Amerikaner das liebten. An der Rückwand lehnte ein Plastikbilderrahmen, mit einer Tanne links am Rand, einem Bauernhaus in verzerrter Perspektive rechts und einem Auerhahn oben. Das Bild darin zeigte einen prachtvollen alten Schwarzwaldhof mit Walmdach, üppigem Holzgeländer an den Balkonen, über und über blühenden Blumenkästen vor den Fenstern, einem Brunnen vor dem Haus und einer Sitzgruppe aus halben Baumstämmen im Schatten einer Tannengruppe. Ich hatte das Bild schon mal gesehen.

»Da wollte sie hin?«

»Hat sie immer gesagt, aber dann ist sie doch nicht gegangen.«

Ich nahm den Rahmen aus der Vitrine und löste das Bild

heraus. Der Text auf der Rückseite war an den Seiten abgeschnitten worden, als das Bild dem Rahmen angepasst worden war. Aber es war klar, dass es ein Marketingtext über ein Bauprojekt war. Es musste für Elisabeth Geißner wichtig gewesen sein. Ich wandte mich zu der Nachbarin, die noch immer in der Tür zwischen Flur und Wohnzimmer stand.

»Da wollte sie ihren Lebensabend verbringen?«

»Ich glaube, ja.«

»Haben Sie das schon der Polizei erzählt?«

»Nein, das wollten die nicht wissen. Wir sind da gar nicht drauf gekommen. Ist das denn wichtig?«

»Bei einer Mordermittlung kann alles wichtig sein.«

Ja, und das stimmte. Ich sah mir die Karte in meiner Hand an, die ich aus dem Schrank geborgen hatte, auch ein Schwarzwaldmotiv, aber die Rückseite war nicht beschriftet.

Neben der Tür, in der die Nachbarin stand, deren Namen ich mir nicht gemerkt hatte, obwohl er auf ihrem Klingelschild zu lesen gewesen war, hing ein etwas zu großer Kalender mit Blumenbildern. Ich hätte es nicht bemerkt, wenn nicht die untere Ecke ein wenig über den Lichtschalter geragt hätte. Außerdem – was sollten hier Blumenbilder? Die passten nicht zu dem Andenkenambiente der Elisabeth Geißner. War es das, was Susette gemeint hatte?

Ich nahm den Kalender von der Wand, dahinter war ein etwas kleinerer, hellerer Bereich auf der Tapete. Hier hatte bis vor Kurzem ein anderer Kalender gehangen. Und ich ahnte auch schon, welcher.

Bevor ich wieder nach Friederichsburg zurückfuhr, rief ich Commissaire Brioche an. »Hallo, Madame, es sind die Blumen, stimmt's?«

»Ah, Sie haben es gefunden. Das habe ich nicht wirklich von Ihnen erwartet, aber umso besser. Und?« Mein Ruf als harter Kerl, der gerne mal die Fäuste zu Hilfe nimmt, hatte Madame

Brioche wohl an meiner ermittlerischen Intelligenz zweifeln lassen.

»Ich denke, der Kalender wurde nicht von Elisabeth Geißner dort hingehängt. Er passt nicht zu ihrem Sammel-Sujet, und an der Stelle hat lange ein anderer, etwas kleinerer Kalender gehangen. Aber ich habe ein Blatt dieses Kalenders sicherstellen können. Frau Geißner hatte es ausgeschnitten und in einem Bilderrahmen aufbewahrt. Es war ihr besonders wichtig. Die Nachbarin sagt, das sei ein Altenheim, in das Frau Geißner ziehen wollte. Ich schicke Ihnen ein Bild, und dann gehen Sie noch mal in Alphonse Roussillons Wohnung und schauen Sie sich den Kalender bei seinem Sessel an.«

Susette Brioche war schon auf dem Weg, ich musste nur zwei Minuten auf ihren Rückruf warten. Die beiden Bilder stimmten überein.

»Wie banal, ohne den Kontext aus Frau Geißners und Frau Häberles Wohnung ist es nur ein alter Werbekalender. Da muss man erst mal drauf kommen, dass da eine Verbindung sein könnte. Ich habe stundenlang die Bilder aus den Akten angestarrt, ohne diese Details wahrzunehmen.«

»Jetzt haben wir es ja. Das ist der Punkt, an dem wir den Hebel ansetzen müssen. Versuchen Sie, alles über diesen Kalender herauszubekommen. Wer hat ihn wann herausgegeben, welche Motive sind verwendet worden, und könnten auch sie was mit dem Fall zu tun haben? Was hat dieses blöde, nicht mal schöne Druckwerk überhaupt mit unserem Fall zu tun, und wo liegt die Verbindung zu unseren Mordopfern?«

Ich wollte ihr noch einige andere Aspekte nennen, aber Susette Brioche gab ja lieber Anweisungen, als welche zu empfangen. Sie unterbrach mich. »*Oui, oui*, und Sie fahren nach Villingen-Schwenningen, Horb, Balingen und Konstanz und sehen sich diese anderen Tatorte an. Die Kontakte zu den örtlichen Kollegen haben Sie ja in der Akte.«

Das sah nach einem arbeitsreichen Tag aus, aber da konnte

ich nicht so leicht Nein sagen. Zuerst telefonierte ich noch nacheinander mit den Kollegen vor Ort. Villingen-Schwenningen konnte ich mir sparen, der Tatort war vor einer Woche freigegeben worden, die drei anderen nahm ich mir der Reihe nach vor.

»Wir haben schon alles mehrmals untersucht, diese französische Kommissarin ist ja recht hartnäckig. Ich kann mir nicht vorstellen, was Sie jetzt noch hier finden wollen«, sagte der Beamte, der mich in Horb in die Wohnung des dortigen Opfers, Walter Diel, ließ.

Herr Diel war eindeutig kein Sammler gewesen. Seine Eigentumswohnung war penibel aufgeräumt. Im Schlafzimmer stand zwar noch das Ehebett, obwohl seine Frau vor ein paar Jahren gestorben war, aber die Schränke, in denen ihre Sachen gewesen sein mussten, waren ausgeräumt. Stattdessen standen in einem, fein säuberlich aufgereiht und mit einer akkuraten Handschrift versehen, eine ganze Reihe Aktenordner. An einer Stelle war eine Lücke, sie fiel mir auf wie ein fehlender Milchzahn in einem Kinderlachen. Ich suchte in der Akte, Uhrmacher, alles klar, er hatte sein Leben lang auf die kleinste Kleinigkeit achten müssen und wollte wohl zu Hause auch alles im Griff haben. Aber wo war der Aktenordner geblieben? Wenn es ihn denn je gegeben hatte, in der Wohnung jedenfalls nicht. Walter Diel war nicht der Typ, der abgelaufene Kalender aufhob, stattdessen hing in der Küche ein aktueller Kalender, ohne Bilder, nur für Termine. Einen Tag vor seinem Tod war er noch beim Friseur gewesen.

»Haben Sie mit seinem Friseur gesprochen?«, fragte ich den Polizisten, der gelangweilt am Türrahmen lehnte.

»Weil er vorher noch zum Haareschneiden war? Sicher.«

»Und?«

»Steht im Bericht.«

Ich rief das Protokoll des Gesprächs auf – belanglos. Der

Salon musste hier um die Ecke sein, dorthin würde ich gleich noch gehen. Aber zuerst setzte ich mich ins Wohnzimmer. Ich wählte den Platz auf der Couch, der am stärksten strapaziert war, dort hatte Walter Diel anscheinend am häufigsten gesessen.

»Dauert es noch lange?«, fragte der Polizist.

»Sie können ruhig eine rauchen gehen.«

Er sagte: »Ich rauche nicht«, ging aber trotzdem.

Nachdem er gegangen war, veränderte sich die Atmosphäre, die Wohnung wurde weniger Tatort und mehr Walter Diels Lebensraum. Erst jetzt merkte ich, dass seine Skepsis mich gestört hatte. Ich überflog die Angaben zum Opfer. Als Grund für Diels Ableben war zunächst Herzinsuffizienz angegeben worden. Nur aufgrund von Susette Brioches Recherche und Intervention wurde bei einer späteren Untersuchung eine Gasembolie festgestellt. Die Einstichstelle am Rücken, von der aus Luft direkt in die Herzvenen gedrückt worden war, hatte der Hausarzt, der den Totenschein ausgestellt hatte, übersehen – also eindeutig Mord.

Ich nahm an, dass Walter Diel den größten Teil seiner freien Zeit an diesem Platz verbracht hatte, mit dem Blick zum Fernseher, auf ein ungefähr A4-großes Bild seiner Frau aus jüngeren Jahren und aus dem Fenster ins Grün der umliegenden Berge. Aus dem Flur hörte ich den alten Regulator ticken, der immer noch lief, weil er elektrisch aufgezogen wurde. Die Gewichte der üppig verzierten Kuckucksuhr im Wohnzimmer waren bis auf den Boden abgelaufen – tot – Stillstand. Wie auf dem Foto, das wie eine eingefrorene Erinnerung aus glücklicheren Tagen schien.

Frau Diel posierte mit typischer Siebziger-Jahre-Hochsteckfrisur vor einem himmelblauen Auto, von dem nur die Dachkante zu sehen war. Der Hintergrund war unscharf als Berge mit Tannenwald zu erkennen. Am rechten Bildrand parkten zwei Autos, ein weißer Käfer und ein roter Opel Rekord, vor einem Hinweisschild: »Parken nur für Gäste des Schwarzw«.

Mehr war nicht zu lesen. Die Diels waren nur wenige Kilometer weit in den Urlaub gefahren. Warum denn in die Ferne schweifen, wenn das Gute liegt so nah? Ich nahm an, dass Walter Diel dieses Bild zum Andenken an seine Frau gewählt hatte, weil es ihre glücklichste Zeit gewesen war – sie waren so jung; vielleicht ihre Hochzeitsreise oder ihr vielfach besuchter Lieblingsort oder beides. Ich machte ein Foto davon und sandte es an Susette Brioche.

»Können Sie rauskriegen, wo das ist?«

Dann ging ich zu dem Friseur. Der konnte immer noch nicht glauben, dass Walter Diel tot war.

»Der hat sich doch beim letzten Mal hier verabschiedet, weil er endlich in seinen Altersruhesitz zieht. Da spart einer jahrelang auf was, und dann haut's ihn weg. Das tut mir besonders leid. Der Herr Diel, der war so ein Netter. Er kam alle vier Wochen zum Nachschneiden, immer schön korrekt frisiert. Beim letzten Mal hat er noch eine Flasche Marillenlikör für mich mitgebracht, als Abschiedsgeschenk, und für die Janette eine Packung Mon Chéri, das ist unsere Auszubildende, die mochte er.«

Mehr wusste der nette Friseur aber nicht, auch nicht, wo Diels Altersruhe sein sollte. Außer »Weiter weg im Schwarzwald« hatte Herr Diel nichts verraten.

In Balingen wartete der zuständige Kommissar schon vor dem Haus des dortigen Opfers. Er hatte es sich auf einer Bank links vom Eingang gemütlich gemacht und empfing mich ganz entspannt.

»In fünf Minuten wäre ich gegangen.«

»Tut mir leid, in Horb hat es länger gedauert.«

»Was suchen Sie denn? Sie sind neu an dem Fall, oder?«

»Ja, ich bin zur Unterstützung von Frau Brioche angefordert worden.«

»Die setzt aber auch Himmel und Hölle in Bewegung, um

den Fall zu lösen, so was von Besess… also, von Engagement habe ich noch nicht gesehen.«

»Einer der Morde ist in ihrem Haus, eine Wohnung unter ihrer, quasi vor ihren Augen, verübt worden. Sie kannte das Opfer – das motiviert.«

»Aha, verstehe. Hier gibt es aber trotzdem nichts mehr zu finden.«

Das hatten die in Horb auch gedacht.

Eine Stunde später wusste ich, dass er recht hatte. Ich fuhr nach Konstanz.

Dort holte ich meine Unterstützung, einen jungen Kommissaranwärter, vom Präsidium ab, und wir fuhren gemeinsam zu dem Haus des dortigen Opfers.

»Sind Sie mit dem Fall vertraut?«, fragte ich ihn.

»Ich bin seit Montag letzter Woche im K1.«

»Warum kommt der zuständige Kommissar nicht mit?«

»Der hat zu tun.«

»Keinen Bock auf Fremdenführer?«

Der Referendar zuckte mit den Schultern. »Wir haben noch ein paar andere Fälle.«

Das Haus war eine feudale Villa aus den achtziger Jahren, am Hang mit Seeblick in der Ferne und mindestens dreitausend Quadratmetern Grundstück.

»Nicht schlecht hier.«

»Die Lage ist super, bringt heutzutage bestimmt eine ganze Stange Geld ein, obwohl man am Garten 'ne Menge machen muss. Da können die Erben sich freuen.«

»Es gibt keine Erben«, sagte ich. »Schauen Sie mal, was mit dem Haus passiert und ob es sonst noch was zu erben gegeben hat.« Ich öffnete die Fallakte und reichte dem Referendar meinen Laptop.

»Ja, mach ich.«

Wir gingen ins Haus, und er setzte sich an einen Sekretär in der Eingangshalle, Flur konnte man den über zwei Stockwerke offenen Raum nicht nennen.

Ich begann mit dem Rundgang rechts im Arbeitszimmer, von wo eine Tür in ein Herrenraucherzimmer auf der Seeblickseite führte, dann eine weitere in das Wohnzimmer und im Anschluss das Esszimmer. Die daran angrenzende Küche war lächerlich klein, gemessen an dem Protz des restlichen Hauses. Abgesehen von einem Schwarzwaldmotiv-Kühlschrankmagneten, an dem eine Postkarte aus Mallorca hing, gab es nichts, was mein Interesse weckte. Im Obergeschoss waren mehrere Schlafzimmer und zwei vor vielen Jahren luxuriös gestaltete Badezimmer. Wenn man noch ein paar Jahre wartete und sie ein wenig auffrischte, waren sie bestimmt so vintage, dass sie schon wieder gut waren. Aber keine Hinweise, wie ich sie suchte. Ich kam wieder in die Eingangshalle. Mein Referendar telefonierte.

»Und?«, fragte ich und wies auf den Laptop.

»Ja, danke. Auf Wiederhören«, beendete er das Gespräch. »Es gibt nicht viel zu erben. Das Haus ist schon vor zehn Jahren auf Rentenbasis an eine Schweizer Verwertungsgesellschaft verkauft worden.«

»Mit lebenslangem Wohnrecht?«

»Ja, schon, ist aber kein Motiv. Die sind ziemlich seriös, haben Hunderte solcher Projekte. Ich habe gerade mit denen, also mit dem zuständigen Sachbearbeiter, telefoniert.«

Also das Engagement hätte ich mir von dem Horber Kollegen auch gewünscht.

»Und, was sagt der?«

»Der sagt, dass Elise Bodemer, das ist die Frau, die hier gewohnt hat, schon vor einem Jahr in eine Altersresidenz ziehen wollte. Aber sie seien es gewohnt, dass man keinen Zeitplan für die Verwertung des Objekts machen könne, bevor es endgültig geräumt sei. Wann wir das Haus denn freigeben würden? Aber da konnte ich natürlich nichts zu sagen. Schien ihm aber auch nicht so wichtig.«

»Hm, Altersresidenz. Hat er gesagt, wohin sie wollte?«

»Nein, steht aber auch nicht in der Akte.«

»Können Sie ihn einfach noch mal anrufen, bitte?«

Der Referendar drückte die Wahlwiederholung seines Smartphones.

»Ich bin's noch mal ...«

Ich ging vor die Tür, sah über das Grundstück und zum See, bis der Referendar kam.

»Weiß er nicht. Nicht hier am See. Irgendwas im Schwarzwald, glaubt er.«

Ich lächelte. »Gut gemacht! Danke. Kann ich Sie irgendwo absetzen?«

Ich brachte ihn zum Präsidium zurück und sah dann zu, dass ich mich Richtung Heimat aufmachte, Rayana würde bald kommen.

Am See war die ganze Zeit Geschwindigkeitsbeschränkung, erst als ich auf der A 81 Richtung Stuttgart war, konnte ich locker Gas geben. Ich stellte den Tempomaten auf hundertfünfzig Stundenkilometer ein und rief Susette Brioche über die Freisprechanlage an.

»Na, Madame le Commissaire, waren Sie fleißig?«, neckte ich sie. Ich hörte sie tief einatmen. Es dauerte etwas, bis sie antwortete.

»Natürlich! Der Kalender wird jedes Jahr vom Sparkassenverbund Schwarzwald herausgegeben. Er soll das Engagement der Sparkassen für die Werte und die Schönheit unserer Heimat hervorheben und dabei die Unterstützung der Sparkassen für die heimische Wirtschaft unterstreichen. Der Kalender in Alphonse' Wohnung und das Bild von Frau Geißner stimmen überein und sind schon mehrere Jahre alt. Es ist keine Jahreszahl aufgedruckt, aber nach der Lage der Feiertage müsste er vor acht Jahren erschienen sein.«

»Und so lange hat Alphonse ihn dort hängen gehabt?«

»Es scheint so. Und vor so langer Zeit muss Frau Geißner das Bild ausgeschnitten haben, und der Kalender, der bei Frau Häberle verschwunden ist, war wahrscheinlich der gleiche. Die blasse Stelle an der Wand hatte zumindest genau dieses Format.«

Ich musste das Gas wegnehmen und mich auf den Verkehr konzentrieren, weil vor mir ein Lkw einen anderen überholte. Dann ging es wieder.

»Und dieses Schwarzwaldhaus, das auf dem Bild ist, was ist damit?«

»Das war ein Bauprojekt, das von der Sparkasse mitfinanziert wurde. Dazu wollten die von der Sparkasse aber nichts sagen.«

»Auch nicht, wo das ist?«

»Doch, das ist der Hesselbrandhof auf den Höhen zwischen Bad Teinach und Bad Wildbad.«

Ich sah auf die Uhr, würde knapp werden. »Ich sehe mir das mal an. Haben Sie eine Adresse oder Koordinaten?«

»Schicke ich Ihnen. Glauben Sie denn –«

»Ich glaube erst mal noch nichts, bevor ich das gesehen habe. Aber ich glaube, dass unsere Toten sich alle auf einen ruhigen Lebensabend im Schwarzwald gefreut haben. Wir wissen, dass da ziemlich radikal was dazwischengekommen ist. Jetzt müssen wir rauskriegen, warum und wer dahintersteckt. Sie könnten die Projektunterlagen von der zuständigen Sparkasse anfordern. Wenn die sich sperren, besorgen Sie einen richterlichen Beschluss.«

Commissaire Brioche schmollte einen Moment, weil ich ihr schon wieder eine Anweisung gegeben hatte, entschied dann aber, dass sie sinnvoll war, sagte: »*Oui, mon* Kommissar«, und legte auf.

Kurz darauf erhielt ich die Koordinaten vom Hesselbrandhof. Mein Navi meinte, ich könne mit diesem Umweg unmöglich um achtzehn Uhr in Friederichsburg sein. Buddy hatte es wohl nicht über die neue Performance des Mercedes informiert.

Nachdem ich von der B 463 abgefahren war, wurden die Straßen immer schmaler. Die letzte war kaum mehr als eine Waldstraße, der alte Asphalt war vielfach aufgebrochen und zu Schotter zerkrümelt. Von den Rändern her nahm der Wald langsam wieder Besitz von der durch Menschen geschlagenen Schneise. Noch zwei, drei Winter und hier würden nur noch Trecker und Geländewagen fahren können.

Plötzlich öffnete sich der Wald zu einer Hochwiese und gab nach links den Blick frei über bewaldete, sich sanft wölbende Erhebungen und Täler. Bis zum Horizont im Westen weit und breit nur Wiesen und Wälder. Rechts der Straße war eine Streuobstwiese und dahinter der Hesselbrandhof, ein für diese Gegend unüblich reich gestalteter Gutshof, mit geschnitztem und bemaltem Holzwerk, umlaufenden Balkonen und vielen Sprossenfenstern.

Kein Wunder, dass man diesen Bauernhof mit der phantastischen Aussicht zu einem Hotel ausgebaut hatte. Ein großer Parkplatz und eine Reihe von Garagen zeugten von dem Zuspruch, den das Schwarzwaldhotel Hesselbrandhof einst erfahren haben musste. Einst, denn hier waren schon lange keine Gäste mehr eingekehrt. Mit dem Aufkommen günstiger Flugreisen hatte es die früheren Gäste wohl in die Ferne gezogen, Mallorca, Griechenland, Kanaren, Thailand – was waren dagegen gute Luft, Ruhe, Wiesen und Wälder? Das einst stolze Anwesen war verlassen und dem Verfall preisgegeben.

Ich hatte nicht viel Zeit, um mich gründlich umzusehen, deshalb kurvte ich einmal über den Parkplatz und stieg nur kurz aus, um ein paar Fotos für Susette Brioche zu machen. Ich fand den Standort, der das Haus aus der Perspektive wie auf dem Sparkassenkalender zeigte, und als ich mich zu dem Landschaftspanorama umdrehte, war mir auch klar, wo Walter Diel in jungen Jahren seine Frau fotografiert haben musste. Das

Schild »Parken nur für Gäste des Schwarzwaldhotels Hessel-brandhof« lag im Staub und war von Brennnesseln und Ranken überwuchert.

Die Bilder an Susette gingen nicht raus, hier oben gab es so was von kein Netz. Egal, früher oder später würde es schon klappen, jetzt musste ich mich erst mal sputen, um Rayana nicht warten zu lassen. Zum Glück war es vom Hesselbrand-hof nicht mehr weit nach Friederichsburg, der Hof lag noch in unserem Zuständigkeitsbereich. Es schien so, als habe Com-missaire Brioche doch den richtigen Riecher gehabt.

Ich schaffte es, rechtzeitig vor Rayana in der Kranichstraße zu sein, aber ich war noch nicht ins Haus gegangen, da kam sie in einem Audi A3, vermutlich einem Mietwagen. Sie stieg aus und ging über den Kies auf mich zu. Schon wie Rayana aus dem Auto ausstieg, war Ballett. Ihre Bewegungen waren so gelassen wie die eines Raubtieres am Ende der Nahrungskette. Nichts war zu viel, alles effizient und elegant. Sie trug einen schwarzen Hosenanzug, der im Abendlicht eine Mischung aus Ninja-Kampfanzug und James-Bond-Smoking zu sein schien.

Ich sag es mal so, stellen Sie sich vor, ein zwei Meter gro-ßer, voll trainierter Profi-Wrestler im Smoking betritt einen Empfang zu seinen Ehren, und gleichzeitig erscheint Rayana – der Mann würde ein Problem mit seinem Selbstbewusstsein bekommen. Okay, ich bin vielleicht nicht ganz objektiv. Was mich wieder überrumpelte, war etwas, was mich schon auf der ersten zerknitterten Kopie eines Fotos von ihr angesprochen hatte. Sie war eine überaus attraktive junge Frau, mit der Würde eines Zen-Meisters. Eine Mischung, die ich noch nie zuvor er-lebt hatte. Ich hatte die Erfahrung gemacht, dass viele schöne Frauen unbewusst ahnen, dass die Wirkung ihrer Attribute vergänglich ist. Deshalb sind sie in ihrem Innern unsicher, was sie leider meist mit Arroganz und Überheblichkeit überkom-pensieren.

Rayana blieb vor mir stehen und sah mich einen Moment, der immer länger wurde, still an. Ich wollte etwas zur Begrüßung sagen, aber das wären nur Floskeln gewesen. Sie umarmte mich und küsste mich auf eine Wange. Das hieß: Ich freue mich, dich zu sehen, ich sehe, dass du müde bist und es dir nicht gut geht, ich werde für dich da sein und mich um dich sorgen.

Dann lächelte sie mich an, und das hieß, neben vielem anderen: Alles wird gut.

Rayana gab mir in diesem kleinen Augenblick der Begrüßung mehr Aufmerksamkeit, als ein Oscar-Gewinner auf dem roten Teppich bekommt.

Ich lächelte zurück, obwohl ich befürchtete, dass ich strahlte wie ein Honigkuchenpferd.

Dann sagte Rayana: »Wo ist Nesrin?«

»Sie wird arbeiten.«

»Bring mich bitte zu ihr.«

»Kennst du sie?«

»Ich hoffe nicht.«

Ich brachte sie zu Nesrins Zimmer. Ich wollte schon anklopfen, da hielt Rayana meine Hand fest und schüttelte den Kopf.

»Warte hier.«

Sie drückte die Klinke herunter, innen polterte etwas zu Boden. Nesrin hatte wohl etwas auf die Türklinke gelegt, um zu bemerken, wenn jemand sie öffnete. Rayana schlüpfte ins Zimmer und schloss die Tür. Die Türen in diesem Haus waren verständlicherweise ziemlich schalldicht. Trotzdem hörte ich nach einer Weile Stimmen. Sie wurden immer lauter, dann hysterisch. Ich stieß die Tür auf. Rayana schrie auf Nesrin ein, die kreischte zurück. Sie hielt sich ein Messer an den Hals. Ich verstand kein Wort, aber es schien, dass sie drohte, sich umzubringen. Mit drei Schritten war ich bei ihr, knallte ihr einen linken Jab aufs Auge, sodass ihr Kopf zurück- und von dem Messer weggerissen wurde. Bevor er wieder zurückschnellte, schlug ich ihr eine rechte Gerade ans Kinn. Sie sackte zusammen wie ein Sack, das Messer polterte zu Boden. Es war still. Rayana rollte mit den Augen und sah mich an, als wolle sie sagen: Sag's nicht.

»Wenn Argumente nicht wirken, hilft oft eine rechte Gerade« wäre so ein schöner Satz gewesen.

Stattdessen sagte ich: »Was ist los?«

»Sie ist eine von meinen Agentinnen.«

»Du hast sie auf einen Undercover-Einsatz geschickt?«

»Und sie verloren. Sie braucht Hilfe.«

»Was ist mit ihr passiert?«

»Sie war eine positive, starke Persönlichkeit, sonst hätten wir sie nicht ausgewählt. Mir graut davor, zu erfahren, was sie erleben musste, um so zu werden.«

Ich hatte Rayana noch nie so erschüttert gesehen, nicht mal, als ich sie in dem Gefängnis entdeckte, wo sie wochenlang gefangen und misshandelt worden war.

»Komm mit, du bekommst jetzt erst mal den versprochenen Kaffee.«

»Wir dürfen sie nicht alleine lassen. Sie wird sich womöglich umbringen, wenn sie die Chance dazu hat.«

Ich nahm Nesrin auf den Arm. Sie war so leicht, dass ich sie mir nicht mal über die Schulter legen musste. In Lydias Wohnküche legte ich sie auf das Sofa und band ihre Hände aneinander, dann machte ich Kaffee. Als ich die Tasse Rayana hinstellte, setzte ich mich zu ihr.

»Rayana, wie kann das sein, dass ihr so junge Frauen undercover einsetzt?« Schließlich hatte ich auch sie als Gefangene kennengelernt …

Die Not und das Elend, das der Jahrzehnte während Krieg in Afghanistan verursacht hatte, begünstigten den Menschenhandel, meist in Richtung Pakistan und Indien, wo Millionen Menschen in Sklaverei oder sklavereiartiger Abhängigkeit gehalten wurden. Die kleinen Akteure konnte man fassen, aber an das ganze System und die Hintermänner der Schlepper- und Menschenhändlerbanden kam man nur als Täter oder Opfer heran. Die Täter waren zu neunzig Prozent männlich. Die Opfer waren zu einem großen Teil Kinder oder Frauen, die von ihren Eltern und anderen Angehörigen aus Not verkauft oder einfach auf offener Straße verschleppt wurden. Es gab eine Polizeiabteilung, die Täter als Informanten rekrutierte oder Agenten in die Täterkreise einschleuste, und es gab Rayanas Einheit, die Frauen trainierte, ausbildete und als Agenten auf den Weg in die Sklaverei schickte. Natürlich überwacht und durch Täteragenten begleitet. Die Frauen, die bereit waren, so etwas zu tun, hatten meist Erfahrungen mit dem Elend der Sklaverei. Sie hatten geliebte Menschen verloren oder waren selbst bedroht. Sie kannten die Gefahr und gingen sie ein, um etwas für die Zukunft zum Besseren zu bewegen. Aber es ging nicht immer gut, und irgendwann war Rayanas vorgesetzte Dienststelle aufgrund von Korruption infiltriert worden. So hatten sie Nesrin und viele andere verloren. Aus Verzweiflung darüber hatte Rayana sich selbst in die Fänge der Menschenhändler gegeben, sie wollte ihre Agentinnen retten oder ihr Schicksal teilen.

»Und was denkst du, wie ist sie hierhergekommen?«, fragte ich.

Rayana schüttelte den Kopf. »Ich weiß es nicht.«

»Und warum benimmt sie sich so seltsam? Ihre Angst, die Schmerzsucht, das Geschrei mit dem Messer vorhin?«

Rayana hatte, während sie erzählt hatte, mit hängendem Kopf in ihre Kaffeetasse gesehen. Jetzt blickte sie auf und mir direkt in die Augen. Ihre tiefschwarzen Augen, die so sanft und so unerbittlich scheinen konnten, hielten meinen Blick fest.

»Weißt du, was Mind Control ist?«

Ich hatte davon gehört. So was wie Gehirnwäsche. Durch kontrollierte, exzessive rituelle Gewalt wurden junge Menschen zu Zwangsverhalten konditioniert. Es kam vor, dass sie

multiple Persönlichkeiten entwickelten, deren Bewusstseins-
ebenen voneinander so abgegrenzt waren, dass sie nicht inter-
agieren konnten. Diese Prägung ließ mit der Zeit nach, etwa
im Alter von dreißig Jahren wurde die Kontrolle über eine so
manipulierte Person schwieriger. Möglich, dass die Frauen in
dem blauen Lieferwagen ein ähnliches Schicksal erlitten hatten
wie Nesrin, dass sie Opfer derselben Kriminellen waren.

»Bist du sicher?«, fragte ich.

Rayana nickte nur.

Als Nesrin erwachte, tobte und schrie sie. Erst die Erschöpfung
brachte sie wieder zur Ruhe, obwohl Rayana die ganze Zeit
beruhigend mit ihr gesprochen, sie gehalten und gestreichelt
hatte. Lydia war schließlich gekommen, weil sie Nesrin gehört
hatte, und Nadija, nachdem ich sie angerufen hatte.

Gemeinsam machten wir einen Spezialisten für Mind Control in einer psychiatrischen Klinik in Freiburg ausfindig.
Rayana wollte Nesrin sofort dorthin bringen. Nadija organisierte einen Krankentransporter und bot sich an, sie zu be-
gleiten. Nesrin baute zusehends ab. Sie verweigerte die Nah-
rungsaufnahme und trank auch nicht.

Während wir auf den Krankentransporter warteten, hing
ich meinen Gedanken nach: Was, wenn Nesrin und die drei
Frauen aus dem Transporter wirklich von denselben Menschen
gequält worden waren?

Menschen, die Mind Control beherrschten und praktizier-
ten, liefen ja nicht in jeder Fußgängerzone rum, schon gar nicht
hier im Schwarzwald. Die anderen machten sich wohl auch ihre
Gedanken.

»Was macht Nesrin hier bei uns?«, sagte ich in die Stille. Es
rüttelte die anderen auf. Wir sprachen einige Möglichkeiten
durch. Reiner Zufall, unwahrscheinlich. Sie war ihren Peinigern
entflohen, musste aber weiter anschaffen, weil sie sich sonst
selbst hätte töten müssen, konnte sein. Sie hatte hier Schutz

gesucht, weil sie von mir wusste, nicht wahrscheinlich, weil sie vor Rayanas Entführung verschwunden war. Sie war hierhergeschickt worden, um mich und Rayana zu verraten. Das klang absurd, war aber wegen der Mind Control durchaus denkbar.

»Ihr müsst euch auch mal fragen«, sagte Lydia, »warum der Transporter mit den drei Frauen genau dann gefunden wurde, als sie hier bei uns war.«

»Und dazu noch, als Nadija bei dir war, Carl«, gab Rayana zu bedenken.

Wir sahen uns gegenseitig an, und dann war es uns allen plötzlich klar.

Nadija sprach es als Erste aus: »Die haben es auf euch abgesehen. Nicht nur auf dich, Carl, dann wären sie schon längst hier gewesen, auch auf Rayana.«

»Ich bin meist inkognito unterwegs, so auch zurzeit auf dem Kongress in Straßburg, zu meiner Sicherheit«, sagte Rayana. »Sie wussten, dass du mich rufen würdest, dass Nesrin und du Grund genug wäret, mich hierherzulocken.«

»Zum Glück konnte Nesrin niemanden benachrichtigen«, sagte Nadija. »Dadurch haben wir für den Moment einen Vorteil, aber nur für ein paar Stunden, ein, zwei Tage, dann kommen sie, wenn Nesrin sich nicht mehr meldet.«

»Wer sind die?«, fragte Lydia.

»Da kommen nur zwei in Frage«, antwortete ich.

Und Rayana ergänzte hasserfüllt: »Erich Dimaschewski und sein verdorbener Freund Dr. Paul Hogmann! Die sind zu so was fähig, Hogmann kennt die Gegend hier, sie sind beide gnadenlose Menschenhändler, und sie haben noch eine Rechnung mit uns offen, die sie sicher nicht einfach vergessen werden.«

Nadija sprang auf. »Und wenn sie schon da sind? Sie können das Haus heimlich beobachtet haben, längst wissen, dass Rayana gekommen ist.« Sie hatte schon, während sie sprach, ihre Pistole gezogen und das Magazin kontrolliert. Sie sah mich an. »Wir gehen da jetzt raus, nachsehen.«

Gleichzeitig wählte sie die Nummer der Leitstelle und forderte Verstärkung an.

Wir schlichen durch den Kellerausgang in den Garten hinterm Haus. Es war früher Morgen, das erste Licht am Horizont begann die Nacht zu vertreiben. Wir machten im Schutz der Schatten eine Runde ums Haus, immer wieder ruhig verharrend, lauschend, in der Hoffnung, dass andere Sinne uns verrieten, was unsere Augen uns nicht offenbaren konnten. Als wir an der Vorderseite angekommen waren und noch die Kranichstraße hinauf- und hinunterspähten, hörten wir den Streifenwagen kommen. Wir hatten keinen Beobachter finden können. Nadija blieb auf dem Parkplatz, um die Kollegen einzuweisen. Ich ging schon mal ins Haus, und dann kam auch der RTW.

Wir mussten Nesrins Handy checken: Mit wem hatte sie kommuniziert? Zur Sicherheit mussten Lydia und ihre Damen das Haus verlassen und als Überraschung ein SEK einquartiert werden. Das würde Nadija von unterwegs organisieren.

»Ich fahre nach Krakau, vielleicht können wir dadurch sozusagen von hinten kommen«, verkündete ich, als Nesrin im RTW versorgt war.

Rayana sagte: »Sei vorsichtig ...«

»Mit denen ist nicht zu spaßen«, ergänzte Nadija.

Ich wartete, bis der Krankentransporter losgefahren war.

Lydia warnte schon mal ihre Mädchen.

Kurze Zeit später war ich auf der A 9 hinter Nürnberg, Richtung Dresden, Krakau unterwegs. Tempomat auf hundertsechzig Stundenkilometer, linke Spur, Stones und Led Zeppelin auf der Playlist. Von hinten kam etwas Blinkendes schnell näher. Ferrari, R8? Ich zog den Gurt strammer, stellte das Radio aus und gab Gas, als der Wagen meine hintere Stoßstange zu berühren drohte, maximale E-Unterstützung.

Der Sportwagen wurde in meinem Rückspiegel so schnell

kleiner, als wäre er ein Bobbycar. Bei dreihundertvierzig nahm ich das Gas weg und fuhr wieder hundertsechzig. Zwei Minuten später überholte mich der R8.

Ich grüßte freundlich, schließlich hatte der Fahrer heute einen schweren Tag.

Nachdem ich die polnische Grenze passiert hatte, drängten sich die Fragen mehr und mehr auf, die ich bis jetzt ignoriert hatte: Was erwartete mich in Krakau? Eine Falle? Eine kalte Spur? Die Lösung? Nichts? Wie konnte ich vorgehen? Ich hatte nur eine Adresse, eine Handynummer, eine vage Beschreibung. Ich sprach kein Polnisch. Deutsch, Russisch und Englisch mussten reichen. Ich war kein Polizist, zumindest war ich nicht im Dienst. Was auch wieder gut war, sonst hätte ich nicht einfach nach Polen fahren können. Aber ich war auf mich allein gestellt.

Nicht ganz. Ich rief Eddy an. »Ich bin auf dem Weg nach Krakau, hast du was für mich?«

»Boah, weißt du, wie früh es ist?«

»Aber du bist schon bei der Arbeit.«

»Nee, ich hab den Anruf weitergeleitet, weil ich mir dachte, dass du früher oder später anrufen würdest. Pass auf, ich schick dir ein paar Namen und Adressen. Gestern hat eine Agentur eine Modeltalentsuche veranstaltet, könnte was dabei sein.«

»Wir glauben, dass Hogmann und Dimaschewski dahinterstecken, sind die in letzter Zeit irgendwo aufgefallen?«

»Negativ.«

»Und was macht die Suche im Darknet?«

»Wir sind an was dran, ist aber noch sehr anonym.«

Klar, wer im Darknet für Auftragsmorde wirbt, ist vermutlich neurotisch vorsichtig.

»Hast du was über das Bunkier Café?«

Eddy hatte mehrere Webcams in Krakau angezapft und die Bilder ausgewertet. Ergebnis war eine Liste von möglichen verdächtigen Stammgästen, die er mir auch zukommen ließ.

Jetzt hatte ich erst mal was zu arbeiten. Außerdem hatte ich die ganze Nacht nicht geschlafen, und wenn ich völlig übermüdet nach zehn Stunden Fahrt in Krakau ankäme, würde ich niemandem nützen. In Krakau musste ich total auf Zack sein. Ich suchte mir in der polnischen Pampa ein Hotel.

Als ich am nächsten Morgen weiterfuhr, hatte ich die Bilder von fünf Verdächtigen im Kopf und eine Liste von Adressen, die ich abarbeiten konnte, wenn sich im Bunkier nichts tat.

Während der Fahrt kam mir dann aber eine andere Idee, ich musste nicht nach verdächtig aussehenden Männern suchen, sondern nach nervös wirkenden Mädchen. Sollten sie wirklich von der Modelsuche stammen und bereit sein, im Ausland ein neues Leben zu beginnen, wären sie vermutlich ziemlich aufgeregt – und zu zweit. Welches Mädchen tat so etwas alleine?

Ich kam zu einem späten Frühstück im Bunkier Café an und setzte mich so, dass ich den größten Teil des Ladens überblicken konnte. Nach zwei Brötchen und dem zweiten Kaffee hatte sich immer noch nichts getan. Ich blieb noch eine Weile sitzen und studierte den Krakauer Stadtplan. Anschließend fuhr ich zu den verdächtigen Adressen und beobachtete jede eine Viertelstunde. Danach war Zeit für Kaffee und Kuchen im Bunkier Café. Wieder nichts. Ich nahm mir ein Zimmer gegenüber einer der verdächtigen Adressen und wollte Rayana anrufen. Aber ich entschied mich anders und wählte Nadijas Nummer.

»Hi, wie geht's?«

»Gut, und dir? Bist du in Krakau?«

»Ja, alles klar, aber es hat sich noch nichts getan.«

»Du darfst nicht zu viel erwarten, das kann Tage dauern. Überstürz nichts, sei vorsichtig.«

»Bin ich immer.«

»Ich kenn dich.«

»Schon gut, ich pass auf. Was ist mit Nesrin?«

»Sie haben sie in ein künstliches Koma versetzt, um die hysterische Spirale zu durchbrechen.«

»Dann bist du wieder in Friederichsburg?«

»Ja, ich musste, wegen David.«

»Und Rayana?«

Nadija antwortete nicht gleich. »Sie ist noch in Freiburg, sie will dabei sein, wenn sie Nesrin wecken. Vielleicht morgen.«

Ich berichtete ihr noch von den Adressen und den Verdächtigen.

Am Schluss sagte sie: »Schön, dass du mich angerufen hast.«

Ich ging zum Fenster und sah zu dem Haus gegenüber.

Nadija und Rayana, zwei Frauen in meinem Leben, von denen jede auf ihre Art besonders, aufregend und begehrenswert war. Und trotzdem war ich nicht frei für sie. Da war immer noch die Liebe zu meiner Frau, aus der Zeit, als noch alles gut gewesen war.

Auf der anderen Straßenseite verließ ein Mann das Haus, der mir bekannt vorkam. Ich blätterte durch die Bilder auf meinem Handy. Kein Zweifel. Ich rannte durchs Haus, die Treppe hinunter, auf die Straße. Er war nicht mehr zu sehen. Ich entschied mich für eine Richtung, aber ich fand ihn nicht mehr wieder.

Okay, konnte Zufall sein. Oder es verdichtete sich etwas.

Ich ging ins Bunkier Café zum Abendessen.

FÜNF

Am Abend war das Bunkier noch voller. Ich hatte Mühe, einen Tisch zu finden, und setzte mich schließlich zu einem älteren Pärchen. Jetzt schienen weniger Touristen und mehr Einheimische hier zu sein. Die meisten kannten sich untereinander oder grüßten andere. Viele tranken das Tank-Bier, für das das Bunkier bekannt war. Ich bestellte lieber eine Cola. Die Speisekarte war nicht üppig, Burger oder Salat. Ich bestellte einen Bunkier-Burger.

Noch bevor der Burger serviert wurde, entdeckte ich sie. Zwei Mädchen, vielleicht sechzehn bis achtzehn, höchstens zwanzig Jahre alt, die sich ständig umsahen und nervös mit den Trinkhalmen ihrer Cocktails spielten. Sie waren ein typisches Freundinnenpaar, die eine hübsch, blond, expressiv, ein bisschen verwegen. Die andere dunkelblond, etwas kräftig, etwas blass und einfach gekleidet, sie war bestimmt die Sympathischere von beiden. Wahrscheinlich dachte sie, sie habe das große Los gezogen, dass sie mit ihrer attraktiven Freundin in den Westen gehen konnte. Je länger ich die beiden beobachtete, desto sicherer war ich mir, dass sie die nächsten Opfer sein würden. Ich konnte niemanden entdecken, der sie auch beobachtete. Sie warteten. Mein Burger kam. Ich aß mehr, um nicht aufzufallen, als dass ich jetzt Hunger verspürte. Ich habe bis heute noch keine Ahnung, wie der Bunkier-Burger schmeckt.

Der Mann von gegenüber betrat das Café. Ich erkannte ihn sofort an seinem Gang. Und dann auch an seinem Gesicht. Er ging direkt auf die Mädchen zu. Offenbar kannten sie sich. Sie begrüßten ihn förmlich mit Handschlag. Er setzte sich zu ihnen und bestellte ein Bier. Er redete viel, die Mädchen rutschten auf ihren Stühlen nervös hin und her. Die Schüchterne griff immer wieder an ihre Handtasche. Sie war ihr wichtig, vielleicht waren da ihre Papiere drin, ihr Geld oder eine Waffe, mit der sie sich im Notfall zu verteidigen hoffte. Mit der Zeit entspannte sie sich etwas. Der Mann bestellte ein zweites Bier. Vermutlich war er nur eine kleine Nummer, ein Kontaktmann, der die Mädchen von A nach B brachte, und fertig. Das machte er vermutlich öfter, Routine, sonst hätte er keine zwei Biere getrunken. Gut für mich, das machte ihn unvorsichtig. Ich wählte die Nummer, die mir Nesrin gegeben hatte. Der Mann fingerte nach seinem Handy, während er gleichzeitig von seinem zweiten Bier trank. Ich drückte das Gespräch weg. Der Mann starrte eine Sekunde auf sein Display, zuckte mit der Schulter und verstaute sein Handy wieder.

Jetzt war ich mir sicher, das war mein Mann.

Plötzlich legten die Mädchen ihre Ausweispapiere auf den Tisch. Vermutlich hatte er sie von ihnen eingefordert. So beginnt das Verhängnis immer. Zeit für mich, einzugreifen. Ich ging einfach zu dem Mann hin, packte ihn an den Haaren und zog seinen Kopf zurück. Er hielt dagegen, was ich beabsichtigt hatte. Im nächsten Moment knallte ich seinen Kopf nach vorne auf die Tischplatte. Das ging so schnell, dass kaum einer es gesehen haben dürfte, außer vielleicht das Paar an meinem Tisch, wenn es mich beobachtet hatte.

Als er mit blutender Nase wieder hochkam, flüsterte ich ihm auf Russisch ins Ohr: »Halt's Maul, sonst stirbst du.«

Er verstand mich. Ich setzte mich auf den freien Stuhl. Die Mädchen waren etwas zurückgerückt und zitterten.

Ich legte zwei Fotos vor den Mann. »Schon mal gesehen?«

Das eine war ein Foto von Nesrin, das andere zeigte eines der toten Mädchen.

»Du hast sie nach Berlin gebracht!« Ich legte einen Zettel und einen Stift vor ihn auf den Tisch. »Adresse.«

Der Mann schüttelte den Kopf. »Nein, Nein!«

Er wusste, was ihm blühen konnte, wenn er seinen Auftraggeber verriet. Ich musste ihm mehr Angst machen, als er vor seinem Chef hatte. Es ist nicht einfach, jemanden unauffällig in der Öffentlichkeit zu verhören, mit minimaler Zeit und ohne Aufsehen zu erregen.

Der Mann war ein vierschrötiger Kleinkrimineller. Sicherlich war er überdurchschnittlich stark und rücksichtslos gegen Schwächere. Bei überlegenen Gegnern war er feige, sonst hätte er es zu mehr gebracht.

Ich sah ihm in die Augen. »Schweig!« Dann nahm ich den Stift und rammte ihn ihm in den Oberschenkel. Er würgte einen Schrei herunter. »Zieh ihn heraus! Adresse! … Beim nächsten Mal ramme ich ihn dir in den Hals!«

Ich wende solche Methoden nicht gerne an. Wenn ich im Dienst gewesen wäre – unmöglich. Aber dieser Mann hatte das Mädchen und viele andere ans Messer geliefert – ich hatte kein Mitleid.

Der Mann schrieb eine Berliner Adresse auf.

»Dein Kontakt in Krakau!« Das war die Gegenprobe.

Er schrieb die Adresse auf, die ich schon kannte. Dann war auch die Adresse in Berlin vermutlich korrekt.

Ich wollte mehr. »Alle Namen und Adressen, die dir einfallen.«

Er zitterte immer mehr, je größer der Verrat wurde. Jetzt fiel ihm ein, dass er mich ja betrügen konnte. Ich sah es an seinen Augen. Er hatte eine Lösung gefunden. Als er den ersten Namen aufschrieb, zog ich den Stift aus seiner Hand und nahm ihn so in meine Faust, dass er vorne spitz und gefährlich herausschaute.

»Verasch mich nicht!«

Ich gab ihm den Stift wieder. Er strich den ersten Namen zitternd durch und schrieb andere auf. Immer wieder sah er sich hilfesuchend um. Die Kellner kannten ihn, er war Stammgast. Wenn einer seine Notlage bemerkte …

Ich wusste nicht, was dann passieren würde. Sie würden die Polizei rufen, seine Freunde, selbst eingreifen. Vielleicht konnten sie ihn aber auch nicht leiden und fanden, dass es ihm recht geschah. Wahrscheinlich war es ihnen einfach gleichgültig. Den Mädchen war es nicht egal. Hier platzten gerade ihre Träume. Sie waren in einer Schleife zwischen Angst und Empörung, ohnmächtig, gefangen.

Plötzlich hörte der Mann auf zu zittern, er beugte sich tiefer über das Blatt, seine Schrift wurde fester – er war nicht mehr alleine. Die Falle schnappte zu.

Ich hatte keine Ahnung, wer oder was da kam, aber ich wusste, ich musste jetzt weg.

Ich zeigte zum Park nach draußen. »Wer ist das?«

Der Mann sah hin. Als er sich wieder zurückdrehen wollte, schlug ich ihm hart ans Kinn. Er kippte einfach vom Stuhl. Ich nahm das Blatt mit den Adressen und Namen und drehte die Bilder zu den Mädchen.

»Wenn ihr nicht so enden wollt, geht ihr nach Hause, weiter zur Schule und lernt was Anständiges. Ihr habt noch mal Glück gehabt. Erzählt das euren Freundinnen.«

Ich hatte englisch gesprochen, sie hatten mich verstanden. Ich ging.

Vor dem Eingang standen vier Männer. Einer von ihnen war Erich Dimaschewski. Ich drehte um und ging Richtung Museum. Das Museum am Bunkier schloss um acht. Es war zwei Minuten vor acht. Zwei Minuten später hätte ich hier nicht mehr rausgekonnt.

Die letzten Besucher verließen das Museum, ich drängte hinein. Ein Wärter sagte: »Wir schließen jetzt, Sie können hier nicht –«, zumindest interpretierte ich seinen aufgeregten Tonfall so.

Ich sah ihn freundlich an, hielt meinen Zeigefinger an die Lippen und schlüpfte an ihm vorbei. Innen folgte ich den Notausgangsschildern und kam in einen Innenhof.

Zwei von Dimaschewskis Männern schoben dort Wache.

Sie wurden anscheinend gerade informiert, dass ich geflohen war. Zu spät.

Dem einen schob ich einen Müllcontainer vor die Brust. Der andere nahm die Deckung hoch und bot mir einen Kampf an. Keine Zeit. Ich ließ mich vor ihm auf den Boden fallen, hakte, auf der Seite liegend, meinen linken Fuß hinter seinem ein und trat ihm mit dem rechten vors Knie. Er flog schreiend zwei Meter rückwärts. Im Vorbeilaufen erwischte ich ihn mit dem Schienbein am Kopf. Das tat mir weh. Er hörte auf zu schreien.

Die Türen zum Innenhof waren verschlossen. Ein Fenster im ersten Stock war geöffnet. Ich überraschte eine Hausfrau beim Spülen. Ich hielt einen Finger an den Mund, sie schwieg.

Im Innenhof waren Stimmen zu hören. Dimaschewski.

Ich machte der Frau ein Zeichen, sie schloss das Fenster. Im Wohnzimmer spielten ihre Kinder. Ich verließ die Wohnung.

Durch ein anderes Restaurant kam ich auf den Szczepański-Platz. Mein Auto stand auf der anderen Seite des Blocks. Ich rannte los. Dimaschewski und seine Leute kamen aus dem Restaurant. Hundert Meter Vorsprung. Einer war schneller, er kam als Erster um die Ecke hinter mir her. Nächste Ecke, dann noch achtzig Meter. Der Schnelle erschien und lief gerade in meinen Tritt hinein. Am Kopf getroffen, knallte er rückwärts aufs Pflaster und blieb liegen. Ein Angreifer weniger, aber Zeit verloren.

Keyless Go, was für ein Glück, der Wagen war offen und sprang beim Druck auf den Startknopf sofort an. Ich fuhr los. Von vorne kam mir etwas entgegen, das aussah wie ein russischer Militärlaster – ziemlich stabil. Rückwärtsgang, Vollgas, Drift um hundertachtzig Grad, Vollgas. An der nächsten Querstraße hatte ich zwei BMW an der hinteren Stoßstange hängen. Ich musste raus aus den Gassen, jederzeit konnte mich ein Hindernis stoppen. Ich brauchte eine lange Gerade.

Auf der Autobahn war zuerst noch zu viel Verkehr. Immerhin kamen sie nicht an mir vorbei. Nach einigen Kilometern verebbte der Verkehr langsam. Verdammt, ich wollte nichts lieber als Dimaschewski kriegen, jetzt floh ich stattdessen vor ihm. Aber ohne Waffe, gegen seine Armee von Leuten …

Kämpfe niemals einen Kampf, den du nicht gewinnen kannst. Dann kam meine freie lange Gerade. Inzwischen klebten fünf flache, breite, schwarze Wagen an mir. Vollgas, maximale E-Unterstützung! Es gab tatsächlich noch Dinge, die mir das Herz höherschlagen ließen. Ich musste Buddy unbedingt einmal davon erzählen. Die Kurve am Ende der Strecke war nicht für über dreihundert Stundenkilometer gemacht, meine Rennreifen glichen das aus.

Bei Chrzanów waren die Verfolger nicht mehr zu sehen. Ich fuhr von der Autobahn ab und versteckte mich auf einem McDonald's-Parkplatz in der Nähe der Autobahn. Drei der Wagen rasten weiter geradeaus, zwei fuhren ab und teilten sich in unterschiedliche Richtungen auf. Ich hatte nur noch einen am Hals. Ich versteckte mich hinter dem McDonald's. Sie entdeckten meinen Mercedes. Drei Mann stiegen aus, einer von ihnen blieb beim Wagen. Zwei gingen in den Laden rein. Ich folgte ihnen. Einer durchsuchte das Restaurant, der andere sah auf der Toilette nach. Ein Fehler. Ich legte ihn mit einer Links-rechts-links-Kombination schlafen und schloss ihn in einer der Toiletten ein. Den anderen erwischte ich, als er seinen Kollegen suchte, direkt vor den Toiletten. Der am Wagen war kein Problem. Als ich mit zwei Juniortüten und einer Riesenportion aus dem MD kam, entsprach ich nicht seinem Beuteschema. Vermutlich wird er nie erfahren, was ihn getroffen hat.

Die Jungs waren bewaffnet. Jetzt hatte ich ihre Waffen. Die Ausgangssituation hatte sich zu meinen Gunsten verändert.

Auf dem Weg zurück nach Krakau schickte ich Nadija und Eddy ein Foto von den Namen und Adressen, die der Mann im Bunkier Café aufgeschrieben hatte.

Dann rief ich Nadija an. »Hi, hast du das Bild?«

»Ja. Alles klar bei dir?«

»Dimaschewski ist hier, ich konnte ihn abhängen. Jetzt gehe ich zurück und sehe mir ihre Basis in Krakau an.«

»Du bist verrückt. Du hast genug erreicht. Komm wieder nach Deutschland.«

»Dimaschewskis Armee jagt auf der Autobahn einen silbernen Blitz. Die sind beschäftigt. Wann, wenn nicht jetzt? Morgen ist da alles aufgeräumt.«

»Carl, bitte.« Sie hatte Angst um mich. Vielleicht nicht ganz zu Unrecht.

»Ich melde mich. Mach dir keine –«

Sie hatte schon aufgelegt.

Ich parkte den Mercedes auf dem Hof meines Hotels. Dann ging ich geradewegs über die Straße in das verdächtige Haus. Ich zog eine der Pistolen und klopfte an die erste Tür. Eine alte Dame öffnete.

Ich fragte auf Russisch: »Modelagentur?«

Sie sagte: »Zweiter Stock.« Und sah mich missbilligend an.

An der Tür zur Modelagentur hing ein Messingschild. Ich klopfte.

Eine etwas aufgedunsene blondierte Dame mit langen Fingernägeln und in einem zu kurzen Minirockkostüm öffnete.

Als sie die Pistole sah, machte sie den Eingang frei. Ich ließ sie vorgehen. Die Wohnung hatte viele Zimmer. Die ersten drei waren abgeschlossen, dann kam ein Bad, niemand drin, dann die Küche. Dort lag der Mann aus dem Bunkier Café. Er war übel zugerichtet; das war ich nicht gewesen. Im nächsten Zimmer, dem Wohnzimmer, spielten zwei Männer X-Box. Als die Frau reinkam, schauten sie hoch. Als ich reinkam, schauten sie dumm. Ich verpackte alle drei mit Klebeband. Den in der Küche legte ich in eine stabile Seitenlage und band ihm die Füße zusammen.

Ich fotografierte die Papiere von allen vieren und nahm Fingerabdrücke mit einer App auf meinem Handy. Auch von der Wohnung machte ich eine Reihe von Aufnahmen, dann nahm ich mir die Akten im Arbeitszimmer vor. Zum Auswerten blieb mir nicht genug Zeit, das konnten Eddy und Lyla machen. Das LKA durfte die illegal beschafften Daten ja nicht verwerten. Eines war mir aber gleich klar, hier ging es um Fleisch. Lieferscheine, Rechnungen, Ausfuhrpapiere – alles ging um Fleisch. Und weit und breit kein Metzger.

Am liebsten hätte ich hier auf Dimaschewski und seine Leute gewartet. Aber selbst wenn ich die Schießerei überleben würde, würde ich im polnischen Knast landen. Ich war hier kein Polizist. Ich war nirgendwo Polizist. Nicht dienstfähig, nur ein Illegaler, ein Einbrecher.

Statt der Polizei rief ich bei der Krakauer Redaktion der Gazeta Wyborcza an, der größten polnischen Tageszeitung.

Ich wollte schon verschwinden, da fand ich, auf der Kommode im Flur, die Schlüssel zu den drei verschlossenen Zimmern.

In zweien der Zimmer entdeckte ich vier junge Mädchen, die mit Drogen oder Schlafmitteln ruhiggestellt worden waren. Das dritte Zimmer war leer und unberührt. Ich ahnte, für wen es bereitet worden war. Hoffentlich machte die Wyborcza was aus der Story. Ich musste nach Berlin und möglichst vor Dimaschewski da sein.

SECHS

Ich nahm die Landstraße von Krakau Richtung Częstochowa, um Dimaschewskis Leuten nicht zu begegnen. Und dann die S 1 Richtung Łódź.

Susette Brioche rief an. Zuerst wollte ich nicht drangehen, schließlich war es schon spät, ich war müde, und ich hatte heute Aufregung genug gehabt, aber dann war ich doch neugierig, zu erfahren, was sie über ihren Fall zu berichten hatte. Also nahm ich das Gespräch an.

»Hallo, Monsieur Kommissar, haben Sie Ihren Ausflug beendet?«

»Nein, ich bin noch in Polen unterwegs.«

»Was machen Sie denn da?«

Das ging sie nichts an. Dass ich Verbrecher jagte, sagte ich ihr besser nicht. Aber ich konnte auch nicht gut sagen, dass ich Urlaub machte. Also überging ich das Thema.

»Was gibt es denn Neues? Oder haben Sie nur Sehnsucht nach mir?«

»Das müssen Sie sich nicht einbilden. Ich habe einiges über den Hesselbrandhof herausgefunden.«

Das hörte sich nach einem möglichen Durchbruch an, ich war gespannt. »Erzählen Sie, ich habe gerade ein bisschen Zeit für eine Geschichte.«

»Die Hesselbrand-Bauern waren über Generationen fleißige Leute und hatten es mit einer in der Wildnis des Schwarzwaldes gerodeten Fläche, mit Landwirtschaft, Viehzucht, Holzhandel und dem Vertrieb von Holzkohle zu Wohlstand gebracht. Der Hesselbrandhof wurde dann 1825 errichtet. Von dort aus herrschten die Bauern über das ganze Gebiet fast wie Fürsten. Anfang des 20. Jahrhunderts spielten Holzkohle und Holzhandel keine so große Rolle mehr, und mit Landwirtschaft ließ sich in dem bergigen Gebiet auch nicht reich werden. Der damalige Hesselbrand-Bauer war von Anfang an bei den Nazis dabei und baute seinen Hof zu Anfang der 1930er Jahre zu einem Ferienheim für verdiente Nazigrößen aus. Nach dem Krieg gefiel den Amerikanern das Anwesen so gut, dass sie es für sich requirierten. Daraus wurde der Beginn des Schwarzwaldhotels Hesselbrandhof. Aber in den 1970er Jahren begann der Niedergang. Das Hotel wurde mehrfach verkauft, bis es endlich 2003, völlig abgewirtschaftet, ganz dichtgemacht wurde.«

»Schöne Geschichte, was geht uns das alles an?« Die Geschichte hatte mich ein wenig eingelullt, und ich hatte Mühe, die Augen offen zu halten. »Kommen Sie mal auf den Punkt.«

»Nicht so eilig, Herr Moderski. In den folgenden Jahren gab es verschiedene Bemühungen, den Hof zu kaufen und zum Zentrum eines Ferienparks zu machen, nach dem Muster der Center Parcs in Holland. Das scheiterte an der Verkehrsanbindung und am Naturschutz.«

Susette Brioche erging sich nun in der Überlegung, welche Erfolgsaussichten so ein Ferienpark heutzutage hätte, läge er doch in dem Naturreservat Nord- und Mittelschwarzwald und wäre bestimmt ein beliebtes Ziel für Naturliebhaber, Familien, Wanderer und Mountainbiker.

Oh, wie das nervte! Hoffentlich kam da noch was.

»Wem gehört das Ding denn jetzt heute?«

»*Alors*, das ist schwierig. Also eigentlich der Sparkasse, es soll zwangsversteigert werden, den letzten Besitzer, die Breitberg Bau soundso, gibt es nicht mehr, pleite. Der eine Inhaber ist tot, der andere hat sich ins Ausland abgesetzt.«

»Und Breitberg Bau wollte den Ferienpark bauen?«

»Erst ja, aber das ließ sich ja nicht verwirklichen, dann wollten sie, und jetzt wird es interessant für uns –«

Das wurde jetzt aber auch Zeit. »Ja!«

»Also, sie wollten eine Seniorenresidenz daraus machen.«

»Das ist es. Alle unsere Toten wollten in diese Seniorenresidenz.«

»Ja, kann sein, aber die Breitberg Bau ging vor sieben Jahren pleite, das Projekt wurde vom Konkursverwalter abgewickelt, die Investoren wurden zum größten Teil ausgezahlt, der Hauptgläubiger, die Sparkasse, bekam die Immobilie, Feierabend.«

»Was für Investoren?«

»Das war so eine Art Crowdfunding, man investierte in das Projekt und erwarb ein Anrecht auf einen Heimplatz im Alter.«

»Das ist doch das Motiv. Die Leute wollten jetzt in ihr schönes Altersheim am Waldrand mit Ausblick über die Berge auf den Sonnenuntergang, aber das gab es gar nicht. Also wurden nacheinander alle umgebracht, die ihren Anspruch geltend machen oder ihr Geld zurückhaben wollten – fertig.«

Ich war jetzt ziemlich aufgeregt, monatelanger Stillstand, eine verzweifelte Susette Brioche, und ich hatte das Ding in drei Tagen klargemacht. Ich war genial. Das konnte sie jetzt aber auch mal sagen.

»Da ist nur ein Haken.« Susette Brioche ließ mich unfair lange warten, bis ich es nicht mehr aushielt.

»Was denn?«

»Das Projekt wurde korrekt abgewickelt, es gab niemanden mehr, der noch Ansprüche hatte beziehungsweise sich Hoffnungen darauf machte. Ich habe die Unterlagen gesehen, da ist keines unserer Opfer dabei.«

»Aber das kann nicht sein, es ist doch so klar wie Kloßbrühe, unsere Opfer sind alle alt, wollten in eine Altersresidenz, die Fotos vom Hesselbrandhof, es passt alles, ist plausibel.«

»Ja, es sah sehr vielversprechend aus, aber es ist leider nur eine Sackgasse. Wann kommen Sie wieder zurück? Wir müssen einen neuen Weg suchen.«

Ich sagte nur: »Keine Ahnung, tschüss«, und legte auf.

Ich fuhr langsam, immer die Augen auf. Ich war frustriert, konnte nicht einfach mal was einfach laufen? Nach vier Stunden Fahrt im Dunkeln war ich am Ende. Ich fuhr den Mercedes auf einen Parkplatz, ließ den Sitz runter und war auch schon eingeschlafen.

Es war noch nicht lange hell, als ich aufwachte. An der Stelle, wo bei dem Mercedes die Uhr hingehörte, war ein Amperemeter. Mein Handy war aus, Akku leer. Ich steckte das Ladegerät in den Zigarettenanzünder und ging an den Waldrand pinkeln.

Morgens wirkte die Welt unschuldig, egal was am Tag davor passiert war. Still stiegen die Nebel aus den Wiesen. Im Wald raschelte es sacht. Ein frischer Hauch ließ mich frösteln. Ich ging zum Wagen zurück. Nur wenig Verkehr auf der Autobahn. Mein Handy blinkte. Ich gab das Passwort ein.

Drei Signale schrillten fast gleichzeitig, SMS, WhatsApp, Mailbox. Nadija: »Ruf zurück!«

Ich drückte auf »Verbinden«. Sie war sofort dran.

»Hi, was ist los? Mein Handy war tot.«

»Hallo, Carl, gut, dass du dich meldest. Wo bist du jetzt?«

Ich sah mich um, kein Anhaltspunkt. »Weiß ich nicht, irgendwo zwischen Krakau und Berlin. Noch in Polen.«

»Berlin kannst du dir sparen. Wir haben die Berliner Kollegen hingeschickt, die Wohnung war leer, bis auf ein paar alte Matratzen. Die Spurensicherung nimmt gerade alles auseinander, und die Kollegen hören sich im Umfeld um. Dimaschewski ist nicht aufgetaucht. Am besten, du kommst nach Hause.«

»Meinst du? Ich würde mir das gerne selbst –«

»Großhans will dich sehen. Die Berliner Kollegen sind ziemlich sauer.«

»Warum das denn? Ohne mich hätten sie doch …« In dem Moment dämmerte es mir. Es konnte sein, dass der Schleuserring nicht gänzlich unter dem Radar der Ermittlungsbehörden geblieben war. Vielleicht wurde der Sprinter auch deshalb dazu benutzt, Nadija, Rayana und mich mit hineinzuziehen, weil

Dimaschewski ahnte, dass er ihn bald sowieso aufgeben musste.

»... waren sie schon dran?«

»Scheint so. Ich denke, Großhans wird mehr wissen.«

Was für ein Scheißmorgen, und es gab nicht mal Frühstück.

Ich fuhr von der Autobahn ab, über Landstraßen Richtung Görlitz, um auf die A 4 nach Dresden zu kommen, und dann – auf nach Hause, Großhans ruft. Ich hatte es nicht so eilig.

Acht Stunden später klopfte ich an die Tür zum Vorzimmer des Chefs.

»Großhans will mich sprechen.«

Seine Sekretärin, Christine Müller, machte eine übertrieben besorgte Miene und kündigte mich an. Großhans ließ mich warten.

»Moderski, setzen Sie sich. Was haben Sie sich eigentlich dabei gedacht, alleine nach Krakau zu fahren? Ich hatte heute Morgen ein unerfreuliches Gespräch mit einem Berliner Oberkommissar. Er hat Worte wie ›Rambo‹ und ›freigelassener, wilder Irrer‹ benutzt.«

Großhans hatte einen roten Kopf und seine Krawatte gelockert, es schien schlimm zu sein.

»Und das, obwohl Sie immer noch dienstuntauglich sind ...«

Ich wandte ein, dass ich deshalb ja als Privatmann in Krakau war. Das beruhigte ihn überhaupt nicht.

Und immerhin wusste ich jetzt, woher die jüngste Tote aus dem Sprinter stammte und wer dahintersteckte. Wissen ja, beweisen nein.

Wir hatten die Namen und Daten nebst Fingerabdrücken von vier Verdächtigen. Nicht gerichtsverwertbar, da illegal beschafft. Die Gazeta Wyborcza würde berichten und Informationen liefern, die wir verwerten konnten.

»*Wenn* die berichten«, hielt Großhans dagegen, und: »Können Sie denn Polnisch lesen?«

Am Ende gab ich mich geschlagen, ich hatte es gut gemeint und total versiebt.

Sichtlich zufrieden, mich kleingekriegt zu haben, ließ Großhans mich gehen.

Adieu, Soko, mach's gut, Commissaire Brioche, ich schlich mit hängendem Kopf den Gang entlang und hinunter zum Ausgang. Beinahe hätte ich Nadija nicht gesehen, die vor der Tür auf mich wartete.

»Na, wie ist es gelaufen?«

Ich zuckte mit den Schultern. »Ich habe es verkackt. Ich soll nach Hause gehen und die Füße stillhalten. Ich habe wohl den Berliner Kollegen eine wochenlange Observation versaut.«

Nadija wollte mich aufmuntern. »Sieh es doch mal so: Wofür die wochenlang observiert haben, das hast du an einem Nachmittag geklärt.«

»Ist aber nicht verwertbar.«

»Trotzdem wissen wir jetzt viel mehr als vorher und vielleicht mehr, als wir je aus Berlin erfahren hätten. Die Soko arbeitet an deinen Infos, die Krakauer Typen haben wir schon identifiziert, und jetzt geht es weiter. Wir haben es einfach als Tipp von einem anonymen Insider angegeben; alles, was wir jetzt rauskriegen, ist also auch vor Gericht verwertbar. Komm, lach mal wieder. Ich lade dich zum Essen ein, wir wollten doch sowieso mal ins ›Weiße Rössle‹ gehen.«

Also gut, ein Bier und ein ordentlicher »Roschtbraden« mit geschmälzten Zwiebeln und Spätzle konnten schon einiges wieder geraderücken.

Nadija hakte mich unter, und wir gingen quer durch die Stadt, ein Stück am Fluss entlang zum Dichterplatz, mit dem Dichterbrunnen, an dem das »Weiße Rössle« lag. Von oben schallte uns schon das Stimmengewirr einer belebten Wirtschaft entgegen, und spätestens auf der Treppe in den ersten Stock, wo der Gastraum lag, wallten uns Düfte entgegen, die uns das

Wasser im Munde zusammenlaufen ließen. Nadija strahlte mich an, und ich dachte: Alles wird gut.

Natürlich waren alle Tische belegt, aber die Wirtin winkte Nadija an den Stammtisch rüber und ließ die drei Gäste dort zusammenrücken. Als wir unser erstes Bier bekommen hatten, prosteten wir ihnen zu und hatten anschließend unsere Ruhe. Nadija vermied alle beruflichen Themen und erzählte lieber von David und ihrer Nachbarin Bea, die ihn wohl gerade ins Bett brachte.

Dann kam der Rostbraten, wie man ihn hier gerne aß, auf den Punkt gegart, rosa mit brauner Kruste, üppig mit geschmälzten Zwiebeln belegt, in einem Spiegel brauner Soße schwimmend, die die handgeschabten – wo bekommt man noch so was? – Spätzle gerne gierig aufsaugten; und noch ein Bier dazu: »Dann mal – prost!«

Also ehrlich, die Welt da draußen kann noch so bescheiden sein – wenn du in so einem schwäbischen Gasthaus sitzt, auf gepflegte Art vollgegessen, das dritte Bier vor dir oder ein entspanntes Viertele Trollinger, dann kann's dir doch gar nicht mehr schlecht gehen. Da können dir die Berliner und der Chef »gerad mal den Buckel nunderrutsche«.

Als sich die Gaststube langsam leerte, setzte sich die Wirtin noch mit der Flasche Selbstgebranntem zu uns. »Nur zum Verdauen.« Aber was so ein rechter Roschtbraden ist, der wird nicht von einem Stamperl verdaut, und auf einem Bein kann sowieso keiner stehen.

Wir hatten viel gelacht, und am Ende war es spät geworden. Ein Taxi gab's nicht mehr um die Zeit, aber der Kellner nahm Nadija mit. Ich musste in die andere Richtung und zu Fuß gehen. Also ging ich über die alte Brücke, an deren anderem Ende fatalerweise die beliebteste Jugendkneipe der Stadt lag. Ich war also nicht weit gekommen, als ich aus den Lautsprechern im Inneren den Sirenengesang hörte: »*I can't get no satisfaction.*«

Also, was die Jugend heutzutage für Musik hört … Natürlich ging ich rein, bestellte ein Bier und tanzte mit.

Am Horizont kündigte sich das erste Licht des neuen Tages an, als ich die Stuttgarter Straße hochging. Ich würde echt »früh« ins Bett kommen, war aber egal, ich hatte ja Zeit, auszuschlafen. Ich musste lachen, in dem Moment fühlte ich mich wirklich zu Recht dienstunfähig. Und dann musste ich noch mehr lachen. Was gab ich für ein Bild ab, ein einsamer Mann, der sich am frühen Morgen auf der Straße schieflachte. Ich torkelte und stolperte lachend vor mich hin, als direkt hinter mir das Signal eines Streifenwagens kurz ertönte. Ich hatte voll den Schreck bekommen. Noch immer grinsend drehte ich mich um. Der Polizeiwagen rollte langsam an mir vorbei, hielt dann an, und die beiden Kollegen stiegen aus.

Sicher wunderten sich die Beamten über das skurrile Bild, das ich abgegeben haben musste. Ich hob beide Hände und lallte: »Alles okay, Kollegen, ich komm klar. Ich muss nur noch ein Stück da den Berg hoch, dann bin ich zu Hause.«

Komischerweise fasste der eine mich mit den Worten »Moderski? Gut, dass wir Sie gefunden haben. Steigen Sie bitte in den Wagen« am Arm und führte mich zum Auto, wo er mir die Fondtür aufhielt und mich vorsichtig auf den Rücksitz bugsierte.

»Was 'n los?«

»Wo waren Sie denn? Wir haben Sie die halbe Nacht gesucht.«

»Aber nicht im ›An der Brücke‹, da hättet ihr mich gleich gefunden. Wo fahren wir jetzt hin? Nicht zu mir nach Hause?«

Der Beifahrer sagte nur: »Nein«, schüttelte den Kopf und sah seinen Kollegen an, als wäre ich ein besonders schwerer Fall von »hilflos aufgegriffener Person«.

Wir fuhren auch nicht ins Präsidium. Wir fuhren zu Nadija. Vor ihrer Wohnung standen ein weiterer Streifenwagen, zwei zivile Polizeiwagen und der Transporter der Spurensicherung.

Ich sprang aus dem Auto und lief um den Wagen herum. Der Fahrer hielt mich auf, drehte mich, mich an beiden Schultern fassend, zu sich um und sagte: »Moderski, warten Sie mal –«

»Was ist mit Nadija?«, blaffte ich ihn an und versuchte an ihm vorbeizukommen, aber er hielt mich fest.

»Ihr geht es gut, aber sie braucht Sie jetzt. Holen Sie mal einen Moment tief Luft, und dann reißen Sie sich zusammen.« Er sah mich an, bis ich tat, was er gesagt hatte.

Ich atmete tief durch und richtete mich auf, strich meine Garderobe und meine Haare glatt und sah ihn an. »Gut?«

Er nickte und ließ mich los. Ich ging auf Nadijas Haustür zu. Davor stand ein Polizist Wache, mehrere Beamte suchten im Vorgarten mit starken Taschenlampen nach Spuren, ein Team baute gerade Standstrahler auf.

In meinem Kopf schwappte noch das Bier, in meinen Adern pulste noch der Beat der Nacht, aber mein Geist war klar. Wie bei einem Boxkampf, du hast ein paar schwere Treffer abbekommen, alles dreht sich, dein Blick ist nicht mehr klar, du willst dich am liebsten auf die Bretter legen. Aber das geht auf gar keinen Fall. Wie oft war ich wieder hochgekommen, wenn mein Gegner mich schon besiegt geglaubt hatte. Einmal schütteln! Fokussieren! Weitermachen!

In Nadijas Wohnung, im Flur, lagen Splitter auf dem Boden – von der Wohnungstür, jemand hatte sie aufgebrochen. Und von dem Garderobenschrank. Was war damit passiert? Nadija war in der Küche, ich hörte sie, ging an den Kollegen der Spurensicherung vorbei. Nadija saß am Küchentisch, Großhans daneben.

Als Nadija mich sah, schluchzte sie, ich verstand sie nicht gleich. Aber dann: »Sie haben David. Ich war nicht da ... Zu spät, ich war zu spät. Bea war bei ihm.«

Sie machte sich Vorwürfe – zu viel Arbeit und dann noch mit mir essen. Sie hatte ihn im Stich gelassen, in Gefahr gebracht.

Ich machte mir auch Vorwürfe; bevor ich in Friederichsburg aufgetaucht war, hatte Nadija einen ruhigen Bürojob. Ich musste ihr helfen, ich musste David helfen. Ich musste kühl bleiben. »Wer hat ihn? Was ist mit Bea?«

Nadija war nicht zu verstehen.

Großhans sagte: »Sie kamen zu viert, Hogmann war dabei. Bea ist im Krankenhaus ...«

Nadija weinte. Dann schrie sie: »Scheiße!« Ihr Körper straffte sich. »Es geht wieder«, sie redete statt Großhans weiter. »Sie haben Bea verprügelt. Nach mir befragt. Als sie nicht wusste, wann ich kommen würde, haben sie sie in einen Schrank gesperrt. Den im Flur.« Sie weinte wieder. »Kopfüber!«

Man hatte den Schrank aufbrechen müssen, um sie zu befreien, daher die Splitter.

»Woher weißt du, dass es Hogmann war?«

»Ich hab 'ne Kamera ... im Flur.«

Großhans zeigte mir auf einem Laptop die Szene, wie die Wohnungstür aufgebrochen wurde und drei Maskierte hinter Hogmann in die Wohnung eindrangen.

»Okay, wie lange ist das her? Wer ist dran? Was wisst ihr?«

»Gestern Abend«, sagte Großhans.

»Warum konnten wir dich nicht erreichen?« Nadija sah mich vorwurfsvoll an.

Ich erklärte, dass ich mein Handy im Auto vergessen hatte und im »An der Brücke« versackt war.

»Ich hatte in den letzten Tagen echt Stress. Ich musste einfach mal ...«, versuchte ich mich zu entschuldigen, aber was brachte das jetzt ... »Es tut mir leid.«

»Scheißkneipe.«

»Das hilft alles nicht weiter. Wer bearbeitet den Fall?«

Großhans sagte: »Die ganze Soko. Alle sind dran.«

»Aber sie können nichts tun!«, schrie Nadija verzweifelt.

»Nadija, beruhige dich.«

»Verstehst du denn nicht?«, schrie sie wieder. »Sie haben David verschleppt! Die Soko kann nichts tun – nichts ...« Nach einem Augenblick sprach sie weiter: »Wir wissen nicht, wo sie ihn hingebracht haben. Hier in den Wäldern kann die Suche ewig dauern. Bis dahin haben sie ihn vielleicht schon –«

»Nein! Das darfst du nicht denken. Sie werden ihm nichts tun«, sagte ich fest. Fester, als ich es selbst glauben konnte. »Hogmann will dich, er hat schon immer ein Auge auf dich geworfen. Weißt du noch, wie wir ihm hier in Friederichsburg das erste Mal begegneten? Und Dimaschewski hat mit dir und Rayana noch eine Rechnung offen. Sie werden David nichts tun, bevor sie dich haben. Verstehst du? Wir müssen jetzt einen kühlen Kopf bewahren. Klare Fragen stellen, Antworten finden.«

»Ja. Natürlich.« Sie machte eine Pause. »Deshalb wollte ich dich dabeihaben!«

»Dann erzähl mir jetzt alles, was du weißt, und dann überlegen wir, was wir tun können«

In Davids »Kuscheltier«, einem Plüsch-VW-Käfer, hatte Nadija, schon seit Jahren, einen Sender versteckt. Er nahm ihn überall mit hin, so wusste sie immer, wo er war. Der Akku hielt eine Woche, also noch zwei Tage. Aber das Signal war schwach und reichte nur wenige Kilometer weit. Die Entführer hatten bisher keine Forderungen gestellt. In welche Richtung sie gefahren waren, war noch nicht zu ermitteln gewesen. Mehr hatten sie nicht.

»Ich habe Frau Hammerschmitt vorläufig beurlaubt, aber natürlich halten wir sie auf dem Laufenden«, sagte Großhans.

Klar, Nadija war emotional zu sehr belastet, um in der Soko mitarbeiten zu können, obwohl es ihr schwerfiel, das einzusehen.

»Wenn wir sie nur orten könnten«, überlegte ich.

»Das geht mit einer App auf dem Handy, aber wie kommen wir nah genug heran? Wo sollen wir suchen?« Nadija war ohne Hoffnung.

»Wir bitten jeden Polizisten in Baden-Württemberg, die App zu laden und nach David Ausschau zu halten. Können Sie das veranlassen, Herr Großhans? Damit können wir ein Netz schaffen, das zumindest die Städte und Ballungsräume abdeckt, wenn auch in der Fläche Riesenlücken bleiben. Und wir sollten wissen, wer die drei Männer sind, die bei Hogmann waren.«

»Die Kollegen zu erreichen und zu überzeugen wird dauern. Bei den Komplizen müssen wir auf die Ergebnisse der Spurensicherung warten. Wir werten auch die Verkehrsüberwachung aus, aber leider wissen wir noch nicht einmal, mit welchem Fahrzeug oder welchen Fahrzeugen die Täter unterwegs sind. Auch da müssen wir auf Ergebnisse warten.«

Bevor Großhans noch einmal von Warten reden konnte, sprang ich auf.

»Ich brauche eine Dusche, frische Klamotten, mein Auto, mein Handy und diese App. Und dann gehe ich David suchen.«

Nadija wollte mit mir kommen, aber ich konnte sie überzeugen, dass es besser war, wenn wir uns aufteilten. Wenn wir auf gut Glück mit der App nach David suchen würden, müssten wir zufällig zwei bis drei Kilometer entfernt an ihm vorbeifahren, je nachdem, wo er gefangen gehalten wurde, vielleicht auch näher. Also war da keine allzu große Wahrscheinlichkeit, aber bevor wir nicht mehr Anhaltspunkte hatten, war es die einzige Hoffnung.

Ich ließ mich zu meinem Auto bringen, fuhr in die Kranichstraße und rief Eddy an. Ihm erklärte ich die Situation.

»Eddy, ich mach mich jetzt frisch, danach fahre ich den Jungen suchen. Kannst du irgendwie rauskriegen, wo Kollegen mit der App unterwegs sind, und mir eine optimale Route schicken, wie ich die weißen Flecken erkunden kann?«

»Wie immer hast du ganz schön ausgefallene Wünsche. Das ist ziemlich frickelig. Wann brauchst du das denn?«

»In einer Viertelstunde?«

»Carl!«, schrie er entsetzt auf, aber ich wusste, er würde alles geben.

Nadijas App lud so verteufelt langsam, dass ich sie in der Zeit selbst hätte schreiben können. Da waren anscheinend eine Menge Kollegen auch auf dem Server, was mich ein wenig beruhigte. In der Zeit holte ich mir einen Kaffee bei Lydia in der Küche und rief von ihrem Telefon aus Rayana an, sie musste wissen, was los war. Außerdem hoffte ich, dass sie mehr aus Nesrin herausbekommen hatte. Rayanas Handy war abgeschaltet – Mist. Die Klinik, irgendwo hatte ich die Nummer der psychiatrischen Klinik. Beim zweiten Versuch und nach langem Klingeln erreichte ich den Empfang. Ich wurde weitervermittelt, was wieder ewig dauerte.

Dann eine Männerstimme. »Mit wem spreche ich?«

»Hauptkommissar Moderski, ich möchte unverzüglich mit Frau Bakthari sprechen.«

»Das geht leider zurzeit nicht.«

»Wer sind Sie?«

»Hauptkommissar Mühlmeier, Kommissariat 1 Freiburg.«

Der Typ regte mich auf, konnte er nicht einfach sagen, was los war? Dass er Kollege war, machte es nicht besser, im Gegenteil. Warum war die Mordkommission in der Klinik?

»Herr Kollege, was macht die Mordkommission in der Klinik?«

»Darf ich fragen, wie Sie zu Frau Bakthari stehen?«

Aus beruflicher Sicht konnte ich seine Zurückhaltung ja verstehen, aber ich hatte jetzt einfach keine Geduld mehr.

»NEIN, dürfen Sie nicht! Sagen Sie mir endlich, wo Rayana ist und wer tot ist! Verdammt!«

Er überlegte es sich eine Sekunde, irgendwie musste ich ihn von der Dringlichkeit überzeugt haben.

»Frau Bakthari ist verschwunden. Sie war die ganze Zeit bei der Patientin Nesrin. Diese ist tot, Frau Bakthari verschwunden. Mehr wissen wir noch nicht.«

»Wann war das?«

»Vor zwei Stunden.«

Mir hämmerte es im Kopf. Gestern die Falle in Krakau mit Dimaschewski, am Abend hatte Hogmann David entführt. Vermutlich wäre Nadija jetzt auch verschleppt, wenn sie zu Hause gewesen wäre. Am frühen Morgen Nesrin getötet und Rayana verschwunden – getötet, entführt, geflohen? Hogmann, Dimaschewski, das konnten beide gewesen sein. Dimaschewski hätte längst von Krakau über Berlin nach Freiburg fahren können, und für Hogmann passte die Distanz von Friederichsburg nach Freiburg auch.

»Wie ist Nesrin gestorben?«

»Erschossen. Ein aufgesetzter Schuss mit Schalldämpfer.«

»Wie viele Täter?«

»Das wissen wir noch nicht, aber sicher mehr als einer.«

Also ein Profi-Killerkommando. Ich konnte nur hoffen, dass Rayana es geschafft hatte.

Ich tauschte mit Kommissar Mühlmeier noch meine Kennnummer und unsere E-Mail-Adressen aus.

Für mich war schon klar, ich musste Richtung Freiburg, trotzdem rief ich Eddy an.

»Ich schicke dir eine Datei, die kannst du ins Navi einfügen. Ist ziemlich vage, aber besser ging's in der Zeit nicht. In der Richtung ist einfach die dünnste Besiedlung und fast kein Polizeiposten.«

Er erklärte mir noch, wie das bei dem Navigationssystem des Mercedes funktionierte.

Die Route führte mich kreuz und quer durch die weniger dicht besiedelten Gebiete des Schwarzwaldes in Richtung Freiburg, Südschwarzwald. Um das Gebiet möglichst flächendeckend zu durchfahren, ergab sich eine Gesamtstrecke von achthundertsechsundfünfzig Kilometern, über kurvenreiche Nebenstrecken. Das war nicht zu schaffen. Einfach blind losrasen brachte auch nichts. Ich rief Nadija an. Sie war schon in Horb. Wir teilten uns den Bereich auf. Eddy würde ihr die nötige Datei schicken. Beinahe hätte ich es vergessen, aber dann fiel mir doch noch ein, dass er für mich Susette Brioche benachrichtigen konnte, sie solle mir von Colmar aus entgegenkommen. Sie hatte damit eigentlich nichts zu tun, aber bestimmt würde sie helfen. Es war einfach eine zusätzliche Möglichkeit, David so schnell wie möglich zu finden.

Die ersten achtzig Kilometer raste ich über die B 294, bis ich hinter Freudenstadt auf kleinere Straßen abbog. Immer ein Auge auf der App, wo ich hoffte, jederzeit das Signal von Davids Kuschelkäfer aufblinken zu sehen. Ich gebe zu, ich wollte der Held sein, ich wollte David finden und retten, Wiedergutmachen, was ich Nadija eingebrockt hatte. Aufs Äußerste angespannt fuhr ich unermüdlich ein Schwarzwaldtal nach dem anderen ab, überquerte noch einen und noch einen Höhenzug, raste über weite Hochflächen und durch tiefe Wälder. Immer am Limit des für ein Auto physikalisch Machbaren und meiner eigenen Konzentration. Deshalb traf der Alarmton meines Handys mich, als lägen meine Nerven wund und blank. Ich bremste scharf und hielt am Straßenrand, dann nahm ich das Gespräch an.

»Susette, was gibt's?«

»*Mon* Kommissar, ich habe den Jungen gefunden. Es blinkt auf meiner App.«

»Das ist ja wunderbar. Wo sind Sie?«

»Ich bin von Freiburg die Höllenschlucht hochgefahren und stehe auf einem Berg. Der Punkt bewegt sich im Tal unten, aber ich kann nicht hinunter. Ich werde ihn gleich wieder verlieren, aber sie sind hier. Wir müssen hier suchen. Ich fahre jetzt los und suche einen Weg.«

Ja, und ich fuhr auch wieder in die Richtung, Susette entgegen. Nadija und Großhans schickte ich eine Sprachnachricht. Sie würden kommen, die Suche würde sich konzentrieren.

Gleichzeitig gingen mir die schlimmsten Szenarien durch den Kopf. David entführt. Nadija zu allem bereit. Rayanas

Schicksal ungewiss. Meine Kinder? Was war eigentlich mit meinen Kindern? Man hatte sie schon einmal entführt, um an mich ranzukommen. Warum diesmal nur David und nicht meine Kinder? Ich bremste abrupt und blieb auf dem Seitenstreifen stehen, atmete dreimal tief durch und wählte die Nummer meiner Ex-Frau. Sie begrüßte mich wie üblich so distanziert, als hätte ich Syphilis.

»Es ist wichtig, Julia. Du musst die Kinder aus der Schule holen und sofort verschwinden.«

Julia protestierte, verlangte eine Erklärung.

»Nein, ich kann es dir jetzt nicht erklären, tu es einfach.«

Sie wollte sich von mir nicht mehr kommandieren lassen.

»Es sind die gleichen Leute, die die Kinder in den Schacht geworfen haben, die sind gefährlich.«

Das wusste sie. Sie schrie und beschimpfte mich, aber sie würde verschwinden.

Ich schloss die Augen und atmete tief durch. Die ganze Welt um mich schien in Auflösung, Julia und meine Kinder, David, Nadija. Was war mit Rayana? Wo waren Hogmann und Dimaschewski? Und ich raste wie bekloppt durch den Schwarzwald. Der Boden unter meinen Füßen oder besser unter den Reifen meines Autos schien keine feste Substanz mehr zu haben. Alles floss in einem zähen Schleim durcheinander. Das war doch keine klare Ermittlungsarbeit – es war die reine Verzweiflung! Ich musste Großhans anrufen, ob es neue Erkenntnisse gab, endlich wieder wie ein Kriminalpolizist denken. Ich atmete noch einmal heftig ein und aus und öffnete die Augen. Dann nahm ich mein Handy …

Auf der App blinkte ein Punkt, schwach und ganz am Rande des möglichen Radius, aber er war da. Ich raste los. An der nächsten Kreuzung links. Der Punkt war weg, aber auf den nächsten zehn Kilometern gab es keinen Abzweig. Vollgas. Bei der Performance meines Mercedes war ich sicher, dass ich sie schon bald eingeholt haben musste. Aber der Punkt blieb verschwunden. Nach zehn Kilometern am nächsten Abzweig war ich mir sicher, dass ich sie verpasst haben musste. Ich fuhr meinen Laptop hoch und suchte die Stelle auf einer Satellitenkarte.

Etwas weiter Richtung Südwesten, den Berg hoch, war ein Bereich mattiert. Das konnte nur militärisches Sperrgebiet oder sehr viel Einfluss bedeuten. Immerhin konnte ich erkennen, dass es sich um eine kleine Ansammlung von Gebäuden, etwas außerhalb eines Dorfes, handelte. Ein Waldstück reichte auf einer Seite bis fast an die Häuser, ansonsten waren Weiden und Felder rundherum.

Ich hätte die Annäherung einem Team von Spezialisten überlassen sollen. Aber ich konnte doch nicht bis zum Abend warten. Also war schneller besser. Sie waren gerade erst angekommen und rechneten sicher noch nicht mit Besuch. Ich fuhr den Mercedes so nah heran, wie ich mich traute, schickte Nadija eine E-Mail mit den Koordinaten und der Info, dass ich eine meiner drei Pistolen aus Krakau auf dem rechten Vorderrad deponieren würde, und wanderte los. Wenn das eine gesicherte Anlage war, wurde der Wald wahrscheinlich besonders überwacht. Ich schlug einen großen Bogen, sodass ich nicht aus Richtung der Straße kam, schnitt mir einen Wanderstab und näherte mich der Anlage über einen Feldweg.

Ich hoffte, dass sie mich lange genug für einen trotteligen Touristen halten würden. Wenn nicht … hatte ich ein Problem.

Ich hatte ein Problem. Schon am ersten Zaun, noch dreihundert Meter von dem Haupthaus und den drei Scheunen entfernt, kam mir jemand entgegen, der nicht wie ein Bauer aussah. Höchstens wie einer, der regelmäßig Ringkämpfe mit seinen Bullen machte.

Ich spielte den amerikanischen Touristen, der sich verlaufen hatte, bis ich nahe genug heran war. Dann ein linker Haken auf seinen Solarplexus und einen Schultercheck an seinen Kopf. Das hätte für einen Laien gereicht. Nicht für einen Bullenringer.

Er schüttelte sich nur. In der Zeit verpasste ich ihm zwei linke Geraden und einen rechten Abwärtshaken, als er sich wegducken wollte, das reichte! Das ging schnell. Falls ihn niemand vom Haus aus überwacht hatte, vielleicht schnell genug. Falls doch, war jetzt der letzte Moment, um abzuhauen. Aber ich wollte der Held sein, David retten.

Im Nachhinein ist mir klar, dass ich noch genug Alkohol im Blut hatte, dass ein teeniemäßiges Allmachtsgefühl alle Vorsicht und Angst verdrängt haben musste. Ich hatte bei meinen Kindern versagt, weil ich einen Anfall von Klaustrophobie hatte, David durfte ich nicht auch noch im Stich lassen.

Ich ging geradewegs, als sei nichts gewesen, auf das Haupthaus zu und klopfte an die Tür. Dem Mann, der sie öffnete, rammte ich meinen Wanderstab nacheinander zwischen die Beine und an den Kopf.

Dann wurde ich von hinten in das Haus gestoßen. Ich wirbelte herum. Wieder wurde ich von hinten umgerissen. Ich stolperte rückwärts in ein Zimmer und bekam einen Knüppel an den Kopf.

So viel wusste ich jetzt, sie waren auf mich vorbereitet gewesen. Und sie waren zu viert, vier Bullenringer, die hämisch grinsten. Ich wollte meine Pistole ziehen, aber sie hatten auch welche. Da zog ich die Fäuste vor, sie auch.

Hatten Sie schon mal einen blauen Fleck, weil Sie sich gestoßen haben? Ein Hämatom, aufgrund einer stumpfen Verletzung? Tut weh, wenn man drankommt oder sich heftig bewegt, stimmt's?

Wenn vier Profis Sie in die Mangel nehmen, haben Sie überall blaue Flecken, an Armen und Beinen, im Gesicht und am ganzen Kopf, an den Rippen, am Bauch und am Rücken. Schlimmer sind aber die im Innern, Leber und Nieren gequetscht, Därme und Magen durchgewalkt, Lunge und Herz malträtiert.

Als der Kampf begann, konnte ich noch gut austeilen. Später musste ich zusehen, dass ich nicht zu viel einsteckte. Dann steckte ich nur noch ein.

Als ich wieder zu Bewusstsein kam, hatte man mir die Hände auf den Rücken gefesselt und mich mit einem Flaschenzug so weit hochgezogen, dass ich im Knien nicht umfallen konnte. Von Allmacht keine Spur mehr, im Gegenteil, mir tat alles weh, am meisten die Schultern, wo die Muskeln und Bänder bis zum Zerreißen gedehnt waren und die Gelenke aus ihren Pfannen zu springen drohten. Bewusstlos überlebt man so eine Stellung nicht lange, man erstickt einfach.

Zwei Eimer Wasser hatten mich davor bewahrt. Ich rang nach Luft. Als ich einigermaßen wieder zu Atem gekommen war, wurde ich hochgezogen, bis ich auf meinen Zehenspitzen taumelte.

Ich schrie vor Schmerz!

Wenn man körperliche Gewalt nur aus dem Fernsehen oder Kino kennt, weiß man nicht, wie verletzlich der menschliche Körper ist. Schon ein Schlag kann reichen, um jemanden kampf- und handlungsunfähig zu machen. Ein paar harte Schläge können Schäden verursachen, etwa eine Gehirnerschütterung oder einen Nierenriss, deren Folgen man jahrelang spürt. Nicht nur körperlich, auch psychisch ist Gewalt ein Desaster, sie zerstört jedes Vertrauen, in sich selbst, in seine Mitmenschen und in die Welt. Schon ein paar harte Ohrfeigen können einen Menschen, der Gewalt nicht kennt, zu einem zitternden Wrack machen.

Ich kannte Gewalt, ich hatte ausgeteilt und eingesteckt.

Aber das hier …

»Schau an. Der harte Kommissar Moderski, der prügelnde Schrecken der Unterwelt, heult vor Schmerz.«

Ich konnte ihn durch meine verquollenen Augen kaum erkennen, aber ich wusste, wem diese zynische Stimme gehörte. Dr. Paul Hogmann, dem spiegelbildlich gleichen Freund von

Erich Dimaschewski. Der entstammte der Verbindung zwischen einer DDR-Deutschen und einem russischen Soldaten. Er war vom russischen Geheimdienst ausgebildet worden und hatte Hogmann bei PMC entdeckt und angeworben. Zusammen waren sie das Übelste, was ich auf dem Markt für schmutzige Geschäfte je gesehen hatte.

Ihnen war der Job mit dem blauen Sprinter zuzutrauen. Aber so viel Scharfsinn gab mein Hirn zurzeit nicht her. Eigentlich gab es gar keinen Scharfsinn mehr her, sonst hätte ich geschwiegen.

»Hogmann, mach mir den linken Arm frei, und ich bring dich um.«

Er schlug mir zweimal ins Gesicht, was sich anfühlte, als hätte ein Laster mich gerammt.

»Sie wären schon längst tot, Moderski, wenn ich die Männer nicht zurückgehalten hätte. Den Spaß wollte ich Erich nicht nehmen. Kann nicht mehr lange dauern, bis er da ist. Freuen Sie sich schon mal.« Damit trat er mir die Füße unter dem Körper weg.

Ich wurde vor Schmerz bewusstlos und wachte vor Schmerz wieder auf. Einem stechenden, peinigenden Schmerz, der sich selbst in mein ohnmächtiges Bewusstsein drängte. Für so eine hoffnungslose Situation hatte ich bei meinen illegalen Faustkämpfen einen Ort in mir gefunden, in den ich mich zurückziehen konnte. Den innersten Punkt des Selbst, den niemand erreichen konnte.

Hier war ich getrennt vom Schmerz meines Körpers. Hier war die letzte Hoffnung.

Die Zeit hatte keine Bedeutung mehr. Minuten, Stunden?

Dimaschewski war eingetroffen. Als Erstes ohrfeigte er mich, damit er meine Aufmerksamkeit hatte.

»Na, mein Freund? Endlich, endlich, du machst es einem nicht leicht. Du kannst dir sicher denken, warum du da bist?« Er drehte mein Gesicht hin und her, um es sich anzusehen.

»Du musst nicht antworten. Mit so einer zerschlagenen Visage ist das ja nicht so leicht. Spar dir deine Worte für das, was ich hören will.«

Er schlug mir in den Magen. Nicht mal fest, aber gemein. Er hatte es geschafft, mich aus meinem innersten Punkt zu holen. Er genoss es sichtlich.

Ich wusste, dass er für das russische Konsortium das Geld zurückholen sollte, das ich ihnen abgenommen hatte. Ein Fluch, der seit damals auf mir lastete und mich letztendlich in diese Position gebracht hatte. Er wartete. Ich fing an zu reden, um für das Ganze endlich ein Ende zu finden. Er genoss es mehr, als wenn er mich noch mehr gequält hätte. Wusste er doch, dass ich mir im Klaren darüber war, dass er mich töten würde, sobald er alles erfahren hatte.

»Ich hab die zweihundertfünfzig Millionen«, fing ich an. Wie gut das tat. »Ich habe sie dem Konsortium abgenommen. Du hast die drei verdächtigen Kapos ganz umsonst umgebracht.« Das schien ihm keine schlaflosen Nächte zu bereiten. Mir auch nicht, es hatte nicht die Falschen getroffen. »Ich hab's auf verschiedene Konten im Ausland verteilt.«

»Und?«, fragte Dimaschewski.

»Die Nummern …« Ich schüttelte den Kopf.

»Wäre schön, wenn sie dir einfallen würden, schön für dich. Tut nicht so weh.«

»Sind in meinem Laptop.«

»Das kriegen wir raus.«

Dann machte er ein Zeichen, dass sie mich abhängen sollten. Ich wurde auf einen Stuhl gesetzt. Jemand brachte meinen Laptop. Sie hatten das Auto gefunden.

»Mach ihn auf.«

Ich brauchte drei Versuche für das Passwort.

Dann öffnete ich die Datei. Was war mit der Pistole? Hatten sie sie gefunden? War Nadija schon da? Hatte sie die Pistole vorher holen können?

»Was wolltest du mit der ganzen Kohle? Warum hast du sie nicht abgeliefert?«, fragte Dimaschewski.

»Wenn ich das Geld abgeliefert hätte, wäre ich doch längst tot.«

Dimaschewski grinste. »Stimmt.«

»Ich habe es nur verwendet, wenn ich ein Budget für die Jagd brauchte«, sagte ich so, als ob ich mich vor irgendjemandem entschuldigen müsste – vor mir selbst.

»Schön, es ist noch fast alles da. Wir überweisen das jetzt zurück an die Eigentümer. Dann ist mein Auftrag beendet. Fast jedenfalls.« Er sah dem IT-Mann zu, bis der ihm zunickte.

Mein Geld war weg. Jetzt begann der letzte Akt.

»Unsere Auftraggeber wollen sehen, wie es passiert. Am liebsten wären sie selbst dabei, aber das ist zu riskant. Erich hat hier, extra für dich, ein richtiges kleines Filmstudio eingerichtet«, sagte Hogmann. »Bringt ihn hin.«

Zwei von den Bullenringern nahmen mich in die Mitte und schleiften mich über den Hof. Das war's, ich konnte kaum gehen, wie sollte ich denen entkommen? Ich hatte aufgegeben. Ersehnte das Ende geradezu herbei.

Wir kamen in eine Scheune. Auf der einen Seite waren zwei Kühltransporter abgestellt. Auf der anderen Seite war eine Ecke leer geräumt worden. Dort standen zwei Scheinwerfer und ein Filmstativ. Außerhalb des Lichtkegels saß David. Seine Füße waren zusammengebunden. Er hielt seinen Kuschelkäfer und sah mich groß an. Das hatte er nicht erwartet.

»Na, Kleiner«, sagte eine meiner Wachen. »Deine Mutter kriegen wir auch noch.«

Manchmal ist es doch sehr seltsam, was für Kleinigkeiten einen Unterschied machen. Hätten sie mich einfach fertiggemacht, da wäre nichts mehr gewesen, was ich ihnen entgegengesetzt hätte. Aber Davids Blick und dieser dumme Spruch …

Manchmal will man nicht mehr kämpfen. Manchmal kann

man nicht mehr kämpfen. Manchmal muss man trotzdem kämpfen.

Was dann geschah, kann ich nicht beschreiben, ich erinnere mich nicht mehr daran.

Die beiden Wachen waren tot.

Andere kamen.

Plötzlich waren Nadija und Susette da.

Es wurde geschossen.

Dann war Ruhe.

Nadija blutete.

Sie hielt David im Arm.

Er strahlte mich an – und seine Mama.

»Du bist krank«, sagte Nadija. »Du musst in ein Krankenhaus.«

Ich rappelte mich hoch. Ich sah mindestens fünf Leichen, ein paar erschossen, andere erschlagen.

»Wer räumt hier auf?«

»Die Polizei. Sie sind schon unterwegs, auch ein paar Leute von unserer Soko. Das Gebäude nebenan ist ein Krematorium. Spurensicherung kommt auch.«

»Wir haben sie?«

»Sieht so aus.«

Ich setzte mich auf meinen Hosenboden, die Beine lang von mir gestreckt. »Und Hogmann?«

»Liegt da vorne.«

»Warst du das?«

Nadija schüttelte den Kopf. »Nein, Susette.«

Sie stand etwas abseits, in der einen Hand ihre SIG Sauer, in der anderen ihren noch rauchenden Derringer, ihr Blick sicherte in alle Richtungen. Blieb nur noch Dimaschewski. Ich sah mich um.

»Wo ist Dimaschewski?«

»Der ist weg. Ich glaube, er hat dein Auto.«

SIEBEN

Bevor die Polizei eintraf, taumelte ich, begleitet und bisweilen gestützt von Susette Brioche, durch die Anlage, auf der Suche nach einem Hinweis auf Dimaschewskis Verbleib. Aber selbst wenn es in großen roten Buchstaben an der Wand gestanden hätte, hätte ich es nicht gesehen. Ich funktionierte manisch, aber komplett ohne Durchblick. Nadija hatte versucht mich davon abzuhalten, ohne Erfolg. Schließlich hatte sie aufgegeben. Sie war angeschossen, sie hatte mit sich selbst zu tun und mit David. Deshalb war Susette mir gefolgt.

Im Nachhinein erinnere ich mich an einzelne Bilder. Computer, ein richtiges Büro, Akten, Frachtpapiere, Fleischwaren, wie in Krakau. Die einen lieferten, die anderen entsorgten. Da war ein Kühlraum mit Tonnen von abgelaufenen Fleischkonserven und Plastikverpackungen. In der Nachbarschaft ein Verbrennungsofen, Rauchgasfilter, Schlacke und Aschehaufen, ein Schuh, ein einzelner Damenschuh.

Ich weiß nicht, was ich noch alles tat. Ich weiß auch nicht, wann ich damit aufhörte und wie. Susette sagte, ich hätte mich plötzlich einfach im Hof hingelegt.

Alle Akkus leer.

Meine erste Erinnerung danach war das Aufwachen im Freiburger Krankenhaus.

Ich wollte weg, bin zweimal aus dem Bett abgehauen. Beim ersten Mal bin ich direkt vor dem Bett zusammengeklappt.

Beim zweiten Mal habe ich es bis zu einem Telefon geschafft.

Manakow angerufen, er war nicht zu sprechen, Rayana war weg, er kümmerte sich darum. Dann wurde ich ruhiggestellt.

Verlegung, Kreiskrankenhaus Friederichsburg, Lydia war zu Besuch. Und Nadija. Sie sah müde aus.

Als ich sie darauf ansprach, lachte sie. »Da musst du dich erst mal ansehen.«

Kommentar der Ärztin: »Sie haben das Schlimmste hinter sich. Nur noch ... Thrombosegefahr ... Gehirnerschütterung ... Rippenbrüche.«

Schlafen, Langeweile, schlafen. Die Mädchen zu Besuch, Aufheiterung, müde.

Susette Brioche hatte leise angeklopft und dann vorsichtig hinter der Tür hervorgelugt.

»Sind Sie wach? Darf ich reinkommen?« Sie winkte mit ihrem Tablet.

»Ja, kommen Sie, Sie verrückter Sturkopf.«

Diese Frau ließ nie locker. So klein und zart sie auch war, hatte sie doch das Gen eines Bluthundes. Und wenn es keine Spur mehr gab? Suchte sie eine neue. So hatte sie weitergesucht, nachdem sie Davids Signal wieder verloren hatte, und es schließlich auch gefunden. Sie war fast gleichzeitig mit Nadija eingetroffen, und obwohl die beiden Frauen sich nicht persönlich kannten, waren sie gemeinsam in den Kampf gezogen.

Ich nahm ihre Hand, drückte sie mit meinen beiden. »Danke, für alles. Sie sind wunderbar, wissen Sie das?«

Aber sie war höflich und begann mit Small Talk. »Schön haben Sie es hier, die Aussicht, der Fluss, das Tal, die Wälder –«

Ich unterbrach sie. »Madame le Commissaire, wie geht es Ihnen? Man erschießt nicht alle Tage einen Menschen.«

Sie hatte es vermieden, mich anzusehen, aber jetzt drehte sie sich vom Fenster zu mir.

»Nein, aber es war Notwehr.« Sie sah mich mit ihren großen dunklen Augen an. »Er hat auf mich geschossen. Ich habe nur besser getroffen als er. Das macht es leichter.«

Sie litt unter den Gewissensfragen, die sich unweigerlich einstellen, wenn man einen Menschen getötet hat. Aber auch wieder nicht so sehr, dass sie nicht weiterarbeitete.

»Sie sind aber nicht nur zum Krankenbesuch hier und auch

nicht wegen der Aussicht, sonst hätten Sie Ihr Tablet nicht mitgebracht.«

Sie lächelte. »Sie sehen schlimm aus.« Tolles Kompliment. »Soll ich ein andermal wiederkommen?«

Ich merkte ihr an, dass sie diese Möglichkeit akzeptieren würde, aber nicht wollte.

»Nein, jetzt sind Sie ja schon mal da, was gibt es denn Neues?«

Sie setzte sich auf meine Bettkante und tippte auf ihrem Tablet, dann zeigte sie mir ein Bild. »Der Hesselbrandhof.«

»Ja, ich war da, ich habe ihn gesehen.«

»*Oui.*« Sie strich von hinten über das Bild. Eine kolorierte Zeichnung, fast aus der gleichen Perspektive, erschien und zeigte den Hesselbrandhof im neorealistischen Stil als Zentrum einer Lifestyle-Ferienanlage, die Wellness und Kulinarik mit Schwarzwaldromantik verband.

»Nicht schlecht, warum ist da nichts draus geworden?«

»Die Sparkasse hat daran geglaubt, aber Breitberg Bau hat es versiebt. Vielleicht waren sie auch zu früh dran, meinte der zuständige Projektbetreuer. Wenn der Nationalpark erst richtig angenommen wird, wäre das eine Goldgrube geworden, aber jetzt könne man so ein Projekt nicht mehr realisieren, Naturschutz, Bauvorschriften. Setzen Sie mal ein modernes Brandschutzkonzept in einem Haus von 1800 um.«

»Okay, vielleicht hätte man einen Ferienpark Hesselbrandhof realisieren können, aber das Zeitfenster war zu klein. Zu früh – keine Nachfrage, Nachfrage durch Naturschutz – keine Baugenehmigung.«

»*C'est ça.*«

»Und jetzt?«

Sie strich wieder über das Display. Eine hyperrealistische Computergrafik erschien, der Hesselbrandhof gephotoshopt, *better than live*, als Altersresidenz. Sogar Rehe am Waldrand fehlten nicht.

»Wo haben Sie das her?«

Sie wischte ein weiteres Bild hervor, eine halbseitige Anzeige, mit dem Bild von zuvor als Aufmacher. Das unvermeidliche Schwarzwaldmädel als Blickfang. »Schwarzwald-Residenz Hesselbrandhof, ein Lebensabend für Singles mit Niveau, in heimischer Idylle ... Ruhe und Luxus inmitten der Natur ... In Gesellschaft Gleichgesinnter ... Genießen Sie den Ausblick über die geliebten Berge ... Unvergessliche Sonnenuntergänge ...« Eine E-Mail-Adresse: sehnsucht@hesselbrandhof.de.

»Wo haben Sie das her?«, fragte ich.

Susette Brioche schmunzelte verschmitzt. »Beim ›Schwarz-wälder Boten‹ gefunden. Die Anzeige ist vor ein paar Jahren, kurz nach der Pleite der Breitberg Bau, ein paarmal im gesamten Erscheinungsgebiet des ›Schwarzwälder Boten‹ erschienen.

»Geben Sie mal www.hesselbrandhof.de ein.«

»Hauptkommissar Moderski, so klug war ich auch schon. Gibt es nicht, nicht mehr. Und, bevor Sie fragen, den Provider gibt es auch nicht mehr, die Adresse des Anzeigenkunden beim ›Schwabo‹ ist falsch, die Rechnung wurde nie beglichen.«

Das war ja eine schöne Scheiße. Da hatten wir endlich ein Motiv, aber nichts, was dazu passte. Mein Denkvermögen war noch nicht bei einhundert Prozent, ich hatte das Gefühl, ich stände vor einer zehn Meter hohen Mauer. Geradeaus Mauer, rechts und links Mauer und hinter mir auch Mauer. Ich atmete wie nach einem Tausend-Meter-Sprint. Geistige Klaustrophobie, gibt es so was?

»Was ist mit Ihnen, geht es Ihnen nicht gut?« Brioches Stimme spiegelte meinen Zustand, klang kritisch.

Ich sah sie an. Ihr blasses Gesicht war ganz nah vor meinem, die Welt im Hintergrund war sehr klein und verschwommen. Ich sackte nach hinten in die Kissen, ihr Gesicht schwebte hundert Meter über mir, ihr langer Arm griff nach dem Notfallknopf.

Ich träumte. Von der Mauer. Ich war ein Vogel, ein kleiner. So hoch ich auch flog, die Mauer war immer noch höher. Die Stelle, wo ich gestanden hatte, war ein kleines braunes Viereck, weit unter mir, die Mauer bildete einen Schacht. Als ich zum zweiten Mal hinuntersah, strampelten da meine Kinder im Wasser, sie waren so klein und so weit weg, dass ich ihre Schreie nicht hören konnte. Ich schaute nach oben, die Mauer war nicht mehr aus Ziegeln gemacht, sondern bestand aus Aktenordnern. Ich stand wieder auf dem Boden. Da waren Ziegelsteine, dann Ziegel, die wie Aktenordner aussahen, dann Aktenordner, die wie Ziegel aussahen, und dann Reihe um Reihe die Rückseiten von Aktenordnern, fein säuberlich beschriftet, mit Buchstaben, die ich nicht lesen konnte. Das heißt, die Buchstaben waren korrekt, ich konnte sie nur einfach nicht lesen, und die Wand war viel größer. Ich war eine Maus und suchte in den Ecken nach einem Loch, aber es gab keinen Ausweg. Oben fehlte ein Aktenordner. Ich kletterte an der Wand hoch. Warum fehlte da ein Ordner? Nadija sah von oben in den Schacht hinein. Sie war so groß, dass sie leicht über die Mauer sehen konnte, ihr Kopf füllte den ganzen Himmel über mir.

Sie sagte mit der Stimme eines bekannten Nachrichtensprechers: »Klaus hat ihn genommen. Und jetzt kommt das Wetter.«

Ihr Kopf wurde zu einer Wolke, die vorbeizog, ihr folgten Regenwolken, und es gab ein Gewitter. Der Schacht lief voll Wasser. Ich würde ertrinken wie meine Kinder, die schon unten auf dem Grund lagen und mir leblos, mit weit aufgerissenen Augen beim Klettern zusahen. Die Stelle, wo der Ordner fehlte, war so hoch und weit wie die Pforte einer Kathedrale. Darinnen waren blauer Himmel mit weißen Wölkchen, grüne Wiesen und Wälder, die Schwarzwald-Residenz Hesselbrandhof. Ich kroch aus dem Schacht hinaus in ein Kalenderblatt. Es machte: wwwupp – aus.

Als ich erwachte, saß Nadija an meinem Bett, es war Abend, ich hatte einen trockenen Mund und war so matt wie nach ein paar Runden gutem Sex. Nur ohne das Gute und ohne den Sex, also noch viel matter.

»Na, geht es wieder?«, fragte sie. »Sie haben dir ein Beruhigungsmittel gegeben und mit Susette ziemlich geschimpft. Sie ist wieder nach Colmar zurück. Es tut ihr leid, dass sie … dass sie dich so belastet hat.«

»Schon gut. Was machst du hier?«

»Auf dich aufpassen. Willst du was essen? Das Abendessen steht noch hier.«

Ich hatte keinen Hunger, aber Durst. Nadija half mir beim Trinken.

Dann kam die Ärztin. Oh Mann, was musste ich mir anhören – und Nadija leider auch. Gehirnerschütterung, instabile Psyche, vielfache körperliche Schäden, als sei ich von einem Lastwagen überrollt worden, also … Ruhe, Ruhe, Ruhe. Sie gab mir noch mal eine Spritze mit Beruhigungsmittel. Ich dämmerte schon weg, als sie, mir wohlwollend zulächelnd, den Raum verließ. Ich wartete, bis sie die Tür hinter sich geschlossen hatte.

Dann sagte ich durch den Nebel, der meinen Geist umfing: »Nadija, sag Susette, sie soll Klaus suchen und die Aktenordner. Und sag ihr …«

Was wollte ich noch mal sagen? Vielleicht schlafe ich doch lieber erst ein bisschen … nur ein bisschen.

»Carl! Carl, was soll ich ihr sagen?«

Ich schreckte hoch, wie lange hatte ich geschlafen? Nadija saß dort wie zuvor. Nur eine Sekunde. Für einen Moment war ich hellwach.

»Sag ihr«, ich blickte Nadija wie irre an. »Sag ihr, Klaus, die Postkarten bei Alphonse. Der Täter hat alles entfernt, was auf ihn hindeutet, aber er hat Fehler gemacht. Die Postkarten hat er vergessen und die Kalender mal übersehen und mal ausgetauscht, und es fehlen Aktenordner, bei Walter Diel habe ich es gesehen, bestimmt auch bei den anderen. Sie muss sich beeilen. Es wird noch mehr Tote geben.«

Meine Stimme klang panisch wie im Fieberwahn.

Nadija drückte mich in die Kissen zurück und strich beruhigend über meinen Kopf. »Mache ich, aber jetzt muss ich gehen, wegen David.«

Sie wäre so gerne geblieben, dass ein Teil von ihr blieb, an meinem Bett schwebte, wo sie gesessen hatte, und mich in den Schlaf begleitete.

Vor dem Mittagessen kam Stina.

Bei ihrem ersten Besuch hatte sie nur an meinem Bett gesessen, meine Hand gehalten und mich angesehen. Jetzt, bei ihrem zweiten Besuch, erzählte sie von ihrem Rennen gegen Mansarini. Ich war dabei gewesen, ließ sie aber trotzdem erzählen, weil es aus ihrem Mund, mit ihrer Begeisterung ganz anders und neu und spannend klang.

Sie war auch bei Nadija und David gewesen, ihnen ging es wieder gut. David war stolz darauf, dass er ihr Freund war.

Aber das wusste ich schon, weil Nadija fast jeden Tag kam.

Ich erzählte Stina, dass das Auto weg sei.

»Das finden wir wieder. Buddy macht doch immer einen Sender rein.« Wenn sie gewusst hätte, was sie da sagte ...

Wo das Auto war, war auch Dimaschewski.

Zwei Tage später fuhr ich, mit Schmerz- und Aufputschmitteln vollgepumpt, mit Lydias altem Ford Granada nach Baden-Baden. Wieder mal hatte ich ein Krankenhaus unter größtem Protest der behandelnden Ärztin verlassen. Aber mein Mercedes stand schon seit ein paar Tagen unbewegt in einer Baden-Badener Tiefgarage, und die Spur wurde von Tag zu Tag kälter.

Ich fand mein Auto, wurde dort aber leider von zwei Herren in dunklen Anzügen unmissverständlich gebeten, ihnen zu folgen. Einer ging vor, der andere hinter mir her. Die beiden waren betont wortkarg. Wir fuhren mit dem Aufzug mehrere Etagen tiefer, gingen nüchterne Parkhausgänge entlang zu einem Wartungsraum ohne Fenster. Neben einem Regal mit Eimern und Putzmitteln gab es einen Tisch mit zwei Stühlen. Hier musste ich warten. Nach einer halben Stunde brachte man mir ein Glas Wasser. Es dauerte mehr als zwei weitere Stunden, bis ein Mann in grauem Anzug sich mir gegenüber an den Tisch setzte.

»Sie sehen schlecht aus, Herr Moderski. Ich hätte Sie beinahe nicht erkannt«, eröffnete er das Gespräch.

Nettes Kompliment, aber er hatte recht, ich hatte schon mal besser ausgesehen.

»Ich erkenne Sie auch nicht.«

Er hatte sich nicht vorgestellt oder ausgewiesen.

»Stephan Spanzki, vom LKA Baden-Württemberg. Was ist der Grund Ihrer Reise, Herr Moderski?«

»Privat, Urlaub.«

Er sah mich mitleidig an. Es hatte wohl keinen Zweck, zu lügen.

»Ich suche einen Mann, Erich Dimaschewski.«

Er notierte sich etwas in ein kleines Heft. Das konnte ja wohl nicht Dimaschewskis Name sein.

»Warum interessiert Sie der Mann?«

Seine Miene verriet nichts über seine Einschätzung von Dimaschewski, obwohl er ihn sicher kannte.

»Er hat mein Auto gestohlen.«

»Dafür ist bei uns die Polizei zuständig.«

»Stimmt«, antwortete ich. »Und nicht das Landeskriminalamt.«

Eins zu null für mich.

»Was kann ich also für Sie tun?«

»Herr Dimaschewski hat gelegentlich auch für die russische Mafia gearbeitet.«

»Ist mir bekannt.«

Sein Gesichtsausdruck ließ ahnen, dass er das und noch mehr wusste.

»Was haben Sie mit ihm vor, wenn Sie ihn finden?«

Ich konnte ihm nichts vormachen, vermutlich wusste er sowieso mehr über Dimaschewski und mich als unsere Mütter.

»Ich werde ihn in eine Kiste packen und das Paket dem BKA schicken. Er wird wegen Menschenhandels und mehrfachen Mordes gesucht.«

»So offen, Herr Moderski, das sind wir von Ihnen nicht gewohnt.«

»Ich habe eine schwache Stunde.«

Der Mann stand auf. »Wir wollen Dimaschewski auch kriegen, darum kümmern wir uns. Was Sie angeht, haben wir ein Problem, normalerweise würde ich Sie jetzt unter Begleitung wieder ins Krankenhaus bringen lassen. Aber mein Kontaktmann vom russischen Inlandsgeheimdienst FSB meint, Sie schulden seinem Vaterland noch zweihundertfünfzig Millionen. Er hilft uns bei Dimaschewski, wir helfen ihm bei der Wiederbeschaffung des Geldes, Sie wissen ja – eine Hand wäscht die andere. Die Umstände, wie es zu diesem Verlust gekommen ist, sind ja nicht ganz geklärt, deshalb denke ich, wir können von einer Anzeige und einer offiziellen Ermittlung absehen, wenn wir die Millionen wiederhaben. Verstehen wir uns?«

Klar, außerdem war es dem BKA lieber, nicht erklären zu müssen, warum einer ihrer Männer in Russland ermittelt hatte. Egal, Spanzki hatte mich am Haken, und er machte nicht den Eindruck, Rücksicht auf meinen Gesundheitszustand nehmen zu wollen. Meine Dienstunfähigkeitsbescheinigung interessierte ihn wohl noch weniger als mich.

»Ich hab sie nicht mehr«, protestierte ich trotzdem. »Dimaschewski hat sie vor ein paar Tagen an das Konsortium zurücküberwiesen.«

»Da sind sie aber nicht angekommen. Wie bedauerlich für uns beide.«

Er verließ den Raum.

»Hey, lassen Sie mich hier raus«, rief ich ihm hinterher.

»dann besorge ich das Geld.«

Zwecklos.

Ich wartete nochmals fast zwei Stunden. Dann wurde ich durch endlose dunkle Flure und Gänge in ein elegantes Büro geführt.

Neben dem Mann im grauen Anzug stand Peter Manakow.

Spanzki fragte: »Sie kennen sich?«

Ich sagte: »Ja.«

»Ich wünsche Ihnen einen schönen Tag.«

Dann ging er.

Peter Manakow nahm mich in den Arm. »Mann, du machst Sachen.«

Die Umarmung war mir zu freundschaftlich, aber ich nahm sie hin. Was machte Manakow hier beim – ja, was denn, LKA, FSB, PMC? Die Antwort gab ich mir selbst. Manakows PMC war ein Topsicherheitsdienst, vermutlich ging er beim LKA ein und aus wie ein Pizzabote, nur dass er brisantere Lieferungen im Gepäck hatte.

Was mich mehr interessierte, war: »Was ist mit Rayana?«

Er legte einen Arm um meine Schultern und schob mich sanft zur Tür.

»Komm mit, ich bring dich zu ihr.«

Wir fuhren in seiner Limousine mit Chauffeur kurz durch Baden-Baden, wir hätten auch laufen können.

Ich erzählte ihm von den Fleischbeschaffern und -entsorgern.

Die Zusammenhänge kannte er schon, es ging ihm nur um meine persönlichen Details. Er erzählte mir, wie Rayana dem Killerteam entkommen und dann untergetaucht war, bis sie Kontakt zu ihm aufnehmen konnte. Jetzt war sie hier, im Atlantic Parkhotel. Der Fahrer ließ uns an der Lichtentaler Allee, Ecke Goetheplatz raus, wir mussten nur noch die kleine Brücke über das Flüsschen Oos überqueren, um direkt zum Haupteingang des Hotels zu gelangen. Mag sein, dass die Eleganz und die exzellente Lage mitten in der Stadt, direkt am Fluss, vis-à-vis dem Theater für dieses Hotel gesprochen hatten, aber sicher auch die strategischen Vorteile, man konnte das Hotel nur über diese kleine Brücke und die Terrasse erreichen. Es sei denn, man wollte sich den Weg von dem rückwärtigen Haus freisprengen.

Ich wollte von Manakow wissen, warum gerade Baden-Baden?

»Russen sind schon seit der Zarenzeit gerne hierhergekommen. Dimaschewski ist hier. Sicher nicht ohne Grund. Warte es ab.«

Ich ahnte, was dahintersteckte: das Konsortium, die Verbindung von russischen Mafia-Gruppen und Oligarchen, die auf jede erdenkliche schmutzige Art ihr Geld scheffelten; denen ich die zweihundertfünfzig Millionen abgenommen hatte, die dafür meine Familie zerstört und mir Dimaschewski auf den Hals gehetzt hatten.

Wir nahmen den Aufzug in die zweite Etage. Am Ende des Flurs saß ein PMC-Mann mit einer Maschinenpistole auf dem Schoß. Manakow klopfte an der zweiten Tür rechts, benutzte dann aber den Zimmerschlüssel und ließ mich eintreten. Das Zimmer war recht geräumig und sehr geschmackvoll klassisch eingerichtet. Direkt geradeaus war die Tür auf einen kleinen Balkon geöffnet. Rayana saß an einem Marmortisch, mit Blick auf die Oos, die über dreihundertfünfzig Jahre alte Park- und Gartenanlage Lichtentaler Allee, die Stadt und die bewaldeten Hänge des Schwarzwaldes. Eine sehr exponierte Lage, dafür, dass Dimaschewski in der Stadt war. Ich trat auf den Balkon, selbst auf den ersten Blick erkannte ich einen Polizeiwagen und zwei zivile Sicherheitskräfte auf der Lichtentaler Allee und mindestens zwei weitere Männer auf der Sonnenterrasse des Hotels.

Rayana machte einen Schritt auf mich zu, sie sagte nichts, sondern nahm mich sanft in den Arm, dann sah sie mich lange an, während sie zärtlich über meine schlimmsten Blessuren strich. So schnell, wie ihre Gedanken wechselten, spiegelte ihr Gesicht eine Abfolge verschiedener Gefühle – Freude, nachempfundenen Schmerz, Bedauern, Zärtlichkeit, Stolz. Dann trat sie zur Seite, um Theresa Demsey Platz zu machen, die vom Balkon des Nebenzimmers kam. Theresa, die Menschenrechtsaktivistin, deren Leben ich in letzter Sekunde hatte retten können. Wie schön, sie so lebendig wiederzusehen. Sie nahm meine Hand und schüttelte sie, für eine so kleine Person überraschend kräftig. Ich zuckte vor Schmerz zusammen. Sie war sofort schuldbewusst verlegen.

»Tut mir leid, tut mir leid. Ich wollte mich nur bedanken. Ich hatte noch gar keine Gelegenheit, mich …« Dann brach sie ab und nahm mich einfach in den Arm. Sie legte mir die Hand in den Nacken, zog mich zu sich hinunter, bis ihr Mund ganz nah an meinem Ohr war.

»Danke, ich weiß, was Sie für mich getan haben«, flüsterte sie. »Und was Sie in der Folge erleiden mussten.« Sie löste sich von mir, hielt mich auf Armeslänge fest und sah mir unverwandt in die Augen. Ihre machten den Eindruck, als gehörten sie zu einer dreißig Jahre jüngeren Person. Sie hatten das strahlende Blau einer Karibikbucht, man hätte darin eintauchen können wie in klares Wasser. »Sie haben viel für mich getan, dafür danke ich Ihnen von ganzem Herzen. Aber ich erwarte noch mehr von Ihnen, Sie werden sehen.«

Manakow bat uns, ihm zu folgen. Wir fuhren ins Erdgeschoss, wo er uns ins Kaminzimmer führte, zielstrebig auf eine mit Holz vertäfelte Wand zuging, dort zwischen zwei Bildern stehen blieb und für uns eine in der Vertäfelung unsichtbar eingebaute Geheimtür öffnete, die in den Weinkeller führte.

»Wir haben die Vinothek kurzfristig in einen abhörsicheren Konferenzraum umgebaut«, sagte Manakow und ging voraus.

Als wir die Vinothek betraten, stand ein Mann am Whiteboard, der sich sogleich umdrehte und mir die Hand zur Begrüßung entgegenstreckte.

Spanzki vom LKA. »So sieht man sich wieder.«

»Die Welt ist klein, man sieht sich immer zweimal.«

»Ich freue mich, dass wir zusammenarbeiten.«

Davon wusste ich noch gar nichts, offensichtlich standen mir Fragezeichen im Gesicht, denn Manakow führte mich nachsichtig lächelnd zu einem der antiken ledergepolsterten Stühle.

»Bitte nimm Platz. Rayana wird dir alles erklären.«

Die anderen setzten sich auch an den Tisch.

»Carl«, begann Rayana. »Wir hatten nicht damit gerechnet, dass du so schnell das Krankenhaus verlassen kannst. Aber wir sind froh, dass du da bist, denn wir wollen hier und heute eine Organisation gründen, die dem internationalen Verbrechen auf eine Art entgegentritt, wie es ein Staat oder Staaten nicht können, und wir wollen, dass du dabei bist.«

»Wer will das?«, fragte ich ungläubig.

»Ich«, stellte Rayana auf ihre unnachahmlich schlichte Art klar.

»Ich«, bekräftigte Theresa.

»Und ich«, sagte Peter Manakow.

Ich sah zu Spanzki. »Das Landeskriminalamt und ich halten Sie für einen geeigne…« Er machte eine kleine Pause, dann gestand er: »Ich auch.«

Da Spanzki mich nicht persönlich kannte, ging ich davon aus, dass er in offiziellem Auftrag sprach.

»Da haben Sie recht«, bestätigte er. »Aber ich kenne Sie sehr gut, zwar nicht persönlich, aber ich bin Ostbeauftragter im internationalen Koordinationsstab. Ich kenne Ihre Geschichte – wir jagen schon lange gemeinsam die gleichen Leute, daher bewundere ich Ihre Furchtlosigkeit und Zielstrebigkeit und habe Respekt vor Ihren Methoden.«

»Wir alle sprechen hier nicht nur im eigenen Namen«, ergänzte Rayana. »Du weißt, dass ich eine afghanische Polizeieinheit gegen Menschenhandel leite. Inzwischen bin ich in gleicher Funktion für die UNO tätig und spreche hier für die Vereinten Nationen.«

Das war ein Ding. Rayana sah aus, als würde sie noch zur Uni gehen, dabei war sie schon Polizeimajor und jetzt auch noch UN-Diplomatin.

»Für besondere Verwendung«, korrigierte Rayana. Also so was wie eine geheime UNO-Agentin.

Klar, dass die beiden anderen auch nicht nur als Privatpersonen da waren. Manakow im sehr geheimen Auftrag des FBI, und Theresa Demsey vertrat einige NGOs, mit denen und für die sie schon viele Jahren arbeitete, ein weit verzweigtes Netzwerk.

»Und ich? Ich bin nur Carl Christopher Moderski, Polizist, zurzeit dienstunfähig?«, fragte ich.

Manakow grinste mich an. »Du weißt es noch nicht, weil du ja eigentlich noch im Krankenhaus sein solltest. Du wirst der neue Leiter von VIM werden. Wandenberg ist zurückgetreten, nachdem er herausbekommen hatte, womit sich die VIM-Mitarbeiter in letzter Zeit beschäftigt haben. Und die haben sich dann dafür eingesetzt, einen Vertreter aus ihrer Mitte benennen zu dürfen. Du musst nur noch deine offizielle Bewerbung einreichen.«

»Wann soll ich das denn noch machen?«, fragte ich überrascht von den Offenbarungen.

»Keine Sorge, mein Büro hat das schon mal vorbereitet«, triumphierte Manakow.

Mir schwirrte der ohnehin angeschlagene Kopf, während die anderen mir gratulierend die Hand schüttelten und auf die Schulter klopften. Das machte mich verlegen, und ich unterbrach das Ganze.

»Genug, genug. Was machen wir jetzt?«
Alle wurden wieder ernst, Rayana als Erste.
»Wir fangen mit der Arbeit an«, sagte sie und übernahm gleich die Leitung unserer kleinen Runde.

Unser Ziel: Wir bekämpfen Menschenhandel und Sklaverei.
Unsere Methode: Wir ziehen durch diese Verbrechen gewonnenes Vermögen ein.
Unsere Mittel: alles Erlaubte und Unerlaubte, soweit wir es moralisch vertreten konnten.
Unsere Finanzierung: Wir refinanzieren uns durch die eingezogenen Gelder.

Punkt eins, das Ziel, war klar.
Punkt zwei, die Methoden, wir ermitteln nicht gegen Personen, deren Schuld wir beweisen müssen, sondern gegen ihr Geld. Wobei wir das ganze Vermögen angreifen, sobald ein Teil davon nachweislich durch Verbrechen erwirtschaftet wurde beziehungsweise nicht legal erklärt werden kann. Damit sollte die Gewinnspanne so drastisch reduziert werden und, wenn sich unsere Tätigkeit herumsprach, das Risiko so erhöht werden, dass es abschreckend wirkte. Bis der gesamte Menschenhandel zum Erliegen kam. Punkt drei: die Mittel. Da wir keine staatliche Organisation sind, ist unsere Tätigkeit per se illegal und insofern geheim.
»Supersuperstreng geheim«, meinte Peter Manakow ernst. »Wir können alles machen: Abhören, Spionage, Hacken, Raub, was ihr wollt, sofern wir«, und er sah uns alle an, »es moralisch vertreten können. Die Entscheidungen im Einsatz trifft jeder Einzelne für sich und abschließend dieses Gremium, wir fünf.«
Schöne klare, einfache Regeln – damit kam ich gut zurecht, die anderen anscheinend auch.

Während der weiteren Diskussion ließ meine Aufmerksamkeit rapide nach. Mein Blick schweifte über die Weinregale im Halbdunkel des Kellers. Dort lagerten Hunderte alte, staubbedeckte Flaschen, die die Früchte fleißiger Weinbauern aus vielen Ländern bargen und über Jahre, Jahrzehnte in die Zukunft transportierten. Tradition, Wissen und rechtschaffene Arbeit führten zu besonderem, bewahrenswertem Genuss. Im Hintergrund vernahm ich Stichworte wie Cyberabteilung, Kampfunterstützung und Hightechwaffen.

»Warum eigentlich nur gegen Menschenhandel?«, murmelte ich in die Runde. »Waffen, Drogen, Erpressung, Raub …«, flüsterte ich zu den Mauern, hinter denen das alles stattfand, selbst in dieser kleinen Stadt und hier bei uns im Schwarzwald, überall auf der Erde, wo die Dimaschewskis dieser Welt ihr Unwesen trieben.

Oben, hinter diesen Mauern, war er – irgendwo.

Ich musste eingeschlafen sein. Peter stupste mich sacht an.

»Wir wären dann so weit.«

Ich blickte etwas verwirrt in die Runde. Vier verständnisvolle Gesichter sahen mich an. Spanzki reichte mir eine Tasse.

»Einen Kaffee?«

Ich nahm einen Schluck, während die anderen geduldig warteten.

»Womit sind wir so weit?«

Manakow wies auf einen Folianten, der auf dem Konferenztisch lag.

»Unser Gründungsmanifest.«

Die anderen lächelten mir aufmunternd zu.

»Etwas Schriftliches?«, fragte ich. »Ich denke, wir sind streng geheim.«

»Hinter uns stehen Organisationen, die uns unterstützen, die wollen wissen, was wir tun«, sagte Spanzki.

»Obwohl sie im Zweifelsfall nie von uns gehört haben«, ergänzte Manakow. »Keine Sorge, dieses Dokument wird sicher verwahrt werden.«

Also ganz offiziell inoffiziell, dachte ich, erhob mich, reckte mich und ging um den Tisch herum. Rayana nahm als Erste vor einem zweiseitigen Dokument in einem Lederumschlag Platz. Hatte das Dokument schon die ganze Zeit dort gelegen, oder hatte ich länger geschlafen, als ich dachte?

Rayana unterschrieb und lächelte zufrieden, dann machte sie Platz. Theresa unterschrieb als Nächste, dann Spanzki, schließlich war ich an der Reihe.

Fünf einfache Sätze: Ziele, Methoden, Mittel, Finanzierung, Ethos. Darüber stand: »IFR – Illegal Funds Recovery Unit«.

Ich unterschrieb.

Manakow unterschrieb als Letzter, schloss den Lederfolianten, zeigte ihn noch einmal in die Runde, mit dem aufgeprägten fünfstrahligen Sheriffstern und den Buchstaben IFR darin, und verschloss ihn schließlich in einem elektronischen Sicherheitsaktenkoffer.

»Ich glaube, wir können jetzt alle eine Pause vertragen«, sagte Manakow und sah mich dabei länger an als die anderen.

»Eure Zimmer hier im Hotel sind bereit. Wir treffen uns dann in drei Stunden. Dann überlegen wir uns, gegen wen wir als Erstes vorgehen.«

Spontan bestimmte ich: »Erich Dimaschewski.«

Keiner widersprach.

Manakow sagte: »Wir werden sehen.«

Spanzki blieb noch bei Manakow, während Theresa und Rayana mit mir gingen. Theresa verabschiedete sich in der Lobby, Rayana begleitete mich zu meinem Zimmer. Sie blieb draußen stehen, wartete aber, bis ich mich zu ihr umdrehte.

»Ich bin nicht mehr mit Peter zusammen.«

Es war eine ihrer einfachen klaren Feststellungen, die alles implizierten. Mein Herz tat einen Hüpfer. Ich lächelte müde, dann schloss ich die Tür.

Beim Einschlafen dachte ich an Nadija. Sex und Job gingen nicht zusammen. Waren wir jetzt noch ein Team? Mein Herz machte wieder einen Hüpfer, als ich die Möglichkeiten bedachte. Und dann wurde es mir schwer, als ich an Julia denken musste. Warum war sie immer, immer noch gegenwärtig, auch wenn eine andere Frau da war?

Ich dämmerte in den Schlaf. Manche Probleme lassen sich eben nicht mit einem rechten Haken lösen.

ACHT

Sie hatten mich bis zum nächsten Morgen schlafen lassen und sich ohne mich auf Dimaschewski geeinigt. Es war klar, dass auch Theresa und Rayana mit ihm erst abschließen mussten.

Spanzki hatte Fakten geliefert, deren Durcharbeitung Wochen dauern würde.

»Warum stellt ihr ihn nicht einfach vor Gericht?«, fragte Theresa Demsey angesichts des Aktenberges.

»Viele dieser Hinweise und Beweise stammen vom FSB, aus nicht genehmigten Abhör- und Durchsuchungsaktionen, die bei uns vor Gericht nicht verwertet werden können. Und in Russland sind diese Leute sehr einflussreich. Dort kaufen sie sich Richter, wie sie wollen.«

Klar, wenn es leicht wäre, würde Spanzki nicht bei uns mitmachen.

Sowohl Manakows als auch Spanzkis Leute hatten sich mit dem Material schon befasst und uns alternative Strategien vorgeschlagen.

»Aber wir wissen im Moment nicht, wo er steckt. Er ist untergetaucht, Baden-Baden ist nicht groß, aber …«, sagte Spanzki.

»Er neigt dazu, sich abgelegene Objekte für seine Aktivitäten zu suchen«, erinnerte ich an meine Erfahrungen aus jüngster Vergangenheit und die PMC-Geschichte im Frühjahr. »Vielleicht steckt er irgendwo im Schwarzwald.«

Manakow pflichtete mir bei.

»Ich denke, wir wollen sein Geld, da müssen wir nicht wissen, wo er steckt«, merkte Theresa an.

Ich sah kurz zu Rayana, sie wollte mehr als sein Geld, sagte aber nichts.

Mir war eine Idee gekommen. »Welches Geld?«, fragte ich.

Spanzki klärte uns auf. Dimaschewski hatte mit seinen

schmutzigen Dienstleistungen ganz schön was beiseitege-schafft, aber vor allem ging es um die zweihundertfünfzig Millionen Dollar, die er mir abgenommen hatte.

»Die sind nicht beim Kartell angekommen, so viel wissen wir«, sagte Spanzki. »Vermutlich hat sich Dimaschewski deshalb bei keinem vom Kartell blicken lassen.«

»Aber warum ist er dann hierhergekommen?«, fragte Manakow.

Ich lächelte still in mich hinein. »Er dachte, der Job sei erledigt, aber dann hat er erfahren, dass das Geld verschwunden ist. Er hat jetzt ein Problem und versteckt sich hier irgendwo.«

Die anderen sahen mich fragend an. Ich erklärte ihnen meine Theorie. Er musste sich meines Laptops bedienen, um an mein Geld zu kommen. Es wurde aber nicht auf das Konto überwiesen, das er angegeben hatte, sondern auf ein Konto, welches das Zielkonto imitierte. Eine Sicherheitsdienstleistung meiner »Bank«, von der ich erst ahnte, wie sie funktionierte, seit ich wusste, dass das Geld nicht angekommen war. Das Geld hing jetzt gewissermaßen in einem Niemandsland, an das niemand herankonnte – außer meinem Bankadministrator. Dimaschewski war nicht nach Moskau geflogen, sondern versteckte sich hier, denn er war vom Jäger zum Gejagten geworden.

»Ich vermute, dass er hier einen der Vertreter des Kartells treffen will, um das zu erklären. Wir sollten mal ermitteln, wer in den letzten Tagen so alles aus Russland nach Baden-Baden gekommen ist.«

»Vertraust du deinem Banker? Kann man mit ihm reden?«, fragte Manakow.

Ich zuckte mit den Schultern. »Werden wir sehen.«

Zunächst mussten wir wissen, wo Dimaschewski war und wen er in Baden-Baden treffen wollte. Wir streckten unsere Fühler aus. Eddy von VIM war mal wieder der Schnellste. Auf dem Flughafen Karlsruhe/Baden-Baden landen immer wieder auch private Maschinen aus Moskau. So auch vor einer Woche. Er hatte bei der Tourist-Information nach auffälligen Hotelbuchungen gefragt, Informationen, die er aus Datenschutzgründen nicht bekam, aber das Hotel Markschlössle hatte kurzfristig alle Buchungen storniert. Zurzeit war das Hotel aber auf allen Portalen als belegt gekennzeichnet.

»Die haben alles abgesagt, sind aber trotzdem voll«, sagte Eddy. »Da würde ich mal nachschauen, das sieht nach exklusiver Buchung aus.«

Zwei Stunden später kam Stephan Spanzki mit der Nachricht: »Igor ist in der Stadt, er hat das Markschlössle komplett gebucht!«

Igor Markow, der Mafia-Boss, einer der zwölf des Konsortiums, mein ehemaliger Oberchef – das passte zu ihm. Das Markschlössle im Markbachtal, oberhalb der Stadt am Waldrand, hatte es ihm bestimmt angetan, weil es seinen Namen trug. Er bevorzugte sonst luxuriösere Häuser. Wir wussten also, wo er war, und er würde wissen, wo Dimaschewski war.

Wir hatten hart an unserem Plan gearbeitet. Ich hatte eine weitere Nacht geschlafen, alleine – tief und fest. Am nächsten Morgen hatte ich zwei Ibu gegen die Schmerzen eingeworfen und war noch mal von Spanzki instruiert worden. Dann war es so weit, ich stieg aus dem Taxi aus, das mich zum Markschlössle brachte. Schon auf der Auffahrt fing mich ein Bediensteter ab und erklärte mir, dass das Hotel komplett belegt sei.

Ich sagte nur: »Zu Igor.« Und wies auf den langen Tisch auf der Terrasse. Wo eine Gruppe athletischer Männer bei einem guten Essen die zugegeben phantastische Aussicht genoss.

Der Mann bat mich, zu warten, und kam mit einem breitschultrigen, stoppelköpfigen Bodyguard zurück.

Ich sagte meinen Namen. Seine Augen weiteten sich.

»Ich bin nicht bewaffnet. Wenn du mich anfasst, breche ich dir den Arm. Ich will mit Igor sprechen.«

Er wich ein Stück zurück, dann ging er zu Igor, beugte sich zu ihm herunter und sprach mit ihm. Igor sah auf, blickte kauend zu mir herüber und winkte mir zu, ich solle kommen.

»Du traust dich was, Junge«, sagte Igor auf Deutsch mit einem breiten russischen Akzent.

»Du kennst mich doch.«

Igor steckte seine Nase wieder in das exquisite Rehfilet, als sei es Mamas Eintopf, und brummte in den Teller: »Setz dich.« Er wies mit seiner begabelten Hand auf einen Platz neben sich. »Du bist tot, das weißt du, oder?«

Man konnte sich nicht sicher sein, ob er mich oder das Reh meinte.

Ich wartete, bis es ihm zu viel wurde. Genervt sah er mich an, wie man seine Aufmerksamkeit einem lästigen, bettelnden Hund widmet. Ich lehnte mich noch ein bisschen entspannter in meinem Stuhl zurück.

»Willst du die zweihundertfünfzig Millionen zurück?«

Sein Gesicht hatte Ähnlichkeit mit einem Nussknacker und strahlte gerade große Lust darauf aus, etwas zu knacken, vorzugsweise mich.

»Wir brechen dir alle Knochen nacheinander, bis du sagst, wo das Geld ist.« Er stopfte sich ein großes Stück Rehfilet in den Mund und kaute.

»Ich hoffe, ich verderbe dir den Spaß nicht, wenn ich es dir einfach so sage.«

»Doch«, brummte er, immer noch mit vollem Mund. »Aber ich kann dir ja trotzdem, einfach so, die Knochen brechen.«

Es wurde Zeit, ihm den Appetit zu verderben.

»Igor, du machst den ganzen Scheiß doch nicht nur aus Langeweile. Du lebst gerne gut. Geschenkt. Deine Mutter lebt immer noch in dem Dorf, in dem du geboren wurdest, inzwischen wie eine Fürstin. Deine Schwester hat drei Kinder, die du wie deine eigenen liebst. Ihren Mann hast du töten lassen, als er anfing, im Suff seine Kinder zu schlagen. Du bist zwar nicht verheiratet, aber jedem deiner unehelichen Kinder gibst du Geld. Der Älteste hat studiert und wird bald deine rechte Hand werden.«

Igor hatte die Gabel langsam sinken lassen. »Was hindert mich daran, dich sofort, hier und jetzt zu zerquetschen?« Sein Nussknackerkiefer mahlte gefährlich, und er hielt das Tafelmesser wie ein Mordwerkzeug.

»Du weißt, dass ich mutig bin. Und du weißt, dass ich nicht blöd bin. Ich bin nicht alleine.«

Er schnaubte und schob den Teller von sich. »Was willst du?«

Ich sah ihm lange in die Augen und ließ ihn länger warten, als er es gewohnt war, bevor ich sagte: »Lass uns ein Geschäft machen und uns nicht unnötig gegenseitig wehtun.«

Als Igor »Geschäft« hörte, entspannte er sich. Wie erwartet war das eine Ebene, auf der wir miteinander klarkommen konnten.

Er fragte: »Zweihundertfünfzig Millionen?«

Ich nickte heftig. »Zum Beispiel.«

Es war nicht so einfach, ihm klarzumachen, dass nicht ich, sondern Dimaschewski das Geld hatte. Am Ende schlug die Gier die Vorsicht, wie es meistens der Fall ist.

»Warum hat er sich noch nicht bei dir blicken lassen?«

»Er sagt, es gibt Probleme.«

»Er hält dich hin.«

»Er war immer ein guter Mann.«

»Geld verdirbt den Charakter.«

»Beweise.«

»Er hat meinen Laptop, mit dem hat er das Geld transferiert. Besorge dir den Laptop und folge den Daten.«

»Wie soll das gehen?«

»Frag deine IT-Spezialisten.«

Ich wusste, Igor war alte Schule, der ganze Computerkram

war für ihn ein notwendiges Übel. Er war auf die Hilfe von Spezialisten angewiesen. Ich wusste, wer ihm helfen würde. Spanzki kümmerte sich um den Mann.

Igor warf seine Serviette auf seinen Teller und stand auf. »Hol Erich her«, sagte er zu seinem Leibwächter. »Mit dem Laptop.« Igor legte mir einen Arm um die Schulter. »Du bleibst so lange da. Ich kann deine blöde Fresse zwar nicht mehr sehen, aber was tut man nicht alles für Geld.«

Ich grinste ihn an, sagte: »Dito«, und wusste, dass er mich töten würde, sobald er das Geld hatte.

Ich wurde in einen vornehm, aber konservativ eingerichteten Raum geführt, der halb Büro, halb Herrenzimmer war. Es stand sogar ein Poolbillardtisch darin. Sie hatten sich etwas Mühe gegeben, die Einrichtung des Hotels für ihre Zwecke zu optimieren.

Ich war vor einigen Jahren schon einmal in einem von Igors Büros gewesen. Igors Hauptquartier. Damals hatten seine Leute dafür gesorgt, dass ich keinen Plan hatte, wo ich war. Ich war nicht allein hergebracht worden, sondern mit meinem Kapo, der in der Mafia-Hierarchie zwischen Igor und mir stand. Ich hatte lange darauf hingearbeitet, das Vertrauen eines der Bosse zu erlangen. Dazu hatte ich den Kapo diskreditiert. Danach nahm ich seine Stelle ein.

Wir warteten. Igor war irgendwohin verschwunden, dafür leisteten mir fünf harte Kerle Gesellschaft und eine reizende junge Dame, die uns Drinks brachte.

Nach einiger Langeweile fragte ich: »Billard? Karten?« Es brachte ja nichts, die ganze Zeit hier nur vor Angst schlotternd rumzusitzen.

Wir spielten Poker, bis ich kein Geld mehr hatte, danach Billard. Ich ließ sie auch mal gewinnen. Wir hatten Spaß.

Nach einiger Zeit nahm die junge Dame einem der Männer den Billardqueue aus der Hand, lächelte mich mitleidig an und machte einen verzwickten Stoß über Bande. Danach räumte sie die Kugeln eine nach der anderen ab, ich fürchtete, dass ich selbst nicht mehr drankommen würde, bevor sie mir die Hosen auszog. Aber ich hatte genug Zeit, sie in Ruhe zu beobachten. Sie wusste, dass alle Blicke auf ihr ruhten, und obwohl ihr Spiel absolut nüchtern und präzise, ja mathematisch war, bewegte sie sich zwischen den Stößen geradezu karikaturesk aufreizend. Die Männer genossen das offenbar seltene Schauspiel, machten aber keine anzüglichen Bemerkungen. Ich überlegte, warum sie mir bekannt vorkam.

War sie schon dabei gewesen, als ich das letzte Mal bei Igor zu Besuch war? Dazu war sie zu jung. Sie hatte den Körper einer Balletttänzerin, ihre Garderobe brachte ihn geschickt zur Geltung, ohne aufreizend zu sein. Sie hatte ein hübsches Gesicht, von dem ich schon eine ein klein wenig ältere, markantere Version gesehen hatte. Ihre Haare waren vermutlich blondiert und in der in Russland zurzeit modischen Art geschnitten. Der, für meinen Geschmack, etwas zu kurze Pony ließ ihre Nase größer erscheinen, als es nötig gewesen wäre.

Sie verfehlte mit der schwarzen Kugel das Loch nur um einen Millimeter. Ich hatte noch fünf Kugeln. Ich räumte sie mit fünf geraden, konsequenten Stößen ab. Dann legte ich die schwarze Kugel so vor ihre Tasche, dass sie sie gar nicht verfehlen konnte.

»*Ladies first.*«

Sie holte die Kugel geschickt aus der Ecke und ließ sie vor mein Loch trudeln.

»Keine Geschenke bitte.«

Ich bugsierte die letzte Kugel noch ein bisschen näher vor ihr Loch. »Ballett oder Kampfsport?«

Sie sah mich an und machte den Stoß, fast ohne hinzusehen. Während die Kugel langsam vor meinem Loch ausrollte, sagte sie: »Beides.«

Ich legte meinen Queue auf den Tisch. »Schach oder Mathematik?«

Sie legte ihren neben meinen und blieb eine Handbreit vor mir stehen. »Beides.« Sie genoss das Spiel, kokettierte mit Körper und Geist.

»Schon mal was von VIM gehört?«

»Ich habe Ihr Dossier aktualisiert.«

Sah Igor gar nicht ähnlich, dass er Dossiers anlegen ließ. Er war viel zu oldschool. Darüber zerbrach ich mir aber gerade nicht den Kopf. Viel interessanter war die Frage, ob ich die junge Dame für mich gewinnen konnte oder ob ihre Schwester Igors Maulwurf bei VIM war. Ich war mir inzwischen ganz sicher, dass Dr. Lyla Nostokova, meine Kollegin bei VIM, ihre Schwester war. Mir fiel aber auf die Schnelle nichts ein, was Lyla verraten haben könnte, das nicht schon längst verheerende Folgen für mich gehabt hätte. War es einfach nur ein Riesenzufall, die beiden auf gegensätzlichen Seiten meines Falles zu treffen? Ich hatte schon zu lange überlegt. Die Schachmeisterin ließ sich ihre Ungeduld mit meiner Langsamkeit anmerken. Außerdem wurden wir von fünf argwöhnischen Augenpaaren beobachtet, die mit jeder Sekunde kritischer blickten.

»Wie kommt es, dass eine Frau wie Sie für Igor arbeitet?«

Das war die Frage, die mich wirklich beschäftigte. Aber ich hätte sie vielleicht besser nicht aussprechen sollen.

Sie wandte sich mit einer Spur von Enttäuschung im Gesicht ab, griff sich das Tablett mit den leeren Gläsern und sagte über die Schulter: »Es gibt nicht so viele interessantere Jobs für Frauen wie mich.«

Dann tänzelte sie davon, wie eine Bardame in einem zweifelhaften Club. Die fünf Aufpasser grienten hämisch und sichtlich voller Stolz.

Einer kramte seine paar Brocken Deutsch zusammen und sagte: »Scharf! Wie Messer.«

Damit hatte er verdammt noch mal recht. War nur die Frage, wer sich daran schneiden würde.

Es dauerte. Inzwischen hatte ich Hunger, und das Ibuprofen hörte auf zu wirken. Da außer Wodka und Cocktails keine anderen Getränke gereicht wurden, hatte ich auch Durst. Die Aufgabe des Servierens hatte eine ältere Haushälterin übernommen. Die schachspielende Ballett-Mathematikerin kam erst in Igors Gefolge wieder und direkt hinter ihr »IT«, Ismael, Ivan oder sonst was Torolnikov, ein in der Russenszene bekannter Hacker. Igor legte meinen Laptop auf seinen Arbeitstisch, IT sein Gerät daneben. Ich saß in einem der Sessel am Kamin, als sie reinkamen, und wollte aufstehen, um zu ihnen zu gehen. Die Hand eines der Aufpasser legte sich sanft, aber bestimmt auf meine Schulter, was mir nicht nur signalisierte, dass es nicht erwünscht war, sondern auch das Aufstehen unmöglich machte. Ich entspannte mich. Was jetzt kam, konnte ich nicht beeinflussen. Man könnte auch sagen: Jetzt half nur noch Beten.

IT nahm sich meinen Laptop vor. Igor trat etwas zur Seite und ließ die junge Dame hinter IT treten. Sie beobachtete ihn, beugte sich zu ihm hinunter und sprach leise mit ihm. Er winkte etwas unwirsch ab. Sie kam zu mir, mit Bewegungen, die an einen Luchs erinnerten, leicht, geschmeidig, gefährlich.

»Wären Sie so freundlich?«

Ich nannte ihr das Passwort.

Man sah, dass IT es lieber auf seine Art gelöst hätte, aus Eitelkeit. Er probierte dies und das aus, nach zehn Minuten verband er sein Gerät mit meinem Laptop. Nach einer halben Stunde wurden alle langsam nervös. Ich wäre gerne aufgestanden und etwas herumgelaufen, aber noch immer standen zwei Aufpasser hinter mir.

»Kann mal jemand etwas zu essen besorgen?«, sagte ich in die Stille und ITs Tastengeklapper hinein.

Igor sagte gereizt: »Schnauze.«

Fand dann aber wohl selbst, dass es keine schlechte Idee war, und schickte jemanden, der Haushälterin Bescheid zu sagen. Schon nach zwei Minuten kam sie mit einem Servierwagen voller Leckereien, à la First-Class-Hotel. Igor rief mich zu sich. Ich durfte aufstehen.

Kauend sagte er: »Nimm dir.« Und wies mit großer Geste auf alles, was da stand. »Ich weiß ja nicht, was er da macht, aber du solltest beten, dass er das findet, wovon du erzählt hast.«

»Das brauche ich nicht«, log ich und nahm mir ein Schinken-Käse-Sandwich mit Rucola und Tomatenpaste.

IT hackte ein letztes »Enter« auf die Tastatur und wies dann auf den Bildschirm. Ein Drucker hinter Igors Arbeitsplatz erwachte zum Leben und schob mehrere Seiten bedrucktes Papier heraus.

Die Kampfsport-Mathematikerin sah kurz auf den Bildschirm, holte dann den Ausdruck und brachte ihn Igor.

»Er hat ein Konto bei der Gibraltarer Filiale einer Schweizer Bank.«

Igor sah sie fragend an. »Wer?«

Die Dame sah zu mir. War das ein Zwinkern in ihrem Auge?

»Dimaschewski«, war ihre Antwort.

Ich schluckte, mein Schinken-Käse-Brot war plötzlich echt lecker.

»Wie viel ist drauf? Könnt ihr das auch sehen?«

»Wie viel drauf ist, können wir nicht sehen, aber er hat, auf dem Umweg über mehrere andere Banken und Länder, zweihundertfünfzig Millionen darauf überwiesen. Ich glaube, dass es noch drauf ist, sonst hätte er das Konto gelöscht.«

Igor freute sich diebisch, und sein Nussknackergesicht brachte ein breites Nussknackergrinsen hervor.

»Also los, dann her mit dem Geld«, sagte er zu IT.

Der zuckte nur mit den Schultern. »Wenn es so einfach wäre, wäre das Geld schon längst weg. Das ist ein persönliches Konto. Der Besitzer muss persönlich dort erscheinen. Nichts für Hacker.«

»Ihr sagt, Schweizer Bank, dann fahren wir nach Basel, ist doch nicht weit«, sagte Igor.

»So wie es aussieht, müssen Sie nach Gibraltar«, sagte IT und begann sein Equipment herunterzufahren.

Igor brauchte ein paar Sekunden, um die Konsequenzen zu erfassen. Dann präsentierte er seine Entscheidung wie ein Feldherr.

»Bringt mir endlich Erich her und lasst die Maschine klarmachen, wir fliegen nach Gibraltar.« Mit »bringt« und »lasst« meinte er die junge Schachtänzerin.

Mit »Den Scheißkerl brauchen wir nicht mehr«, was er mit einem beiläufigen Wink in meine Richtung sagte, meinte er meine fünf Aufpasser. Jetzt wäre der Moment gekommen, sich sehr schnell zu bewegen, kurz nacheinander mehrere rechte Haken, Kopfnüsse und Fußtritte zu verteilen und aus dem Fenster zu springen. Aber erstens waren die Fenster hier vergittert, zweitens konnte ich mich immer noch nicht schnell bewegen und drittens schon gar keine rechten Haken austeilen, die gegen die fünf Kampfmaschinen einigermaßen wirkungsvoll sein könnten. Viertens hatten die zwei, die hinter mir gestanden hatten, mir schon beide Arme schmerzhaft auf den Rücken gedreht.

»Hey!«, schrie ich. »Wir hatten einen Deal!« Und zerrte an der Umklammerung.

Igor amüsierte sich köstlich. »Beschwer dich doch.«

»Wir haben ein Geschäft gemacht«, argumentierte ich. »Ich zeige dir, wie du die zweihundertfünfzig Millionen bekommst –«

»… und wir tun uns nicht unnötig gegenseitig weh.« Er grinste so gehässig, wie er konnte. »Seht zu«, sagte er zu seinen Männern, »dass es nicht unnötig wehtut.« Wobei er das Wort »unnötig« in meinen Ohren zu vielsagend betonte. »Wie viel nötig ist …« Wieder so eine hässliche Betonung, nach der er losprustete, dass er kaum weitersprechen konnte. »Wie viel nötig ist …« Hahaha. »… könnt ihr ja selbst entscheiden!« Hahahaha …

Ich glaube, im Leben jeden Mannes kurz vor der Midlife-Crisis kommt so ein Moment, in dem er sich fragt, ob er wirklich alles richtig gemacht hat, in der Liebe, mit den Kindern, im Beruf, so im Großen und Ganzen. Und dann lehnt er sich zurück und denkt: Klar, hier und da hätte es besser laufen können, aber so im Großen und Ganzen, unter den gegebenen Umständen, war's ziemlich okay.

Ich dachte in diesem Moment nur: Scheiße! Wie kann man nur so blöd sein, sich innerhalb von nicht mal einer Woche zweimal mit einer wilden Horde Elite-Bullenringern anzulegen. Das kann ja nicht gut gehen.

Inzwischen lachten auch meine fünf Henker. IT hatte den Kopf eingezogen und war hinter seinen Computern quasi unsichtbar geworden. Während zunächst vorsichtig, dann aber etwas energischer die zarte Stimme der jungen Dame durch das allgemeine Gelächter drang.

»Vielleicht wäre es ganz klug, wenn er noch am Leben wäre, falls Erich das Geld bei der Bank nicht bekommen sollte.«

»Warum?«, fragte Igor, plötzlich wieder ernst.

»Vielleicht ist er ja cleverer, als du denkst, und dieses persönliche Konto läuft gar nicht auf Erich, sondern auf ihn.«

Igor zog die Augenbrauen hoch.

»Genau wissen kannst du es erst, wenn du das Geld hast.«

Ich dachte: Gar nicht so dumm, meine Liebe.

Igors Gesicht verfinsterte sich, er fixierte die Schachspielerin mit einem Auge, während er das andere zukniff. Dann hellte sich seine Miene wieder auf.

»Du bist nicht nur schön«, sagte er zufrieden. »Du bist auch klug. Wie gut, dass ich das früh genug erkannt habe.«

Dann wandte er sich zu mir. »Du kommst mit nach Gibraltar. Und wenn du mich verarscht hast – wirst du es bereuen. Das verspreche ich dir.«

NEUN

Dimaschewski traf ich erst am nächsten Tag im Flugzeug wieder. Igors Privatmaschine parkte neben dem Rollfeld auf dem Flughafen Karlsruhe/Baden-Baden. Ich saß schon angeschnallt, mit gefesselten Händen, zwischen zwei Aufpassern, in einem der luxuriösen Ledersitze der Falcon 7, als Dimaschewski, ebenfalls von zwei Aufpassern flankiert, in die Kabine geführt wurde. Ich hatte den Eindruck, dass man sich kannte. Auch Igors Begrüßung war etwas kühl, aber nicht bedrohlich. Offenbar nahmen sie nach Dimaschewskis Beteuerungen an, dass sich alles zu meinen Ungunsten klären würde. Dimaschewski warf mir auf jeden Fall einen siegesgewissen Blick zu und ignorierte mich dann. Obwohl der Business-Jet Falcon 7 über jeden Luxus, von der Bordküche bis zum Bordentertainment, verfügte, zog ich es vor, die Flugzeit für ein Schläfchen und weitere Regeneration zu nutzen. Zumal meine Sitznachbarn eher unzugänglich wirkten und die Ballett-Mathematikerin sich nicht sehen ließ.

Sie holte uns dann mit einer Limousine und zwei weiteren Wagen am Flughafen ab. Offensichtlich war sie früher geflogen. Es war schon später Abend, und wir würden bis zur Öffnung der Bank am nächsten Morgen warten müssen. Das taten wir in einem Domizil, das Igor und seinen Leuten offensichtlich bekannt war. Es lag hoch an einem Felsen mit phantastischem Blick über die Stadt und die Bucht, und es hatte nur einen einzigen Zugang, durch einen Tunnel und eine kleine Brücke, der Rest war steiler Felsen. Ich wurde in einer Art einfachem Hotelzimmer mit eigenem kleinem Bad eingeschlossen. Nachdem man mir das Abendessen gebracht hatte, hatte ich meine Ruhe. Ich hatte schon im Flugzeug genug geschlafen und war jetzt nicht mehr müde. Es wäre jetzt an der Zeit gewesen, sich Gedanken darüber zu machen, ob Manakow und Spanzki es geschafft hatten, die Bank und das Konto so zu manipulieren, dass es Dimaschewski belastete, und was dann mit mir geschehen würde. Beziehungsweise ob es mich belasten würde und was dann geschehen könnte. Aber ich zog es im Allgemeinen vor, mir über Dinge, die ich nicht ändern konnte, nicht zu viele Gedanken zu machen.

Stattdessen meditierte ich eine Weile und machte dann Dehn- und Kraftübungen, um meine malträtierten Knochen, Sehnen und Muskeln wieder an Bewegungen zu gewöhnen, über die sie sich zurzeit noch mit heftigen Schmerzen beschwerten. Danach schlief ich tief und fest wie meistens vor einem Kampf.

Die Filiale der Schweizer Bank hatte ein Marmorportal mit einem frisch polierten Messingschild. Dahinter verbarg sich aber nichts Großartiges, ein Empfangstresen, zwei Büros, bei denen die Türen offen standen, und ein größeres Büro mit einem Konferenztisch. Hinter dem Empfangstresen saßen eine attraktive, dunkelhaarige Dame in einer Art Firmenuniform und ein Herr in mittleren Jahren mit beginnender Glatze in einem grauen Anzug. Am Revers seines Jacketts steckte eine kleine Schweizer Flagge.

Er sprach uns in gepflegtem Englisch an. »Guten Tag, die Herren, die Dame. Darf ich mich vorstellen, mein Name ist Gübelin. Was kann ich für Sie tun?«

Igor schob Dimaschewski nach vorne.

»Sie führen angeblich ein Konto auf meinen Namen.«

Herr Gübelin hatte Dimaschewskis deutschen Akzent bemerkt und sprach in leicht schweizerisch eingefärbtem Deutsch weiter. »Können Sie sich ausweisen?«

Während Dimaschewski seinen Ausweis hervorholte, knurrte Igor: »Geht das auch auf Russisch?«

Der Schweizer nahm den Ausweis entgegen und bat in akzentfreiem Russisch: »Darf ich die Herren und die Dame in unser Konferenzzimmer bitten? Es wird einen Moment dauern. Einen Kaffee vielleicht?«

Er ging in das Konferenzzimmer vor, Dimaschewski, Igor, unsere fünf Aufpasser und meine Billardmathematikerin folgten. Ich mitten dazwischen, als stiller Beobachter, Faustpfand und Opfer. Die Dame vom Empfang brachte ein Tablett mit Kaffee und Wasser.

Nach kurzer Zeit kam der Mann wieder. Er setzte sich an die Stirnseite des großen Tisches und klappte einen Bildschirm sowie eine Tastatur aus dem Tisch hervor.

»Wir führen ein Konto auf Ihren Namen, Herr Dimaschewski. Es ist erst vor Kurzem eingerichtet worden. Bitte entschuldigen Sie, dass Sie mir deshalb noch nicht bekannt waren. Das wird nicht wieder vorkommen.«

Dimaschewski war sprachlos. Die Zuversicht in seiner Haltung wurde von Zweifeln verdrängt. Igor hatte die Augenbrauen hochgezogen.

Der Mann nannte nochmals seinen Namen und stellte sich als Geschäftsführer der Gibraltarer Dependance vor.

»Was können wir für Sie tun, Herr Dimaschewski?«

»Das ist nicht mein Konto«, sagte Dimaschewski entschieden.

Igor ignorierte ihn. »Wie viel ist auf dem Konto drauf?«

Herr Gübelin sah Igor missbilligend an.

»Würden Sie mir bitte zunächst das Passwort nennen, Herr Dimaschewski.«

Dimaschewski lächelte. »Ich kenne das Passwort nicht.« Er lehnte sich zurück und verschränkte die Arme.

Der Schweizer tippte auf der Tastatur. »Würden Sie das bitte wiederholen?«

Dimaschewski wurde ungeduldig. »Ich kenne das Passwort nicht.«

Igor und die fünf Aufpasser fixierten ihn mit scharfen, warnenden Blicken.

Dem Armen musste ganz mulmig in seiner Haut sein.

Natürlich würden sie den Bankmenschen um etwas Geduld bitten und erklären, dass das Passwort ihrem Freund sicher bis zum Nachmittag wieder einfallen würde. Und dann würden sie Dimaschewski nach Kräften helfen, sich zu erinnern. Ich musste daran denken, wie er das Passwort aus mir herausgepresst hatte, und konnte mir ein bisschen Schadenfreude nicht verkneifen. Das Gesicht meiner Schach-Balletteuse war unbewegt wie bei einem Profi-Pokerspieler, trotzdem wusste ich, dass sie meine stille Freude bemerkt hatte und verstand.

Der Bankmann hatte Dimaschewskis Worte wieder in den Computer eingegeben und sah ihn geduldig an.

»Was!« Dimaschewski, der coole Macher schlimmer Dinge, wirkte entnervt.

Her Gübelin lächelte ihn geduldig an. »Es gibt drei Passwörter.«

»Oh Mann, ich weiß nichts von einem Passwort!«, brüllte Dimaschewski ihm ins Gesicht.

Der Mann tippte. »Danke. Ein ungewöhnliches Passwort, aber auch das dritte war richtig. Sie können jetzt Ihre Transaktion vornehmen. Oder möchten Sie das Geld in bar mitnehmen? Das würde einen Moment dauern, es zu beschaffen.« Sein Ton ließ keinen Zweifel daran, dass es problemlos möglich war, Geld in ausreichender Menge zu besorgen.

»Wie viel ist drauf?«, blaffte Igor.

Herr Gübelin ignorierte ihn und sah Dimaschewski an.

Der machte das Gesicht eines Mannes, der alles auf Kreuzass gesetzt und Karosieben bekommen hatte. Er stöhnte: »Wie viel?«

Der Banker sah konzentriert auf seinen Bildschirm und lächelte dann wie die Glücksfee beim Lotto. »Es sind 249.992.306 US-Dollar und siebzehn Cent.«

Igor war begeistert. »Müssen Sie das machen, oder können wir da dran?« Er meinte den Computer.

»Natürlich steht unser Terminal zu Ihrer Verfügung.«
Dimaschewski nickte.

Gübelin erhob sich und verließ den Raum. »Sagen Sie mir bitte Bescheid, wenn Sie fertig sind.«

Igor gab seinen Aufpassern einen Wink. »Wartet im Wagen.« Zwei zogen mich aus dem Stuhl hoch, ein dritter folgte uns. Zwei blieben bei Dimaschewski.

Der sagte: »Igor, ich habe kei–«

»Schnauze!«, brüllte der ihn an. »Ich habe gerade gute Laune, sonst wärst du schon tot.«

Er gab seiner Schach-Ballett-Computer-Meisterin einen Zettel und schickte sie zu dem Arbeitsplatz.

Ich war mir sicher, da waren zwölf Kontonummern drauf – das Konsortium.

Wir warteten im Wagen, einem Range Rover. Ich saß hinten in der Mitte, die beiden Männer neben mir besahen sich ihre Fingernägel und ließen ihre Knöchel knacken. Der Fahrer rauchte draußen. Wir schwiegen. Ich hatte Igor bewiesen, dass Dimaschewski der Betrüger war, und ihm die zweihundertfünfzig Millionen wiederbeschafft, trotzdem hatte ich keine Hoffnung, dass Igor mich laufen lassen würde. Igors Ballett-Mathematikerin hatte mir einmal das Leben gerettet, ob aus Sympathie, weil sie für Spanzki arbeitete oder weil es für Igor klüger war, wusste ich nicht. Ich bezweifelte, dass sie es noch einmal fertigbringen würde. Jetzt nahte unweigerlich die Zeit, wo die Kavallerie kommen sollte. Wo steckten Manakow, Spanzki, Rayana oder ihre Leute? Ich hatte mich unauffällig umgesehen, aber nichts Mutmachendes entdeckt.

Sie kamen aus der Bank. Igor hatte gute Laune. Er klopfte Dimaschewski aufmunternd auf die Schulter. Der schlurfte gebückt zwischen seinen Aufpassern dahin. Sie mussten ihm in der Bank schon ein paar verpasst haben. Dimaschewski wurde in den Wagen vor uns verfrachtet. Igor und die junge Dame stiegen in die Limousine ganz vorne ein. Der Konvoi verließ die Stadt. Ich wartete die ganze Zeit darauf, dass etwas passierte. Sie anhielten und mich über die Klippen warfen oder mich einfach im Wagen erschossen oder mir eine Giftspritze gaben oder, viel besser, eine Armeeeinheit die Straße absperrte und mich hier rausholte. Nichts geschah. Wir erreichten das sichere Domizil, eine Burg, uneinnehmbar.

Erst mal keine Hilfe.

Ich wusste nicht, was sie hier noch wollten. Koffer packen?

Ich wurde aus dem Wagen gezerrt und in Richtung Hotel gestoßen. Dimaschewski ging aufrecht. Etwas in seiner Haltung hatte sich verändert. Er hatte Hoffnung. Seine beiden Aufpasser – alte Kampfgefährten?

Die Gemengelage war hier noch lange nicht klar. Wie viel Autorität hatte Igor? Auf wen konnte Dimaschewski hoffen?

Würde die Kampf-Schach-Mathematikerin mir helfen? Und wann verdammt noch mal kam die Kavallerie?

ZEHN

Wir warteten auf die Rückmeldungen des Konsortiums. Igor wollte ganz sichergehen und seinen Erfolg auskosten.

Er lag auf einem bequemen Stuhl am Pool und ließ sich mit Wodka und gutem Essen bedienen. Die junge Frau unterhielt ihn, beziehungsweise sie unterhielt sich mit ihm. Sie wirkte verführerisch und distanziert zugleich. Sie wirkte wie eine Katze, die man streicheln und mit der man schmusen konnte, die man sich aber nicht traute anzufassen, weil man nicht wusste, wann sie kratzte und biss. Wann würde Igor so weit sein, dass er sie sich einfach nahm, ob sie wollte oder nicht? Ich war mir sicher, dass er Katzen, die kratzten, einfach das Genick brach.

Sicher wusste sie das auch?

In der Zeit wurde das Flugzeug schon mal startklar gemacht, und die Koffer wurden gepackt. Ich hatte nichts zu packen. Ich wandte mich vom Fenster ab, weil ich diesen Ausblick nicht genießen konnte.

Man hatte mir im Auto schon die Hände mit Kabelbindern zusammengebunden, deshalb konnte ich jetzt keine Übungen machen. Stattdessen setzte ich mich auf den Boden und meditierte. Für das, was jetzt kam, musste ich einen klaren Kopf haben, keine belastenden Gedanken, keine Hoffnungen, nur die klare Präsenz im Augenblick. So einen Zustand kann man nicht beliebig lange aufrechterhalten, deshalb ist es gut, wenn er erst, kurz bevor es nötig ist, beginnt. Ich starrte auf die weiße Wand, kontrollierte meinen Atem und vergaß meine Schmerzen – weg, meine Ängste – weg, warum kamen Manakow und Rayana nicht – weg, Igor musste zur Rechenschaft gezogen werden – weg, Dimaschewski hatte mich gejagt und fast kaputt gequält, all das – weg. Er hatte meine Kinder in den Schacht geworfen und meine Familie zerstört ... Das ging nicht weg.

Mein letzter Gedanke. Die Erinnerungen flimmerten auf meiner Netzhaut, vor der weißen Wand. Die Schreie meiner Kinder füllten die Stille. Ich roch den Dreck und Moder des Schachtes, das Blut, die zerschossenen Eingeweide meiner Gegner, der Männer, die meine Kinder töten wollten.

Das sollten nicht meine letzten Gedanken sein. Jeden Moment konnte jemand hereinkommen und mir in den Kopf schießen, ich hatte keine Ahnung, was sie mit mir vorhatten. Ich dachte an die unvergleichliche Rayana, ihre Würde, die sie umso mehr ausstrahlte, je mehr sie litt. Ihr offenes Lachen auf der zerknitterten Kopie, wo ich sie das erste Mal sah. Ich dachte an Nadija. Die Ruhe, die ihr eigen war, und ihr konsequentes Handeln, wenn es nötig war. Auch sie und ihren Sohn David hatte ich in Gefahr gebracht. Aber das vergaß ich – weg. Stattdessen dachte ich an ihre Begierde und wie verletzlich sie war, ihr unsicheres, hoffendes Lächeln.

Ich dachte an meine Kinder, als sie klein waren und dann etwas größer, unbeschwert, glücklich. Meine Frau, Julia. Ich dachte ihren Namen ganz zärtlich. Die frühen Jahre, wie ungestüm wir eine Familie gegründet hatten und uns liebten.

Ihr herzliches, glückliches Lachen. Damals glänzte unsere Zukunft vor uns wie ein Sonnenaufgang. Jetzt waren wir so weit voneinander entfernt, dass sie schon nicht mehr zu mir gehörte. Ich würde noch mal mit ihr reden.

In der Zukunft.

Als sie mich holen kamen, war ich bereit. Das Lachen meiner Kinder und der drei tollsten Frauen, denen ich je begegnet war, begleitete mich. Die Billardspielerin sah es mir an. Sie zog eine Augenbraue hoch, Überraschung, Anerkennung, eine Frage im Blick. Sie ging vor, zu den Autos im Hof. Zwei Aufpasser folgten uns. Die anderen waren schon da, auch Igor und Dimaschewski. Igor kommandierte herum, was nicht nötig war, weil alle wussten, was zu tun war.

Die junge Frau ignorierte ihn und trat ganz nahe an mich heran. Ich hatte seit drei Tagen meine Klamotten nicht wechseln können, sie roch frisch, nach Seife, Bodylotion und dezent nach Parfüm. Sie stand so dicht vor mir, dass sie mich fast berührte und der Hauch ihres Atems mein Ohr streifte, als sie sagte: »Igor ist sehr zufrieden mit dir. Er hält sich an die Abmachung, keine unnötigen Schmerzen.« Ich wusste nicht, ob mich das beruhigen sollte. »Das sind alles harte Kerle hier, aber du hast wirklich Eier.« Sie fasste mir dabei in den Schritt. Die Aufpasser schauten erst wachsam und dann amüsiert. »Schade«, sagte sie, »ich hätte gerne noch eine Partie Billard mit dir gespielt.«

Der, der gesagt hatte: »Scharf! Wie Messer«, verzog spöttisch das Gesicht und grinste.

Als sie ihre Hand wegnahm, fiel etwas kaltes Hartes in meine Hosentasche.

»Los jetzt, bringt sie weg«, kommandierte sie und ging zur Limousine, ohne sich noch einmal umzusehen.

Wie schon üblich kam Dimaschewski in den zweiten Wagen, und ich wurde wieder in den Range Rover verfrachtet.

Am Abzweig zum Flughafen bog die Limousine ab, wir fuhren geradeaus weiter. Also kein Flug.

Kurz danach sagte der eine Aufpasser: »Sieh mal da.« Und deutete auf eine Frau am Straßenrand. Ich sah sie mir an.

Jung, geschminkt, kurzer Rock, weiße Stiefel – Straßenstrich.

Ich fühlte etwas Kaltes im Nacken, dann bekam ich einen Stromschlag.

Als ich wieder aufwachte, dröhnte eine Maschine in meinem Kopf und verursachte mir Schmerzen. Ich lag mit dem Gesicht auf einem kalten, glatten Boden. Speichel war mir aus dem Mund gelaufen und klebte an meiner Wange. Ich rappelte mich auf, setzte mich, mit dem Rücken an eine kalte Metallwand gelehnt.

»Dich können sie aber wirklich nicht leiden«, sagte eine Stimme, deren Bosheit mir bekannt vorkam.

Das Denken fiel mir schwer. Ich hatte versucht, mit Meditation für einen klaren Verstand zu sorgen, die Aufpasser hatten ihn mir einfach weggeblasen.

Ich musste ein paarmal blinzeln und mich sehr konzentrieren, dann erkannte ich Dimaschewski, der mir gegenüber mit gefesselten Händen und Beinen an der Wand lehnte. Auch meine Beine waren jetzt mit Kabelbindern gefesselt.

»Ist das ein Schiff?«, fragte ich dumpf.

»'n Luxuskahn für eine Vergnügungsfahrt.«

»Wie lange fahren wir schon?«

»Halbe Stunde.«

»Dann müssen wir was tun.« Mein Verstand sprang wieder an wie ein stotternder Motor. »Ich glaube nicht, dass sie weiter als eine Stunde rausfahren, bevor sie uns über Bord schmeißen.«

»Du denkst, sie schmeißen uns über Bord?«

»Ziemlich sicher. Wozu sollten sie uns sonst auf eine Seereise mitnehmen? Ist nur die Frage, in welchem Zustand, ob tot, noch fast lebendig oder richtig lebendig, damit wir auch was davon haben.«

Ich sah die Angst in seinen Augen.

Zeit, klar zu denken.

Ich wusste schon länger, dass Erich Dimaschewski im Grunde ein Feigling war. Dafür sprach, dass er nie direkt gegen mich gekämpft hatte. Er kam immer erst, wenn seine Leute schon alles im Griff hatten. Und als ich mich befreit und mit Nadija und Susette alle niedergemacht hatte, griff er sich meinen Laptop und verschwand. Dabei wäre es ein Leichtes gewesen, uns den Rest zu geben. Oder zuvor, als er mir den Finger abgeschnitten hatte und Nadija und Stina kamen, da floh er vor Stina, die ihn mit dem Jaguar F-Type jagte. Davor ließ er mich von einem gekauften Verräter grillen, obwohl er mir direkt gegenüberstand. Hauptmann musste die Kastanien bei PMC aus dem Feuer holen und sterben, während er nicht zu sehen war.

Er hatte meine Kinder in den Schacht geworfen, aber als ich ausrastete und alle seine Leute erschoss, warf er eine Granate und verpisste sich. Und ich war mir sicher, dass seine Heldentat, von der Rayana berichtete, als er als junger Truppführer in Afghanistan ein ganzes Dorf auslöschte, nur ein feiges Schlachten von Alten, Frauen und Kindern war, nachdem seine Soldaten schon alle Kämpfer erledigt hatten.

Dimaschewski war ein feiger, sadistischer Tyrann, der sich aus einer tiefen Angst mit Waffen und starken Männern umgab und die Unterlegenen so sehr quälte, wie es eben ging.

Ich hasste ihn mehr als jeden anderen Scheißtyp.

Aber jetzt brauchte ich ihn.

»Hör zu. Wir müssen zusammenarbeiten, sonst endet unsere Reise auf dem Meeresgrund.«

»Nein. Ich kenne die Typen. Mit ein paar habe ich schon zusammen in Afghanistan gekämpft.«

»So, waren sie dabei, als du das ganze Dorf abgeknallt hast? Dann wissen sie ja, was du für eine feige Sau bist.«

Nach einer kurzen Schrecksekunde spiegelte sein Gesicht nur Hass. »Wir sind alte Kampfgefährten, das schweißt zusammen, die schmeißen mich nicht ins Wasser.«

»Das sind Söldner. Die stehen mal auf der einen und mal auf der anderen Seite. Jetzt sollen sie uns umbringen, das ist die eine Seite. Wir sind auf der anderen, in einem Boot.«

Er grübelte. Am Ende fiel ihm wohl ein, wie oft ich ihm und seinen Leuten schon die Hölle heißgemacht hatte.

»Hast du einen Plan?«, fragte er.

»Ja. Aber erst mal sehen, was mir meine Billardfreundin für ein Abschiedsgeschenk eingepackt hat.«

Ich kramte, so gut es mit gefesselten Händen ging, in meiner Hosentasche und förderte ein kleines metallisches Ding zutage. Es hatte einen Knopf. Als ich darauf drückte, sprang eine circa

zweieinhalb Zentimeter lange Klinge hervor, klein, aber super-
scharf. Genau das Richtige, um Kabelbinder zu durchtrennen.

»Scharf! Wie Messer.«

Jetzt war klar, wer sich daran schneiden würde.

Ich befreite mich und danach Dimaschewski. Was mir geradezu körperliche und seelische Schmerzen verursachte. Es
ging nicht anders.

»Und dein Plan?«, fragte er.

»Wir gehen da jetzt raus und hauen den Jungs eins vor die
Birne.«

»Toller Plan«, stöhnte er.

»Hast du einen besseren?«

Das Schott war von außen verriegelt, wir mussten also warten, bis sie kamen. Wir brachen gemeinsam einen ziemlich so-
liden Stuhl auseinander, sodass jeder ein Stuhlbein als Knüppel
hatte.

Als sie kamen, setzten wir uns wieder hin, als seien wir
noch gefesselt. Sie hatten Schusswaffen. Einer blieb am Eingang stehen, der andere bückte sich, um Dimaschewskis Fuß-
fesseln zu überprüfen. Ich warf meinen Knüppel nach dem
Typ am Eingang. Dimaschewski zog seinen dem Kerl an seinen Füßen durchs Gesicht. Der fiel sofort um. Meiner schoss
dreimal, bevor ich das Schott gegen ihn schlagen konnte, was
ihm die Pistolenhand brach. Zwei harte Schläge beruhigten
ihn nachhaltig. Ich bekam eine Schadensmeldung von meinem
linken Oberschenkel – Streifschuss. Ich nahm mir seine Pistole. Ein kurzer Impuls ließ mich zu Dimaschewski blicken.
Jetzt wäre die Gelegenheit, ihn zu erledigen, aber ich brauchte
ihn noch.

Er besah sich die UZI, die er erbeutet hatte, und hatte wohl
den gleichen Gedanken.

»Da sind noch mindestens drei«, sagte ich und brachte ihn
auf einen neuen.

Wir trennten uns auf dem Gang, er lief zum Bug, ich zum

Heck. Wir wollten nicht, dass sie uns zusammen in eine Ecke drängten. Durch die Schüsse waren sie sicher gewarnt.

Ich erreichte den großen Salon im selben Moment, als einer vom Sonnendeck hereinkam. Ich warf mich auf den Boden und schoss unter dem Tisch zwischen den Stuhlbeinen hindurch auf seine Beine. Seine Kugeln prasselten über mir in die Holzvertäfelung, Splitter flogen mir um die Ohren. Er knickte ein und fiel in mein Schussfeld – noch zwei Schüsse.

Ruhe.

Ich hörte Dimaschewskis UZI vom Bug und was Größeres mit fettem Knallen. Wo war der Dritte, und gab es eine Crew?

Der Dritte stand vor dem Steuerstand und sicherte mit einem Sturmgewehr mal nach vorne, wo noch geschossen wurde, und mal nach hinten. Als er mich sah, gab er einen Feuerstoß ab, der ziemlichen Schaden an den Decksplanken verursachte. Ich ging in Deckung und überprüfte mein Magazin, noch fünf Schuss.

Er hatte eine erhöhte Position und überlegene Feuerkraft.

Langes Warten würde mir nicht helfen. Ich bin sowieso eher der Typ, der entschlossen handelt. Also alles auf eine Karte – oder in diesem Fall auf einen Schuss.

Ich fand einen Sonnenschirm. Ich öffnete ihn und ließ ihn im Fahrtwind wehen, warf mich zur anderen Seite aus der Deckung und nahm mir die Zeit für einen gut gezielten Schuss. Der Mann feuerte zuerst auf den Schirm, schwenkte dann aber zu mir herum. Ich sah in die Mündung seiner Waffe, als ich schoss. Er verzog das Gesicht und drückte ab. Aber er hatte schon keine sichere Hand mehr und verfehlte mich um Zentimeter. Ich schoss noch einmal. Er kippte über das Geländer und blieb dort hängen. Das Sturmgewehr fiel über Bord ins Meer. Schade.

Ich kletterte zur Brücke hoch und sah mich um. Es gab keine Crew, nur die fünf Aufpasser, sie hatten keine Zeugen gewollt. Vorne am Bug gab es ein Patt. Sie riefen sich jetzt gegenseitig zu, dass sie aufgeben sollten, dann würde ihnen nichts geschehen und so weiter …

Ich wendete das Schiff und legte einen Westkurs an, in der Hoffnung, dort bald auf Land zu treffen. Eine Stunde raus – eine Stunde rein, rechnete ich, der Hilfe entgegen. Ich suchte den Sender der Küstenwache und setzte einen Notruf ab.

Dann konzentrierte ich mich wieder auf das Geschehen am Bug.

Dort war es still geworden. Ich wartete. Nichts geschah.

Ich hatte nur noch drei Schuss für zwei Leute. Auf der Brücke war keine andere Waffe zu finden. Was, wenn die beiden sich zusammengetan hatten? Dimaschewski war feige, aber ein Führer und ein Verführer. Was mochte er dem anderen versprochen haben? Es gab keinen Grund, die Brücke zu verlassen, von hier oben hatte ich alles im Blick. Aber wenn die anderen sich irgendwo mit Waffen versorgten? Ich wusste, wo noch eine Waffe lag. Im großen Salon. Aber dafür musste ich runter.

Ich lauschte. Außer dem Brummen der Motoren und Wellen und Wind war nichts zu hören. Ich schlich nach unten auf das Sonnendeck, leer. In den großen Salon, alles ruhig. Da lag der Tote. Er hatte eine Skorpion 64, zwei Ersatzmagazine im Gürtel. Ich schlich vor, nahm die Ersatzmagazine, griff nach der Skorpion, erschrak. Erich Dimaschewski saß ganz entspannt in einem der Sessel, seine UZI auf den Knien.

»Hab ich's mir doch gedacht, dass du nicht widerstehen kannst. Du bist ein Mann der Tat, nicht des Abwartens.«

Dass dieser feige Kerl so entspannt dort saß und mir nicht mit der UZI vor der Nase herumfuchtelte, konnte nur bedeuten, dass er nicht alleine war. Er hatte den anderen umgedreht, und ich war mir sicher, dass er in diesem Augenblick hinter mir war. Drei Schuss – zwei Mann.

»Ich dachte«, lenkte ich ab, »wir kämpfen gemeinsam, um hier rauszukommen.«

»Ich habe die Seiten gewechselt.« Dimaschewski grinste hämisch.

Ich hätte ihn am liebsten sofort erschossen. Aber er hatte die UZI auf den Knien liegen, der hinter mir war gefährlicher. Ich schoss unter meinem linken Arm durch, fast ohne hinzusehen. Zwei Schuss – zur Sicherheit. Dimaschewski begann zu feuern. Noch ein Schuss, mein letzter.

Es ist immer wieder so, dass Leute mit viel Munition sich überlegen fühlen und wild herumballern, so auch Dimaschewski.

Auf so engem Raum konnte er mich natürlich trotzdem nicht verfehlen.

Eine Schussverletzung macht nicht nur einfach ein Loch an der Stelle, wo man getroffen wird, sie traumatisiert den ganzen Organismus – oder zumindest einen großen Bereich. Die kinetische Energie des Projektils wird an den Körper abgegeben und in einer Art Schockwelle, wie die Wellen eines Steins, der in einen Teich geworfen wird, durch alle Organe gesandt. Venenklappen werden überfordert, das Herz setzt einen Moment aus, das Gehirn wird geflasht, was auch immer.

Die Gase der durch die Reibungshitze verdampften Zellen nehmen plötzlich den tausendfachen Raum ein und zerfetzen andere Gewebe und Zellen. Auch wenn es am Ende nur Mikrorisse sind, spürst du es als – SCHMERZ!

Ich war getroffen. In tausend Kämpfen hatte ich gelernt, den Schmerz auszublenden. Meine Hand war ruhig. Mein Geist war klar. Ich sah die Erkenntnis in seinen Augen, den Bruchteil einer Sekunde lang, bevor ich abdrückte. Meine letzte Kugel traf ihn genau zwischen diesen Augen.

Er war sofort tot.

Ich nicht. Ich starb langsam. Der Schmerz kam. Zwei Treffer im Bauch. Tödlich, qualvoll. Ein Treffer am linken Arm. Die Arterie verletzt. Tat weh, ging schnell. Das Blut pulsierte heraus.

Zu schnell. Noch lebte ich. Das Lächeln der Frauen, Julia. Meine Kinder.

Ich raffte mich noch einmal mit einem animalischen Schrei voller Wut und Schmerz auf, riss einen Streifen von meinem Hemd und band meinen Arm ab. In meinem Zustand ein unvorstellbarer Kraftakt, der selbst die schlimmsten Schmerzen noch mal verdoppelte. Wäre ich nicht ohnmächtig geworden, hätte ich den Verstand verloren.

Es war dunkel. Ich konnte die Augen nicht öffnen. Mein Ohr war auf den Boden gepresst. Ich hörte das Dröhnen der Motoren.

Die wie ein Hubschrauber schlugen.

ELF

Für mich gab es ein Leben nach dem Sterben.

Ich war nicht tot gewesen, aber vom Sterben hatte ich genug mitbekommen, um zu wissen, warum sich Menschen vor dem Sterben mehr fürchten als vor dem Tod.

Eine Kommandotruppe von PMC hatte das Schiff geentert und es, kurz bevor es auf Land gelaufen wäre, gestoppt. Ich wurde unverzüglich mit ihrem Hubschrauber nach Málaga geflogen. Eine achtstündige Notoperation rettete mir das Leben. Mir wurde ein Stück vom Darm entfernt, und diverse andere Organe wurden wieder zusammengeflickt. Mein ganzer Bauchraum wurde ausgenommen und, um eine Sepsis zu verhindern, gereinigt. Danach wurde alles wieder reingestopft und gründlich vernäht. Ich blieb drei Wochen in künstlichem Koma. In der Zeit wurde ich hauptsächlich mit Antibiotikum und Morphin ernährt.

Als ich wieder wach war, war ich nicht bei klarem Verstand. Ich sabberte und brachte nur Wörter in Babysprache heraus. Dessen war ich mir nicht mal bewusst. Man erzählte es mir später. Natürlich bekam ich Besuch, von allen, die in diesen Fall involviert waren. Selbst Lydia machte die lange Reise nach Málaga mit zweien ihrer Mieterinnen. Nadija und Julia kümmerten sich am meisten um mich. Sie wechselten sich ab und saßen stundenlang, tagelang an meinem Bett, so gut sie es konnten. Auch daran erinnerte ich mich nicht. Schließlich befand man mich für stabil genug und verlegte mich in eine Rehaklinik in den Schwarzwald. Nicht so ein Kassending, in dem ich es schon mal nicht ausgehalten hatte, sondern in eine Superluxus-Privatklinik. Das erste Mal, dass ich wieder ein Lebenszeichen zeigte, das über die körperlichen Grundfunktionen hinausging, war, als eine junge Ärztin meine Reflexe und Reaktionen untersuchte. Ich sah ihr zu, und mit einem Mal interessierte mich etwas an ihr.

Ich sagte: »Sie sind schön.«

Das waren meine ersten verständlichen Worte seit dem Schiff.

Sie erschrak fast, wurde rot und bedankte sich. Später musste sie es Julia erzählt haben.

Sie war enttäuscht, dass das meine ersten Worte waren und ich sie zu einer Fremden gesagt hatte. Sie erzählte es Nadija.

Die fand es lustig und sagte: »Mach so weiter, dann wirst du wieder ganz der Alte.«

Ich machte Fortschritte. Zwei Wochen später wollte ich endlich wissen, was passiert war. Nadija rief für mich Manakow an. Ein paar Tage danach bekam ich Besuch. Manakow, Spanzki, Theresa Demsey, jemand vom BKA und Nadija waren gekommen, nur Rayana nicht.

Ich hatte Fragen.

»Warum habt ihr mich nicht früher da rausgeholt?«

Ich war Teil einer Operation, die von langer Hand vorbereitet worden war. Ich war der Einzige, der so nah an das Konsortium herankam und eine Chance hatte, lange genug zu überleben.

An die Überweisungen, die Igor in Gibraltar gemacht hatte, hatten sie Computerviren gehängt, um die Konten und Kontoverbindungen, ein ganzes Netz von Kontoverflechtungen, auszuspionieren, zurückzuverfolgen und letztendlich zugänglich zu machen. Das ging nur mit der Mithilfe der IT-Leute der Banken, die über Jahre angeworben worden waren, und mehreren Dutzend Hackern, die weltweit zusammenarbeiteten und koordiniert werden mussten.

»Das brauchte Zeit, Carl. Die du uns verschafft hast«, sagte Peter Manakow. »Wir konnten dich erst da rausholen, als unsere Hacks standen.«

Ich verstand. Ich war wütend. »Ich war euer Lockvogel und Watschenkasper.«

»Du durftest die ganze Tragweite nicht kennen. Aus Sicherheitsgründen«, sagte Spanzki.

»Auch nicht, dass du eine Agentin bei Igor hast? Wie heißt sie eigentlich?« Ich hatte Stephan Spanzki angesehen.

Manakow antwortete: »Sie heißt Sabina Nostokova. Gleicher Grund. Wenn du gewusst hättest, dass sie da ist, hättest du sie verraten können, allein durch dein Auftreten, die andere Sicherheit, die du hättest ausstrahlen können, zum Beispiel.«

»Ich hätte mir eine Menge Sorgen weniger gemacht.«

»Tut mir leid, es ging nicht anders.«

»Hast du sie da eingeschleust? Und ihre Schwester bei VIM?«

»Es war alles von sehr langer Hand vorbereitet. Ich habe auch dich zu VIM eingeschleust. Ehrlich gesagt warst du das letzte Puzzleteil, das uns gefehlt hatte.«

Sie hatten mich benutzt, wie eine Figur beim Schach hin und her geschoben, angeheuert, manipuliert, geopfert.

»Und Rayana?« Sie hatte mich am meisten manipuliert. Warum war sie heute nicht da?

Sie hatten meinen Zorn wohl bemerkt.

Theresa sagte: »Du darfst sie nicht verurteilen. Sie hat genauso viel riskiert, gelitten und geopfert wie du.«

Ich war wütend auf Rayana. Ich bedauerte sie, wie ein kleines zitterndes Häschen, das in eine Falle geraten war. Ich weiß nicht, warum mir dieses Häschenbild kam – waren es ihre großen dunklen Augen, die nicht mehr lachten? Ich hasste sie, weil sie mich abgewiesen, manipuliert und ausgenutzt hatte, und ich begehrte sie, weil sie so stark und verletzlich zugleich war, so jung und so voller stiller Würde.

Nadija nahm meine Hand. Sie wusste, was ich fühlte. »Sie wird zu dir kommen, wenn sie so weit ist.«

Dafür liebte ich Nadija, sie würde mich zu ihr bringen, mir die Tür aufhalten und mich ermutigen, hindurchzugehen. Sie würde davor warten und hoffen, dass ich zurückkam.

Ihr Händedruck war so beruhigend. Plötzlich wusste ich, dass sie mich liebte. Ich sah sie an, und mir war klar, dass sie warten würde. Solange es dauerte. Ich sah Theresa, wie sie mich ansah, und wusste, dass auch sie mich liebte, anders, mütterlich. Und Manakow, wie ein Freund. Spanzki liebte mich nicht, aber er respektierte mich so sehr, dass er es bedauerte, nicht mehr zu fühlen.

»Okay«, sagte ich. »Es ging also nicht anders. Wir haben es überlebt. Und was hat es gebracht?«

Der BKA-Mann strich über sein Tablet. »Wir haben in den ersten zwei Wochen mehr als fünfeinhalb Milliarden US-Dollar von den infiltrierten Konten und angrenzenden Depots absaugen können, und wir sind immer noch nicht am Ende. Das führte zu mehreren Insolvenzen beteiligter Firmen und Personen. Das Konsortium ist auseinandergebrochen, überall herrscht Misstrauen. Igor wurde von einem seiner neuen Leibwächter getötet, vermutlich im Auftrag eines oder mehrerer Mitglieder des Konsortiums. Sein Imperium wurde, zum Teil von innen, zerschlagen. Ein Verdienst der Agentin Nostokova. Zwei prominente Köpfe des Konsortiums und ein gutes Dutzend aus der zweiten und dritten Reihe konnten angeklagt werden, mit guten Aussichten für langjährige Freiheitsstrafen. Es herrscht so viel Unruhe, dass wir einige Füße in Türen stellen konnten, die bisher fest verschlossen waren. Die Zukunft wird noch einiges bringen.«

Er sagte das mit so einem Stolz, als hätte er die Operationen selbst geleitet, dabei kannte ich nicht mal seinen Namen.

»Was passiert jetzt mit dem Geld?«, fragte ich.

»Wir haben die Kosten der Aktion gedeckt und planen neue. Rayana sucht mit allen Mitteln nach ihren Agentinnen. In Pakistan und Indien gibt es Massen von Sklaven, den dortigen Markt konnten wir von Russland aus nicht erreichen. Da gibt es noch viel zu tun. Und in den USA und anderen westlichen Ländern gibt es Internetplattformen, auf denen Menschen verkauft werden. Juristisch nur sehr schwer zu belangen, aber wir … Wir werden sehen.«

Ich hatte Manakows Worte gehört. Noch vor ein paar Wochen hätte ich dafür gebrannt, mitzumischen, doch jetzt dachte ich: Was geht mich das an? Ich habe meinen Teil getan, meinen Preis gezahlt.

Ich stand auf. Ich war müde.

Manakow stand auch auf und fasste mich an der Schulter. »Ohne dich hätten wir das nicht geschafft.«

»Ohne dich auch nicht. Mein Freund.«

Theresa ergriff schnell meine Hand. »Danke.«

Ich nickte und ging.

Nadija begleitete mich bis zu der Glastür, die auf die Terrasse führte, und sagte: »Komm bitte wieder nach Friederichsburg.«

Ich hätte ihr gerne gesagt: Ja, ich werde kommen, aber ich wusste es nicht. Ich fühlte, dass sie warten würde.

Ich ging über die Terrasse, die abendfeuchte Wiese, in den Herbstwald. Es roch nach Laub, Pilzen und der Wärme der Sonne, die sich dem Horizont zuneigte. Die Blätter strahlten mit ihren vielen Farben im Abendlicht. Die Welt begann wieder bunt zu werden.

In den nächsten Wochen bekam ich einigen Besuch, obwohl man es in der Klinik nicht gerne sah, wenn ein Patient mit zu viel Besuch beehrt wurde. Mein Chef Winfried Großhans kam ebenso wie Lydia Sokolowsky.

Sie brachte mir von ihren Kartoffeln mit. »Weil es im Krankenhaus doch nie was Anständiges gibt.« Aber dann aß sie mein ganzes Mittagessen, weil es so »*belle cuisine*« war, und ich musste ihre Kartoffeln essen. Sie erzählte mir von den Mädchen und dass Stina Nereni ihr erstes Rennen gewonnen hatte.

Stina kam auch, aber nur kurz, weil sie keine Zeit hatte. Sie heulte fast und sagte nur immer wieder: »Ich hätte dich da rausgeholt. Ich war doch in Spanien. Warum hat mir denn keiner was gesagt?«

Als Susette Brioche kam, brachte sie einen Aktenordner mit. Nicht so ein normales schwarzes Ding, sondern einen eleganten Hochglanz-Werbeordner, mit rotem Rücken, einem Bild vom Hesselbrandhof auf der Vorderseite und einem Bild mit dem Ausblick über die Schwarzwaldhöhen mit Sonnenuntergang auf der Rückseite. »Senioren-Schwarzwaldresidenz Hesselbrandhof«, stand darauf, darin waren alle Unterlagen für ein Bauprojekt, Exposé, Marketingbroschüren, Beteiligungsvertrag, Fotos und Beschreibungen zum Baufortschritt, Interieur-Details, Belegungsplan, Überweisungsträger.

»Wo hast du den denn her?«

»Ich habe die Anzeige vom Hesselbrandhof noch mal im ›Schwarzwälder Boten‹ geschaltet. Die waren so nett und haben einen fiktiven Artikel zur Neueröffnung geschrieben, mit einer riesigen Aufmachung. Auf ›sehnsucht@hesselbrandhof. de‹ haben wir über hundert Anfragen bekommen, auch fünf von Leuten, die schon in dieses Projekt investiert hatten. Über die sind wir an den Initiator, unseren Mörder, gekommen. Er wollte sich aus dem Staub machen, nachdem er durch die Anzeige wusste, dass wir ihm auf den Fersen sind. Er ist aber nur bis Italien gekommen und sitzt inzwischen in Colmar im Gefängnis. Er redet, er weiß, dass er gescheitert ist, und erzählt alles bereitwillig. Eigentlich ist er eine tragische Figur. Er war über dreißig Jahre Kellner im Schwarzwaldhotel Hesselbrandhof. Als es geschlossen wurde, stand er vor dem Nichts. Nachdem der Ferienpark gescheitert war, kam er auf die Idee mit der Seniorenresidenz. Aber weil er kein Geld hatte, nahm er Kontakt zu seinen ehemaligen Gästen auf, die haben ihm vertraut, und dann ist das Projekt auch gescheitert, und alles musste zurückgezahlt werden, aber er hatte sich die Rosinen rausgepickt, einsame, leicht zu manipulierende alte Menschen, die ihm besonders vertrauten, die nie offiziell, zum Beispiel bei der Sparkasse, mit im Spiel waren. In dreißig Jahren als Kellner macht man eine Menge Bekanntschaften. Zuerst wollte er nur seinen Traum vom Hesselbrandhof für sich und andere erfüllen, aber das Geld ist ihm durch die Hände geronnen, und es ist ihm nichts anderes übrig geblieben, als einen nach dem anderen zu töten, sowie sie in ihre Schwarzwaldresidenz einziehen wollten. Fünfundzwanzig haben ihm fast ihr ganzes Geld anvertraut, in der Hoffnung auf einen ruhigen Lebensabend an ihrem wiedererstandenen Lieblingsort. Mehr als die Hälfte sind jetzt tot, drei Leichen haben wir noch in der Nähe des Hofs gefunden, den anderen haben wir das Leben gerettet. Also, vor allem auch du.«

Sie sah mich lange erwartungsvoll an.

Ich nahm ihre Hand und drückte sie. »Gut gemacht! Sie haben es geschafft. Liebe dickköpfige, tapfere Commissaire.«

»Ohne dich hätte ich es nicht geschafft.« Sie gab mir einen Kuss auf die Stirn. »Danke. Ich geh jetzt mal besser und lasse dich schlafen, nicht dass du wieder ... Also ich will dich nicht zu sehr aufregen.«

»Der Fall ist gelöst, eine Sorge weniger – das ist Balsam. So was regt mich nicht auf, so was wirkt wie Medizin.«

Sie ging rückwärts zur Tür. »Trotzdem schläfst du jetzt besser, du bekommst ja die Akte, und ich komme bestimmt wieder.«

Sie hatte die Tür erreicht.

»Wie heißt er?« Ein Name macht den Täter greifbar, menschlich, real.

»Klaus, Klaus Killinger.«

»Da hat er seinem Namen alle Ehre gemacht.«

Sie stutzte und überlegte, dann sagte sie lächelnd: »*Oui*«, und schlüpfte durch die Tür.

Ich ließ mich zurücksinken in die Kissen. Klaus Killinger, der nette Oberkellner vom Schwarzwaldhotel, der Ansichtskarten schrieb und Sehnsüchte von einsamen Menschen bediente – ein

Massenmörder aus Angst, sein Versagen einzugestehen. Die Welt war verrückt. Ich schlief ein und träumte – nichts.

Ein paar Tage später kam Julia mit den Kindern. Die Kinder waren groß geworden. Sie nahmen mich lieb in den Arm. Wir waren zum ersten Mal wieder eine Familie. In zwei Teilen zwar, aber doch auch vom selben Ganzen. Julia hatte ihnen erzählt, was ich getan hatte und dass Dimaschewski tot war, und sie hatten keine Angst mehr. Es gab wieder ein Morgen, ein anderes Morgen als früher, aber ein Morgen. Die Kinder waren schon mal gegangen, und Julia und ich hatten Abschied voneinander genommen. Zum letzten Mal, zum allerletzten Mal, als Mann und Frau. Sie hatte mich geküsst und geweint, als sie gegangen war. Sie liebte mich noch. Und ich liebte sie. Aber all unsere Liebe reichte nicht.

Ich bin oft verprügelt worden, gefoltert und angeschossen, aber nichts hatte je so wehgetan.

Ich weinte. Nadija betrat das Zimmer. Sie hatten sich abgesprochen, da bin ich mir sicher.

Sie hielt mich eine Weile fest in ihrem Arm. Ich hörte ihr Herz.

»Ist es so schlimm?«

»Ja, die andere Seite der Liebe.«

Das verstand sie gut.

»Der Preis für die Freiheit«, sagte ich und lachte heulend dabei.

Und auch das verstand sie.

Sie hatte David mitgebracht und rief ihn herein. Genug geheult, das Leben ging weiter.

Irgendwann kam Rayana. Sie stand, ohne anzuklopfen, plötzlich in meinem Zimmer. Mir ging es inzwischen schon wieder ziemlich gut, ich machte regelmäßig Sport, und auch im Kopf war ich wieder klarer. Wir standen uns gegenüber und sahen uns an. Wie immer flossen zwischen uns Informationen hin und her, auf eine Art, die ich nicht beschreiben kann.

Nach einer gefühlten Ewigkeit sagte sie: »Ich bin da.«

Was so viel hieß wie: »Du kannst mich haben.«

»Willst du mich belohnen? Für das, was ich getan habe?«

Sie nickte.

»Und du willst dich entschuldigen für das, was du getan hast?«

Sie nickte wieder. Und ich wusste, dass ihr Körper eine Waffe war, ein Werkzeug, das sie benutzte, um zu manipulieren und zu belohnen.

»Liebst du mich?« Ich wusste in diesem Moment nicht, ob ich sie liebte oder bemitleidete. Ich hasste sie nicht.

Sie schwieg.

Es wurde dunkel im Zimmer, die Sonne ging unter, und es hatte zu regnen begonnen. Ich konnte kaum noch ihr Gesicht erkennen.

Nach einer gefühlten Ewigkeit sagte sie: »Ich kann nicht mehr lieben.«

Ich wusste, dass es stimmte. Ich hatte es gefühlt. Ihre Würde war nur eine äußere Hülle, die sie aufrechterhielt, um weiter leben und kämpfen zu können, so wie wir manchmal besonders stark erscheinen, wenn wir Angst haben oder schwach sind.

»Wer hat dir das angetan? Hauptmann, Dimaschewski, Hogmann?«

Eine Träne auf ihrer Wange fing das letzte Licht ein.

»Sie alle. Und andere.«

Ich nahm sie in den Arm, sie war unerwartet zart, sie wirkte so verletzlich wie ein Häschen.

Wir hielten uns wieder eine Ewigkeit, dann löste sie sich aus der Umarmung, nahm meinen Kopf in ihre Hände und küsste mich auf den Mund. Ihr Kuss war sanft, ihr Atem exotisch und das Gefühl bitter.

»Danke.« Sie strich noch einmal über meine Wange und ging.

Ich wusste nicht, ob sie sich für das bedankt hatte, was ich getan hatte, oder dafür, dass ich ihr Angebot nicht angenommen hatte. Wahrscheinlich beides – oder einfach alles.

Zwei Wochen später konnte ich die Klinik verlassen und freute mich auf eine ruhige Stelle in dem Provinznest Friederichsburg.

Warum war eigentlich nie jemand auf die Idee gekommen, nach den Zinsen für die zweihundertfünfzig Millionen zu fragen?

Epilog

Peter Manakow und Stephan Spanzki führen mit den enormen Mitteln, die sie erbeuten konnten, weiter ihren Kreuzzug gegen den Menschenhandel. Sie konnten der Hydra Menschenhandel einige der wichtigsten Köpfe abschlagen – sie wuchsen alle doppelt wieder nach.

Rayana Bakthari arbeitete noch drei Jahre für die UNO gegen den Menschenhandel, dazu brachte sie alle zweiunddreißig Agentinnen zurück, die sie durch Verrat verloren hatte. An ihrem neunundzwanzigsten Geburtstag leitete sie einen Einsatz gegen Menschenhändler und starb im Kugelhagel ihrer Gegner. Die UNO sprach von einem »heldenhaften Kampf«. Die afghanische Regierung von »Märtyrertod«. Theresa Demsey sagte: »Sie ist nie wieder richtig froh geworden.« Ich wusste, dass sie den Tod gesucht hatte, weil sie die Liebe nicht mehr finden konnte.

Theresa Demsey hat nie einen Kampf gescheut und nie aufgegeben. Ihren letzten Kampf kämpfte sie gegen den Krebs, der ihren zarten Körper befallen hatte. Er nahm ihr alle Kraft, aber nicht den Verstand. Ihre Stimme war leise wie ein Windhauch, als ich zuletzt mit ihr sprach, aber ihre Botschaft aufrüttelnd wie immer: »Hör nicht auf zu kämpfen, bevor der letzte Sklave befreit ist. Die Feinde sind nicht die Menschenhändler, Sklavenhalter, reichen Ausbeuter und korrupten Politiker. Die wahren Feinde sind die Gier und die Ungerechtigkeit!«

Lesen Sie weiter:

Ralf Kühling
SCHWARZWÄLDER SCHWEIGEN

Leseprobe

EINS

»Als Arzt kann ich Ihre eigenmächtige vorzeitige Entlassung nicht gutheißen, Herr Moderski.« Der Chefarzt der Schwarzwälder Rehaklinik, in der ich die letzten Wochen verbracht hatte, trug eine für sein Alter zu sportlich-jugendliche Garderobe und machte ein besorgtes Gesicht. Dann hellte sich seine Miene plötzlich wieder deutlich auf. »Wobei ich als Leiter dieses Kurheims (er meinte Irrenanstalt) durchaus fr... erleichtert bin, wenn Sie uns verlassen.«

»Damit spielen Sie vermutlich auf den Vorfall im Speisesaal an.«

»Der Mann, den Sie verprügelt haben, arbeitet seit vier Wochen intensiv an seiner Aggressionskontrolle.«

»Ja«, antwortete ich. »Und ungefähr genauso lange drängelt er sich bei der Essensausgabe vor. Außerdem habe ich ihn nicht verprügelt, ich hatte ein Tablett mit einem Teller Suppe in der Hand.«

Ich hatte ihm nur mit einem kurzen linken Haken bei seiner Aggressionskontrolle geholfen. Nachdem er sich wieder aufrichten konnte, hatte er sich anstandslos hinten angestellt.

»Wie dem auch sei.« Der Doktor krakelte auf dem Papier,

das vor ihm lag. »Hier ist Ihr Entlassungsschein, mit meinen ausdrücklichen medizinischen Einwänden.«

Damit dir hinterher niemand ans Bein pinkeln kann, dachte ich und nahm ihm das Papier aus der Hand.

»Ihre restlichen Unterlagen bekommen Sie dann an der Pforte«, sagte er und wandte sich demonstrativ der Krankenakte eines anderen Patienten zu.

Du mich auch, dachte ich.

Die sechs Wochen in dem Kurheim – ach, lassen wir das. Ich hatte die Fitnesseinrichtungen ausgiebig genutzt und die Gesprächskreise möglichst wenig. Stattdessen hatte ich mich gerne alleine in den einsamen Wäldern ringsherum verloren. Dunkle Tannen, tiefe Täler mit kleinen Bächen, die zwischen moosüberwachsenen Steinen plätscherten. Auch wenn das alles Nutzwald war, hatten die Ruhe und die Ursprünglichkeit etwas Therapeutisches. »Waldbaden« nannte man das neuerdings, modern oder nicht, mir hatte es geholfen. Ich bekam nur noch ab und zu unerklärliche Schüttelfrostanfälle oder Klaustrophobie-Attacken. Das musste reichen. Mein Geisteszustand war auf jeden Fall besser als der der meisten Kripokollegen, die sich abends auch noch »CSI« reinzogen.

Keine zwei Stunden später saß ich im Zug. Kurz nach Mittag kam ich in Friederichsburg an, genau die richtige Zeit für ein Gespräch mit Großhans, dem Präsidiumsleiter. Die meisten der zwölf Schließfächer am Bahnhof waren aufgebrochen oder als Mülleimer benutzt worden, doch ich fand eines, das nicht klebrig und voller Kippen war, und deponierte dort mein Gepäck.

Ich ging zu Fuß. Zum Kommissariat war es nicht weit. In dieser Stadt war eigentlich nichts weit. Ich passierte ein Parkhaus und einen Bäcker, vor dem ein paar Büroleute zum Mittagstisch saßen. Der Drogeriemarkt hatte geöffnet, viele andere Geschäfte waren geschlossen, schließlich war ja Mittag. Wie immer vergaß ich, mir beim Bäcker ein belegtes Brötchen mitzunehmen. Es folgten ein paar Modefilialen, ein Handyladen und ein Fahrradgeschäft. Bei Tchibo holte ich mir einen Kaffee im Pappbecher.

Das Gebäude der Kriminalpolizei war ein lang gestreckter, weißer, zweigeschossiger Flachdachkasten. Wenigstens hatten alle Büros Tageslicht. Auf dem langen Parkstreifen vor dem Gebäude standen zwei Streifenwagen und einige Pkw. Ich drückte auf den Klingelknopf, meine Zugangskarte war im Koffer.

»Ja?«

»Moderski hier.«

»Haben Sie keine Karte?«, schallte es mürrisch aus der Gegensprechanlage, doch der Türsummer schnarrte. Ich stand in der Schleuse. Der Empfang war wie immer nicht besetzt.

Der zweite Summer schnarrte, nachdem die erste Tür zugefallen war. Ich beeilte mich, die Tür zu öffnen, bevor das Summen aufhörte, und ging in den zweiten Stock, Zimmer 212. Müller, Christine. Großhans' Sekretärin lächelte freundlich, was wie bei den meisten Menschen ihrer Wirkung zugutekam. Ich musste warten und setzte mich auf einen unbequemen Holzstuhl. Nachdem Frau Müller mich beim Chef angemeldet hatte, begann sie ein uninspiriertes Gespräch über meine Gesundheit.

»Ja, alles wieder gut, danke.«

Winfried Großhans war Ende fünfzig, trug einen seiner zahlreichen grauen Anzüge, dazu ein obligatorisches hellblaues Hemd, dezent gemusterte Krawatte und eine rahmenlose Brille. Er hatte ein rundes Gesicht mit hängenden Backen und einen runden Rücken und machte einen väterlichen, freundlichen Eindruck. Vor ihm lag meine Personalakte. Er hob den Deckel an einer Ecke an, machte ihn dann aber, wie es seine Art war, wieder zu. Ich reichte ihm meine Entlassungspapiere. Er blätterte darin.

»Sicher würden Sie gerne noch ein paar Tage freimachen.«

Nee, eigentlich nicht, dachte ich und schwieg.

»Ich für meinen Teil sehe Sie noch lange nicht wieder im Dienst. Aber die VIM hat schon ihre Arbeit aufgenommen, und man wünscht, dass Sie sich so bald wie möglich dort melden.«

Die VIM, die Verbindungsstelle Internationaler Menschenhandel, gehörte zum BKA, hatte ihren Sitz aber in Stuttgart. Wie sinnvoll das war, sei dahingestellt, vermutlich war die baden-württembergische Hauptstadt einfach wieder mal dran bei der föderalen Verteilung von Staatsinstitutionen. Zudem war die VIM nicht wie ein Amt, sondern wie eine Art PR-Agentur organisiert. Sie sollte Inhalte zusammenfassen und an die unterschiedlichen Dienststellen publizieren, sie anpreisen und regelrecht vermarkten. Auf diese Weise würden Ermittlungsergebnisse von Polizei und Nachrichtendiensten, aber auch Erkenntnisse nicht polizeilicher Stellen und nicht staatlicher Organisationen aus dem Bereich Menschenhandel miteinander verknüpft und zur Geltung gebracht werden.

»Es ist eine Ehre für uns«, betonte Großhans, »einen Beamten für diese BKA-Abteilung zu stellen, außerdem ist es ja eine ruhige Stelle, keine Ermittlungstätigkeit, nur Aktenarbeit. Ich denke, das wird Ihrer weiteren Erholung zuträglich sein.«

»Ja, bestimmt«, pflichtete ich ihm bei und freute mich kein bisschen. »Was ist mit meiner Stelle hier?«

Großhans klärte mich also über meine weitere berufliche Verwendung auf. Zwei oder drei Tage pro Woche, je nach Bedarf, war ich in Stuttgart bei der VIM. Zum einen erschien ich aufgrund meiner Erfahrungen in meinen letzten beiden Fällen als geeignet, zum anderen hatte sich Peter Manakov, ein Unternehmer und Multimillionär aus der Sicherheitsbranche, für mich starkgemacht. Die restliche Zeit sollte ich dem Kommissariat 11 von Friederichsburg unter der Leitung von Nadija Hammerschmitt zur Verfügung stehen.

»Also, wenn Sie dann bei VIM schon tätig sind, können Sie ja hier nicht dienstunfähig sein. Sie werden sich hier im K11 um ein paar alte Fälle kümmern, die wir uns noch mal ansehen müssen.«

Also Akten, Akten, Akten. Na toll.

»Frau Hammerschmitt hat heute frei«, erklärte mir Großhans nicht ohne eine gewisse Erleichterung. Schade, Nadija wäre ein Lichtblick gewesen.

»Für die Fahrt nach Stuttgart sollten Sie sich ein Auto besorgen«, meinte Großhans, der natürlich wusste, dass ich seit Jahren keinen eigenen Wagen besaß, dafür aber zwei seiner Autos ramponiert beziehungsweise zu Schrott gefahren hatte. »Sie können ja nicht immer mit dem Zug von Friederichsburg ... Das dauert ja ewig.«

Nach dem Treffen mit Großhans wusste ich wenigstens, was mich erwartete. Bürojob, zwei Stunden Autobahn pro Tag oder ein bis zwei Nächte pro Woche in einem billigen Hotel, also was man in Stuttgart so »billig« nannte. Da freute ich mich doch schon auf meine zwei Zimmer bei Lydia.

Lydia Sokolowski betrieb in einer alten Fabrikantenvilla in der Kranichstraße 8 eine Zimmervermietung, »für junge Damen, die gerne Herrenbesuch empfingen«, wie sie immer sagte, wenn man sie nach ihrer Beschäftigung fragte. Darüber hinaus war sie Terminplanerin, Empfangsdame, Marketingchefin, Köchin, Freundin, Mutter oder Tante, auf jeden Fall die gute Seele, und außerdem auch meine Vermieterin.

Lydia musste die Haustür gehört haben. Sie kam mir aus der Küche entgegen und warf die Arme zur Begrüßung hoch. An ihren Händen hing noch Schaum vom Spülen, den sie in kleinen Flöckchen durch die Luft wirbelte.

»Carl!« Sie drückte mich an ihren nicht unerheblichen Busen, bevor sie mich auf Armeslänge von sich schob, um mich zu inspizieren. »Du siehst gut aus«, befand sie schließlich. »Wie aus der Sommerfrische. Abgenommen hast du auch.« Dann klopfte sie mir auf den Bauch. »Oh.« Sie rollte erwartungsvoll mit den Augen. »Festes Männerfleisch.«

Aber dann fand sie doch, dass ich etwas essen musste, und schob mich mit den Worten »Es ist noch was vom Mittagessen über« vor sich her zur Küche.

In der großen Küche stand ein langer alter Tisch mit acht Stühlen. Wenn alle Damen gleichzeitig da waren, mussten sie noch Stühle dazustellen. Aber das kam nicht so oft vor. Melissa saß in ihrer Schulmädchenverkleidung am Tisch und rauchte. Sie sprang gleich auf und hüpfte mir an den Hals. »Hi, Carl.« Und dann plapperte sie was von schön, dass ich wieder da sei, und wie es mir gehe und dass sie jetzt Kosmetikerin werde und, und, und …

Ein zweites Mädchen trocknete einen Topf ab und stellte ihn in den Schrank, bevor sie zu mir kam und vor mir stehen blieb. Sie sah mich still an.

Ich hatte sie nicht mehr gesehen, seit ich zwei Vergewaltiger von ihr runtergezogen und verprügelt hatte. Obwohl Stina Nereni nicht so zart war wie Melissa, musste ich doch zu ihrem stillen, traurigen Gesicht hinuntersehen wie zu einem Teenie. Warum machten diese Frauen diese Arbeit, die sie verrückt machte oder traurig?

»Wie geht es dir?«, fragte ich.

»Okay«, antwortete sie.

»Ich hätte gedacht, dass du genug hast von dem Job.«

Sie schüttelte kaum merklich den Kopf. Dann schlang sie ihre Arme um mich und presste ihr Gesicht an meine Brust. Ich fühlte ihren Körper unter der Erinnerung beben und hielt sie fest, bis sie sich mit einem Seufzer löste. »Danke«, sagte sie, »du weißt nicht, was es mir bedeutet, dass die Kerle nicht einfach so davongehen konnten.«

Sie weinte, und ihre Worte kommentierten die inneren Bilder, die sie sicher immer wieder bedrängten.

»Mich benutzen und wegwerfen und dann einfach so gehen. Als wäre ich kein Mensch.«

Sie schluchzte, Tränen liefen über ihr Gesicht. »Aber dann

kamst du, und dann konnten sie nicht mehr gehen.« Sie lächelte durch die Tränen, dann wandte sie sich ab.

Lydia fing sie auf und nahm sie in die Arme, bis der Anfall vorüberging.

Ich wusste, dass Stina Nereni richtig Ahnung von Autos hatte. Sie hatte schon eine Kraftfahrzeuglehre hinter sich und wollte Rennfahrerin werden. Dazu brauchte sie viel Geld.

Ein großer Traum – ein hoher Preis.

Die erste Nacht im eigenen Bett war herrlich gewesen, ich hatte das Fenster zu dem parkähnlichen Garten offen lassen können und war entsprechend früh von Amseln und Spatzen geweckt worden. Lydias Kaffee war mit dem Spülwasser im Kurheim nicht zu vergleichen und brachte mich schnell auf Betriebstemperatur. Um sieben Uhr dreißig saß ich im Zug über Pforzheim nach Stuttgart und las ein Dossier über VIM, meine neue Teilzeitarbeitsstelle.

Um neun Uhr fünfundvierzig stand ich im Eingangsbereich eines Stuttgarter Hochhauses und studierte eine Tafel mit einem Dutzend Firmenschildern. Und las dann: »VIM Deutschland, zwölfte Etage«. Der Expressaufzug erhöhte die Schwerkraft zunächst deutlich, um sie kurz vor dem Ziel fast aufzuheben. Dieses beeindruckende Gefühl hatte mich die Enge des Fahrstuhls nicht wahrnehmen lassen, bis ich die Erleichterung fühlte, als die Tür aufglitt und ich in einem dunklen Flur vor einen unbesetzten Empfangstresen trat. Ich hörte, wie sich die Aufzugtür wieder schloss. Bis auf zwei grüne Notausgangsschilder war es hier ziemlich dunkel. Nur unter einer in der Wandtäfelung versteckten Tür rechts daneben drang so etwas wie ein Lichtschein. Dahinter lag VIM, die Verbindungsstelle Internationaler Menschenhandel des Bundeskriminalamtes.

Ich trat ein. Ein Großraumbüro, das nur durch Glaswände abgeteilt war, erstreckte sich fast über die gesamte Grundfläche des Gebäudes, dahinter war die Stuttgarter City zu sehen. Rechts standen Reihe um Reihe schulterhohe Aktenschränke, links ebensolche Serverschränke, in der Mitte eine Reihe immer zu zweit zusammengestellter Schreibtische mit großen Monitoren, und am gegenüberliegenden Ende gab es drei verschieden große Besprechungszimmer mit einer kleinen Küche dazwischen. Der mittlere, größte Raum war abgedunkelt, auf einer Leinwand flimmerte eine Projektion. Beim Näherkommen erkannte ich sechs Menschen, die den Ausführungen des Leitenden folgten. Es wirkte grotesk: sieben, mit mir zusammen acht Menschen auf zweitausendfünfhundert Quadratmetern Bürofläche. Ich klopfte an die Glastür und trat ein. »Guten Tag«, sagte ich zu den erschrockenen Gesichtern, »Moderski, Carl Christopher Moderski. Ich bin der Neue.«

»Ah, Herr Moderski«, sagte Dr. Kevin Wandenberg, der Leiter von VIM, wie ich aus dem Dossier wusste. Sehr dynamisch, fand ich, einer von den Typen, die dir das Gefühl geben, du hättest nicht genug von irgendwas. Und zwar immer genau von dem, was dir am wichtigsten ist. »Dann sind wir ja jetzt vollständig. Nimm dir einen Kaffee und setz dich, Carl. Ich darf doch Carl sagen? Wir duzen uns hier alle.« Er wartete meine Antwort nicht ab, sondern fuhr direkt fort: »Ich mach noch eben hier fertig, dann machen wir eine Vorstellungsrunde, wenn dir das recht ist?«

Wieso fragst du, wenn du es sowieso so machst?

Er hatte sich schon wieder seiner Präsentation zugewandt und erläuterte unsere Hauptzielgruppen: die Leute vor Ort in den Polizeirevieren und Präsidien, aber auch Spezialisten in den Landeskriminalämtern, Einwanderungs- und Sozialämtern, beim Zoll und Grenzschutz, europäische Behörden, nationale und internationale Politiker und nicht zuletzt Medien und Presse, einfach alle, die irgendwie mit Menschenhandel und seinen Folgen wie Sklaverei und Prostitution in Kontakt kommen konnten, diesbezüglich Informationen hatten oder brauchten. Alles dargestellt in sauberen Verknüpfungsdiagrammen mit optischer Gewichtung und statistischen Erhebungen.

So öde ich solche Vorträge auch fand, musste ich Dr. Wandenberg doch zugestehen, dass seine Ausführungen strukturiert, präzise und bar unnötiger Schnörkel waren. Er kam tatsächlich unvermutet rasch zum Ende und fasste in einem Schlusssatz noch mal alles zusammen: »VIM ist also eine Mischung aus einem Archiv, einer Ermittlungsbehörde und einer Nachrichtenagentur. Wir sind Historiker, Analytiker, Vermarkter und manchmal auch wie investigative Journalisten. Danke, das war's.«

Die anderen sechs Zuhörer hatten sich von der Rede begeistern lassen, sie strahlten vor Tatendrang. Ich fragte mich, warum ich investigativer Journalist werden musste und nicht einfach Polizist bleiben konnte.

»So«, zog Wandenberg die Aufmerksamkeit wieder auf sich. »Ihr habt euch ja untereinander schon kennengelernt, also machen wir noch schnell eine Vorstellungsrunde für Carl.«

Er wirkte in seiner strukturierten Klarheit etwas gehetzt, nur keine Zeit verschwenden und schnell an die Arbeit.

»Das hier vorne ist Eddy.« Eddy hatte schwarze Locken und ein T-Shirt mit dem Aufdruck *»fuck the reality«*, wir nickten uns zu, und ich ergänzte im Geist: Eduard Bachmayer, Informatik und Philosophie. »Eddy sorgt dafür, dass unsere Server laufen, außerdem ist er Spezialist für die Verknüpfung von abstrakter Informatik und einer globalen Weltsicht.« Ich nahm an, er meinte das eher philosophisch als kriminalistisch.

Wandenberg wies auf eine schlanke blonde Dame, von der ich bisher nur den entzückenden Rücken hatte bewundern können. »Hier haben wir Lyla. Dr. Lyla Nostokova ist Mathematikerin, sie ist für Statistik und mathematische Analysen zuständig.« Lyla wandte sich um und nickte trocken. Ganz hübsch, etwas zu große Nase, etwas zu kantig, höchstens fünfundzwanzig.

Wandenberg stellte mir mit knappen Worten nacheinander die anderen Anwesenden vor, wobei er nur etwas lässiger ausdrückte, was ohnehin im Dossier stand. Da war Volker Peine, Journalist, er war etwas fortgeschrittenen Alters und sah aus wie ein ewiger Junggeselle: leicht übergewichtig, ungepflegte Haare und Bart, gestreiftes Hemd und karierte Strickjacke mit Flecken. Er musste gut sein, denn er hatte für die »Zeit«, »Geo«, den »Stern« und andere renommierte Zeitungen geschrieben.

Prof. Dr. Vera Sophie Müller-Lerchenbrink war Medienberaterin und Kommunikationswissenschaftlerin. Sie duzte Wandenberg nicht, er benutzte offenbar gerne ihren vollständigen Titel. Sie war Mitte fünfzig, sehr korrekt gekleidet, sehr korrekte Frisur, dezenter teurer Schmuck. Entgegen ihrer steifen Erscheinung nickte sie mir sehr freundlich zu.

Benjamin Behni wurde Benni gerufen. Er hatte Jura und Kriminologie studiert und arbeitete seit Jahren an seiner Promotion, deren Titel so lang war, dass ich ihn mir nicht gemerkt hatte, aber es ging um Sklaverei und Menschenhandel im Vergleich zwischen Kulturen und Epochen. Er war schmal und ziemlich fahrig in seinen Bewegungen, was ihn unsicher wirken ließ.

Der Letzte in der Runde, gleich zu meiner Linken, war Ansgar Stevenson, ein Mann, der in der Medienbranche reich geworden war, einen Verlag und eine eigene Fernsehproduktionsfirma hatte und auch selbst als Moderator eines populären Enthüllungsmagazins bekannt geworden war. Seine langen Haare fielen durch einen perfekten Schnitt lässig nach hinten. Er trug eine Designerjeans, die sehr kunstvoll zerschlissen war, einen marineblauen Rollkragenpullover und ein teures hellblaues Sakko. Er strotzte vor Selbstbewusstsein und grüßte mich herablassend.

Wandenberg selbst hatte Politikwissenschaften und Jura studiert, war Bundestagsabgeordneter für die Junge Union gewesen und Ressortleiter im Innenministerium. Welches Ressort er geleitet hatte und welche Funktion er noch außer der Leitung von VIM hatte, war nicht zu ermitteln.

»Carl ist unser Praktiker«, rief er jetzt fast in die Runde.

»Er ist der Einzige von uns, der nicht studiert hat, sondern er hat sich durch besondere Leistungen vom mittleren Dienst zum Kriminalhauptkommissar hochgearbeitet. Wobei er dabei mehrmals mit organisiertem Verbrechen in Verbindung mit Menschenhandel in Berührung gekommen ist. Und diese Berührungen«, dabei schlug er sich energisch mit der rechten Faust in die geöffnete linke Hand, »haben einige böse Buben nicht gut verdaut, wenn ihr wisst, was ich meine.«

Er lächelte süffisant, bis jedem klar war, dass er diese Methoden bewunderte, obwohl er natürlich selbst meilenweit darüberstand. Offensichtlich hatte er meine Personalakte nicht ganz gelesen, sonst hätte er gewusst, dass ich ein Jurastudium abgeschlossen hatte, bevor ich zur Polizei ging, und nur deshalb erst in den mittleren Dienst eingestuft worden war, weil man mir einmal zu hohe Gewaltbereitschaft attestiert hatte. Aber vielleicht hatte er mich auch absichtlich abgewertet, aus welchem Grund auch immer. Aber den Ball, den er mir hart zugespielt hatte, konnte ich gut verarbeiten.

Ich stand auf und sagte: »Also, wie Dr. Wandenberg, also Kevin, schon gesagt hat«, ich druckste ein bisschen rum, »bin ich mehr fürs Praktische. Also ich mein, ich hab's nicht so mit den Akten und Berichten.« Wieder eine kleine Pause. »Weil«, noch eine kleine Pause, »weil ich eine Lese-Rechtschreib-Schwäche habe. Natürlich kann ich lesen und schreiben, aber ich bin nicht besonders gut darin und mit den Akten eher langsam und vielleicht … also nicht, dass ich was übersehe oder so, aber …«

So, das musste reichen, damit sie mich mit dem Papierkram in Ruhe ließen. »Aber sonst bin ich natürlich für jeden da, wenn er mal nicht klarkommt. Also ich helfe dem Team auf jeden Fall, klar.«

Ansgar und Benni rollten die Augen, und Vera wirkte enttäuscht. Die anderen blieben ungerührt, sie hatten wohl nicht viel mehr von mir erwartet. Nach einem Moment betretener

Stille setzte sich bei dem Team aber die anfängliche Begeisterung wieder durch, und es begann eine lebhafte Diskussion über die nächsten Schritte und die Verteilung der Aufgaben. Und siehe da, einer nach dem anderen verließ den Raum, engagiert und mit einem dicken Packen Arbeit, nur ich war erfreulich leer ausgegangen. Das hatte ja prima geklappt.

Ich saß auf meinen Stuhl am Ende des Tisches und sah Wandenberg am anderen Ende groß an. »Ich warte dann mal, bis es was Praktisches zu tun gibt.«

Wandenberg schnappte sich eine prall gefüllte Hängeregistratur, die, für mich unsichtbar, an seinem Platz gestanden hatte, wuchtete sie vor mir auf den Tisch und setzte sich daneben, sodass er auf mich herabsah. »Ich weiß nicht, wie du das gemacht hast«, sagte er stirnrunzelnd, »dass du an deinem ersten Arbeitstag hier schon eine persönliche Einladung zu einem internationalen Kongress auf dem Tisch liegen hast.« Er klatschte einen an mich persönlich adressierten geöffneten Brief so vor mich auf den Tisch, dass er damit seine ganze Missbilligung darüber zum Ausdruck brachte, dass er, der Leiter dieser Organisation, übergangen worden war. Vielleicht hatte er den Brief nur aus Versehen geöffnet, aber ich vermutete, dass eher andere Motive eine Rolle spielten.

»Wie nett«, sagte ich. »Du hast ihn schon geöffnet. Was steht denn drin?«

Seine rote Gesichtsfarbe verriet mir, dass er seinen Geltungshunger fast nicht mehr beherrschen konnte. »Du wirst VIM schon in zehn Tagen auf einem, auf *dem* internationalen Kongress über Menschenhandel vertreten. Dieser Kongress wird seit zwei Jahren auf politischer Ebene vorbereitet. Da VIM erst seit Kurzem besteht, sind wir nicht auf der Einladungsliste, obwohl das genau die Plattform ist, auf der wir uns präsentieren müssen. Ich habe mich über das Innenministerium bemüht, noch eine Einladung zu erhalten.« Er starrte auf den Brief und presste hervor: »Vergeblich. Und jetzt das.«

Nach einem Moment gab er sich einen Ruck. »Wie dem auch sei. Moderski, Sie gehen dahin.«

Er siezt mich wieder, interessant.

»Und Sie werden VIM vertreten.« Er klopfte auf die Hängeregistratur und meinte: »Das hier ist die Essenz von allem, was wir bisher erarbeitet haben. Machen Sie sich damit vertraut wie mit den Krümeln in Ihrer Hosentasche. Blamieren Sie VIM nicht.«

Das bedeutete Arbeit, viel Aktenarbeit.

»Ach ja.« Wandenberg hielt im Hinausgehen inne und neigte sich an den Türrahmen gelehnt noch mal zu mir. »Und sagen Sie Ihrem Freund Manakov, wer auch immer das ist, er soll sich in Zukunft auf dem offiziellen Weg über mein Büro an Sie wenden.«

Damit verschwand er. Ich war überrascht und zog den Brief aus dem Umschlag. Was hatte Manakov mit der Einladung zu dem Kongress zu tun?

Peter Manakov, der milliardenschwere Besitzer des Sicherheitsdienstes PMC, der Peter Manakov Corporation, dessen Leute aus der Friederichsburger Niederlassung bei meinem letzten Fall eine große Rolle gespielt hatten. Dieser Peter Manakov wusste, dass ich bei VIM war, schließlich hatte er über seine Kontakte zu deutschen Ministern dafür gesorgt, dass ich dieser Organisation zugeteilt wurde. Diesbezüglich hegte ich nicht den geringsten Zweifel.

Ich würde ihn selbst fragen müssen, was er mit dem Kongress zu tun hatte, denn aus dem knapp und offiziell gefassten Brief, der nur durch Manakovs eigenhändige Unterschrift eine persönliche Note bekam, ging das nicht hervor.

Ich drehte mich zu Wandenberg um, der aber inzwischen nicht mehr zu sehen war, und murmelte: »Manakov ist nicht mein Freund. Außerdem glaube ich nicht, dass er sich von mir irgendetwas sagen lässt. Und von Ihnen schon gar nicht.«

Ralf Kühling
DER TOTE VOM SCHWARZWALD
Broschur, 160 Seiten
ISBN 978-3-7408-0653-8

Hauptkommissar Carl Christopher Moderski ist nach einem gefährlichen Undercovereinsatz am Ende seiner Kräfte. Um kürzerzutreten, wechselt er zu einer kleinen Dienststelle im Nordschwarzwald. Doch schon an seinem ersten Tag wird ein erfrorener Landstreicher im Wald gefunden. Seine Kollegen wollen den scheinbar klaren Fall schnell abschließen, aber für Moderski ist es Mord. Er verfolgt die Spur und stößt auf ein viel größeres Verbrechen – denn seine neue Heimat ist nicht so ruhig, wie er dachte.

»Ein Buch wie ein Espresso: kurz und stark!«   ekz Bibliotheksservice

www.emons-verlag.de

Ralf Kühling
SCHWARZWÄLDER SCHWEIGEN
Broschur, 208 Seiten
ISBN 978-3-7408-0997-3

Nach einer unfreiwilligen Auszeit in einem Schwarzwälder Kur-
heim darf Hauptkommissar Carl Christopher Moderski zurück in
den Dienst – wenn er Teil der Verbindungsstelle Internationaler
Menschenhandel wird und Akten wälzt, statt zu ermitteln. Zähne-
knirschend stimmt Moderski zu. Doch dann wird er auf einem
Kongress zusammen mit Hunderten Teilnehmern Zeuge eines
Mordes – und muss den Täter finden, bevor der einen weiteren
Menschen tötet. Ein Wettlauf um Leben und Tod beginnt ...

www.emons-verlag.de